# 육체의 자매들

– 바이런의 『돈 주안』 –

**김현생**

경기대학교 대학원에서 영문학 박사, 영남대학교 대학원에서 국문학 박사 학위를 받았다. 대학에서 시간강사, 연구교수, 교책교수 등을 역임했다. 논문으로 「판소리 『춘향가』와 셰익스피어의 『로미오와 줄리엣』의 비교연구」, 「『혼 왕』과 이슬람」, 「바흐친으로 바이런 읽기」 등 40여 편이 있다. 주요 관심 분야는 '용 퇴치자' Dragon Slayer 민담에 관련된 문명·문화 교류이다.

육체의 자매들 -바이런의 『돈 주안』-
지은이 김현생
발행일 2022년 2월 25일 초판 1쇄
발행인 최외출
발행처 영남대학교 출판부
경북 경산시 대학로 280
전화 053-810-1801~3
팩스 053-810-4722
book.yu.ac.kr
출판등록 1975년 9월 5일 경산 제16-1호
ISBN 978-89-7581-848-6 93840

# 육체의 자매들

## - 바이런의 『돈 주안』 -

김현생 지음

영남대학교출판부

선배 여성,

할머니 이복연, 어머니 김영애께

사랑과 그리움을 담아 이 책을 바칩니다.

# 머리말

바이런의『돈 주안』은 오랫동안 나와 함께 했다. 강산이 두 번도 더 변하는 동안 마음 한편에는 늘『돈 주안』이 자리 잡고 있었다. 저자와 바이런의 인연은 박사과정 중에 우연히 시작되었는데 리버풀 대학의 방문 연구원으로 <바이런 저널> 편집자 버나드 비티 교수의 지도를 받으며 학위 논문을 쓰는 동안 구체화되었다. 바이런의 때로는 냉소적인 어투와 지나친 감상적 어투, 그러면서도 직선적이고 솔직한 세상 읽기는 나를 사로잡았다. 바이런의 거침없는 어투는 무척 통쾌했다. 학위를 받고 후학을 가르치면서도 바이런은 늘 내 곁에 있었다.

『돈 주안』은 역설의 문학이다. 기품 있으면서도 천박하며, 성스러우면서도 속되고, 삶에 대해 열정적인가 하면 동시에 나른하고 나태하다. 낙천적이면서도 슬프고, 익살스러우면서도 황당하고, 고귀하고 기발하며 화려하다. 작품은 문학의 낭만주의 정전을 깨부수는 것들이 뒤범벅되어 마술처럼 펼쳐진다. 따라서 그의 작품은 우리의 인생처럼 불가사의하고 신비하기까지 하다. 이런 문학세계를 가진 바이런은 코즈모폴리턴의 시각으로 좁은 섬나라 영국을 벗어나 광활한 대륙을 누비며 세계를 품고자 한 시인이었다.

『돈 주안』에서 바이런은 스페인의 전설적인 옴므 파탈 돈 주안을 패러디하여 많은 팜므 파탈 여성에게 유혹을 당하는 인물로 설정하는데, 이것은 크나큰 도전이었다. 이러한 팜므 파탈적 여성 인물을 트루먼 스테펀은 '육체의 자매들'이라 정의했다. 그는 『돈 주안』 집주본을 엮어낸 바이런 연구의 선구자다. 이 책의 제목은 여기서 따왔다. 바이런은 전복적 인물인 돈 주안을 내세워 그를 무성격의 인물로 만듦으로써 시인이 하고 싶은 말에 일절 관여하지 못하게 한다. 주안은 시인이 하고자 하는 말을 하고 행동하는 매개로서만 존재한다. 주안은 장기판의 말이나 꼭두각시처럼 움직이라는 대로 움직이는 무성격의 인물이다. 왜 시인은 돈 주안의 성격을 이렇게 설정한 걸까? 인간은 불시에 닥치는 운명 앞에서 무력하기 때문일까? 무소불위의 운명 앞에 꼼짝 못 하는 인간을 돈 주안이라는 인물로 패러디한 걸까? 이것은 시인의 시적 전략일까? 답은 독자의 몫일 수밖에 없다.

『돈 주안』은 낭만주의 정전에서 벗어난 낯선 문학적 언어와 방대한 양으로 이루어져 있어 작품에 대한 접근이 쉽지 않다. 무시로 등장하는 화자의 여담은 그야말로 하늘 아래 모든 주제를 담고 있다. 그리스·로마 고전, 유럽 문학과 사상, 동시대 유럽과 영국 전반에 대한 정치·문화·예술·역사를 망라하고 있는 이 작품은 그것에 대한 지식 없이는 작품을 이해할 수 없을 정도다. 작품에 등장하는 많은 전거典據, 역사적 인물, 동시대 유럽 역사를 이해하려 수없이 자료를 들추었고 사전을 찾아야 했다.

이 책은 '바이런의 『돈 주안』'이라는 제목으로 우리나라 영문학계에 처음으로 출간되는 단행본이다. 그동안 작품에 관한 단편적인 연구는 있었지만, 전편을 해석한 연구서는 이 책이 처음이다. '스페인 편'의 일부는 저자가 이미 소논문으로 발표하였지만 이번에 거의 다시 쓰다시피 하였다. 일반 독자를 상상하며 쉽고 재미있게 서술하려 노력했다. 그러나 저자의 능력 부족으로 거기까지는 미치지 못한 것 같다. 책에는 저자의 얕은 지식으로 생긴 오류와 잘못이 많을 것이다. 모든 오류와 잘못은 저자의 몫이며 독자들의 기탄없는 질정을 바라며 기다린다.

어느 책도 저자 혼자서는 만들 수 없다. 이 책이 세상에 태어나기 전까지 많은 분의 도움을 받았다. 특히 이 책의 집필에 결정적인 참고 자료를 구해주신 영남대학교 독도 연구소의 이태우 교수님, 아름다운 책을 만들어 주신 영남대학교 출판부 이종백 실장님께 깊은 감사의 인사를 드린다. 이 책의 출간이 학계에 작은 벽돌 한 장을 올리는 것과 같은 효과가 있길 희망한다. 표지 그림은 자동기술법으로 그린 '기'氣 그림이다. 그림은 여성의 복잡한 심리를 온몸에서 끌어낸 여성 의식의 한 단면이다. 표지 그림을 그려준 심도희 선생께 감사한다. 여기서 이름은 부르지 않았지만 보이지 않는 곳에서 음으로 양으로 지지와 응원을 보내주신 많은 분께 마음속으로 감사의 말을 전한다. 지상에서 우리의 만남은 너무나 소중하기에……차마 말로 다 할 수 없으리라!

2022년 정월<br>영남대학교의 돌무덤을 바라보며,<br>김 현 생

# 차례

## 글을 시작하며

바이런Lord George Gordon Byron, 1788~1824은 영국 귀족 출신의 낭만주의 시인이다.[1] 그의 생애와 작품은 '시인'과 '귀족'이라는 두 개의 매혹적인 단어 때문에 객관적인 평가가 아닌 신비와 신화에 싸여 있는 부분이 많다. 그리스 조각 같은 외모에 낙천적이며 우아한 성격을 지닌 바이런은 영국 사회에서는 배척당한 귀족이었다. 아름다운 외모에 걸맞지 않은 불구의 다리, 시인이며 귀족이라는 배경은 그 특별함으로 동시대인, 특히 여성들의 마음을 설레게 한 것 같다.[2] 여성들은 시인과 작품의 주인공을 동일시하여 바이런을 오랫동안 고통받는 낭만적 사랑의 주인공으로 숭배하며 사랑했다.[3] 이 여성들과 나누었던 격정의 연애는 바이런으로서는 피할 수 없는 숙명이었다.[4] 이것은 시인에게 이중의 부담을 안겨주어 사랑의 불꽃인 동시에 증오의 감정, 분노인 동시에 환희로 작품에 표출되어 있다.

『돈 주안』*Don Juan,* 1818-24은 바이런의 대표작이다. 1만 6천 여 행의 방대한 양의 작품에서 시인은 초기 시의 고상함과 장엄함으로 위장했던 모습을 벗어 던지고, 자신의 참모습을 솔직하고 열정적인 찬양으로 그려내고 있다.[5] 작품에는 시인이 체험했던 삶의 총체적 경험과 시적 상상력이 함께 재현되어있어[6] 시인의 전기적 사실을 함께 유추해 볼 수 있다.[7] 이러한 시적·전기적 혼합은 극단적으로 『돈 주안』은 '돈 주안'의 시가 아니라 '바이런'의 시로 정의된다.[8] 이처럼 작품은 바이런과 밀접하게 연관되어 있기에 작품 자체뿐만 아니라 시인의 참모습까지도 알 수 있는 지름길이 된다.

『돈 주안』에서 바이런은 14세기 스페인의 전설적인 난봉꾼이었던 '돈 주안'을 차용하여 그를 패러디 한다. 돈 주안은 카사노바와 함께 유럽의 대표적 '옴므 파탈'Homme Fatale이다.[9] 그는 여성을 유혹하는 남성성을 대표하는데, 바이런은 작품에서 여성을 유혹하는 돈 주안의 남성성을 전복하여 주안이 여성을 유혹하는 것이 아니라 반대로 주안이 여성들에게 유혹당하는 것으로 설정하고 있다.[10] 뿐만 아니라 여성들은 권력과 권위에 있어 주안을 압도하는 위치에 있다.[11] 이 여성들은 보드라운 살과 뜨거운 피를 가진 '몸'이라는 공통의 실에 꿰어있는 '육체의 자매들'sisters of the flesh이다.[12]

『돈 주안』의 주인공 주안은 스페인에서 태어나 그리스, 터키, 러시아, 영국까지 광활한 공간을 가로지르며 사랑하고 헤어지고 조난당한다. 또한 노예로 하렘에 던져지고 전쟁터에 등장하고, 남자 후궁 등을 경험하게 된다. 이 같은 그의 공간 이동은 '이동성'mobility으로 정의되며, 그것은 새로운 모험으로 가득하다. 공간상에서 이동하는 동안 주안은 시간상으로 성정에 갓 눈 뜬 사춘기 소년에서 청년으로 성장한다. 바흐친은 이를 시공간의 의미를 지닌 '크로노토프'Chronotope라는 용어로 표현한다. 크로노토프는 시간time과 공간space, 즉 카니발carnival 적인 시공간으로 재생과 생성을 위한 공간,

휴식과 여행, 모험의 시간을 의미한다.[13] 주안의 공간적 이동과 시간적 성장은 크로노토프 세계에서 일어나는 카니발 시간이다.

주안은 공간에서 공간으로, 시간에서 시간으로, 그리고 여성의 품에서 품으로 이동하면서 사랑과 실연을 거듭하며 모험의 시간을 보낸다. 여성들은 여성성으로 무장하여 무차별적으로 주안에게 육체적 공격을 가함으로써 그의 남성성을 무력화 시킨다. 이 여성들은 돈 주안의 옴므 파탈을 전복하는 '팜므 파탈'Femme Fatale이다. 인종, 성격, 인물 등이 다양한 이 팜므 파탈은 자신만의 독특한 여성적 매력을 발산하면서[14] 여성 초상화의 거대한 갤러리를 만든다.[15] 주안은 어쩔 수 없는 상황에 휩쓸려 자신의 의지와는 상관없이 여성들과 사랑에 빠지게 되고 여성의 육체성에 굴복한다. 이때 여성들이 보여주는 여성성은 적극적이며 뜨겁고 격렬하다. 야만적이고 잔인하며 만족을 모르는 무한한 힘이다.

1장 스페인 편에서 주안의 '첫사랑'이 시작된다. 그것은 주안의 생애 첫 모험의 출발이기도 하다. 주안의 첫 모험은 이웃집 유부녀 줄리아Julia와의 첫사랑이다. 주안은 사춘기에 접어들자 이웃집 유부녀 줄리아와 첫사랑에 빠진다. 주안은 열여섯, 줄리아는 스물셋이다. 줄리아의 남편 돈 알폰소Don Alfonso는 오십이다. 나이 어린 주안과 젊은 유부녀 간의 사랑은 제도권에 위반되는 불륜이다. 그들의 불륜 현장은 줄리아의 침실에서 그녀의 남편에게 발각되면서 막을 내린다. 그 불륜의 파국을 '침실 소극'bedroom farce에서 살펴본다. '침실 소극'은 한 편의 막간극을 만드는데 여기서 유부녀 줄리아가 구사하는 언술은 연극배우를 무색하게 한다. 폭포수처럼 쏟아내는 줄리아의 장광설은 가부장제도에 반기를 든 여성의 육체적 언술이다. 가부장제도는 여성에게 억압적이고 비 진보적인 남성의 잣대로 여성성을 다룬다. 이 묵직한 메시지가 흥미 있는 여성 줄리아와 도나 아이네즈Donna Inez[16]를 통해서 전해진다. 줄리아는 에로틱한 육체을 가진 젊은 유부녀다. 아이네즈는 냉철한 지성을 가진 여성이다. 이들 여성을 해부하여 페미니스트들의 불평을 불러일으킨 가부장적 이데올로기를 적용해 그 부작용과 불합리성을 파헤쳐 본다.

가부장제도란 사회적 제도다. 사회는 인간 모임의 집단이다. 그렇다면 여성의 육체가 사회성의 제약을 받고 있다고 생각할 수 있는데, '침실 소극'에서 과연 여성들이 억압당한 채 목소리 없는 '주변인'으로 존재했는가에 의문을 던진다. 그러나 그 의문의 분석 기제는 여성의 동등한 권리를 강조하는 페미니즘의 입장이 아니다. 다시 말하면 완전한 평등을 주장하는 논리의 시험장이 아니라는 뜻이다.[17] 오히려 타고난 여성성에 더욱 초점이 맞춰진다. 어째서 여성의 육체는 그 자체의 고유한 성향이 무시되는가? 왜 바이런은 여성의 육체를 노골적으로 묘사하고 있는가? 이런 의문점을 제시하면서 가부장제도 아래서 억압된 여성의 육체가 어떻게 그 돌파구를 찾는지, 그 결과는 어떻게 되는지 알아본다.

2장 그리스 편에서는 주안의 항해, 조난, 그리고 낙원 같은 섬에서의 구원을 다룬다. '난파선'에서 주안의 모험을 살펴보고 '낙원의 섬'에서는 주안의 사랑을 살펴본다. 주안은 고향 세비야Seville를 떠나 카디즈Cadiz에서 배를 타고 해외로 떠난다. 항해 도중에 폭풍을 만나 배가 난파되어 조난을 당한다. 승선한 사람들은 모두 죽는데 주안만이 살아남아 파도에 밀려 지중해의 어느 외딴 섬에 다다르게 된다. 섬은 목가적-순환적 크로노토프 세계다.[18] 주안은 목가적-순환적인 이 섬에서 재생을 경험한다. 여기에는 열정적이고 순수한 여성 하이디Haidée가 전면에 등장한다. 그녀는 해적 노예 무역상 람브로Lambro의 딸이다. 섬은 하나의 전제적 왕궁이다. 주안은 하이디에게 구조되어 그녀의 보살핌으로 기운을 차리자, 그녀와 순수하지만 맹목적인 사랑에 빠진다. 주안과 하이디는 그녀의 아버지, 람브로의 귀환도 모른 채 자신들만의 사랑에 탐닉한다. 그들의 순수하지만 무분별한 사랑은 전제 군주 람브로가 돌아오자 파국을 맞는다. 하이디는 주안의 아기를 가진 채, 그녀의 열정만큼이나 모질게 죽고, 주안은 포박되어 노예선에 던져진다.

하이디는 어떤 사회적 제도나 여성 원리로 무장하고 있지 않다. 그녀는 본능적 욕망이 이끄는 대로 자연법에 따라 주안을 사랑했으며 그 사랑에 그녀의 몸이 자연 현상의 일부처럼 반응했다. 그것은 여성 육체의 자연성이다. 여성 육체에 내재한 자연성은 더욱더 높은 차원으로 나아가기보다 일반적인 자연처럼 그 속성을 같이한다. 그것은 삼킬 듯 넘실대는 파도처럼, 휘몰아치는 폭풍처럼, 예고 없이 폭발하는 화산처럼, 가차 없는 두려운 자연으로 비쳐진다. 하이디의 모진 죽음에서 주안이 경험했던 난파선은 여성 육체에 내재한 자연성과 밀접한 관계가 있음을 알 수 있다. 주안은 낙원의 섬에서 보냈던 재생과 휴식의 시간을 뒤로하고 다시 모험을 떠난다.

3장은 터키 편이다. 주안은 '노예시장'의 매물이 되어 여장女裝을 하고 '하렘 궁전'으로 들어간다. 그리스 편에서 갑자기 장면이 바뀌어 노예선에 던져졌던 주안은 터키의 노예시장에 등장한다. 주안은 다시 한번 실연의 상처를 안고 구사일생으로 목숨만 부지한 채 노예시장의 매물이 된 것이다. '노예시장'은 주안에게 새로운 공간이며, 이곳은 인간의 육체성이 극명하게 표출되는 공간이다. 이 공간 즉, 노예시장에서의 그 특징과 이와 관련된 노예에서 침묵하고 복종할 수밖에 없는 육체를 읽는다.

주안은 술탄Sultan의 네 번째 아내인 술타나Sultana 걸베야즈Gulbeyaz의 눈에 띄어 그녀의 노예가 되어 하렘 궁전으로 들어간다. 하렘 궁전에서 노예, 특히 여성의 성적 노예와의 연관성은 쉽게 유추할 수 있다. 권력의 메커니즘 속에서 여성은 언제나 '타자'였다. 이를 염두에 둔다면 여성은 피해자다. 그러나 권력을 가진 특별한 여성, 걸베야즈에게서 일어나는 몇 가지 복잡한 여성 육체는 타자나 피해자로 볼 수 없는 양상을 보이는 점에 주목한다. 가부장제도권에서 주체 권력의 하위에 있는 여성이 자신보다 권력의 하위에 있는 남성을 타자화하는 권력의 상대성에 초점을 맞춘다. 걸베야즈는 그 좋은 분석 모델이 된다.

주안은 여장을 하고 자신의 남성성마저 부정된 채 수많은 후궁이 모여 있는 하렘에 던져진다. 하렘의 후궁들은 육체의 노예가 아닌가! 하렘이란 글자 그대로 여인들의 세상이다. 하렘에는 1천 5백 명의 후궁들이 새장의 새처럼 갇혀서 가슴을 팔딱이며, 단 한 명의 '남자' 술탄을 기다리고 있다. 여장한 주안은 여성의 세계, 하렘 궁전에 갇힌 단 하나의 남자다. 하렘 궁전의 후궁들 중 두두Dudù는 성적으로 문제적 인물이다. 주안은 후궁 두두의 노리개가 되어 그녀의 억압된 성적 욕망과 해소에 봉사한다. 그녀가 꾸는 꿈은 성적으로 가장 억압된 여성 육체를 표상한다. 그녀의 꿈에 재현된 성적 욕망을 꿈의 해몽과 함께 분석하여 그 본질을 파악한다.

4장 러시아 편에서는 '전쟁터'와 '남자 후궁'이란 소제목 아래 주안의 새롭고 낯선 경험을 분석한다. 하렘 궁전에서 벗어난 주안은 돌연히 여태껏 경험하지 못했던 죽음의 현장, 전쟁터에 등장한다. 이 전쟁터는 러시아와 터키가 벌이는 전쟁 현장이다. 주안은 러시아군으로 이 전쟁터의 전투에 참여한다. 당시 러시아의 지배자는 캐서린 여제Catherine the Great, 1729~96다. 캐서린은 역사적 실존 인물로 많은 남성 총신을 둔 것으로 유명하다. 시쳇더미와 피의 웅덩이, '전쟁터'에서 이제까지 잠재되어 있었던 주안의 성격이 드러난다. 그것은 주안의 용감한 남성성과 따뜻한 인간성이다. 그것은 주안의 남성성이 회복되는 징후다. 전쟁터의 한 가운데서 주안은 죽어있는 엄마의 핏덩이 속에 있는 여아의 생명을 구한다. 그 여아는 무슬림 레일라 Leila다. '전쟁터'에서 주안은 한 생명을 구하는 혁혁한 공을 세우고 캐서린 여제의 총신으로 발탁된다.

주안은 전쟁터에서 빛나는 무공을 세워 캐서린으로부터 각별한 총애를 받는 총신으로 발탁되어 '남자 후궁'이 된다. 주안은 터키 편에서 이미 여장을 함으로써 성의 전도를 경험하였다. 이것은 캐서린의 남자 후궁이 될 주안을 예고하는 예고편이었던 셈이다. 캐서린 여제의 가공할 육체적 욕망은 '전쟁터'와 밀접한 관련이 있다. 여제의 욕망에서 터키 편의 걸베야즈와 비교되는 권력을 가진 여성, 그녀보다 더 절대적 권력을 가진 여성 육체의 가공할 파괴력을 볼 수 있다.

여기서 여성의 넘치는 성적 에너지와 권력의 함수 관계를 역사적 실존 인물 캐서린 여제를 통해 해부한다. 여제의 총애가 지나쳐 주안은 병을 얻게 되고 캐서린은 육체적으로 쓸모가 없어진 주안을 러시아 대사로 임명하여 영국에 보내버린다.

5장 영국 편에서는 영국의 '상류사회'를 분석한다. 주안은 도버 해협을 건너 영국의 상류사회에 등장하는데, 그곳은 위선과 가식으로 포장된 곳이다. 영국은 군주의 나라, 귀족의 나라, 귀부인의 나라, 신사·숙녀의 나라다. 표면적으로 점잖고 예의 바르며, 안정적이고 매우 문화적으로 운영될 것 같은 나라다. 하지만 영국 상류사회 이면에는 뿌리 깊은 '권태'가 감추어져 있으며 이를 문화적 행위로 철저하게 위장하고 있다. 상류사회는 게임, 카드, 사냥, 무도회, 정치토론, 공허한 가십 등으로 지루한 권태의 시간을 채운다.

시인은 영국 편에서 위선으로 세련되게 포장된 상류사회를 풍자할 뿐 아니라, 이 사회의 규격화 된 여성 인물의 포장된 육체에 초점을 맞춰 그 부정적인 면을 해부하고 해체한다. 특히 노만 애비Norman Abbey의 주인 헨리 아문데빌 경Lord Henry Amundeville과 안주인 아데라인 아문데빌Adeline Amundeville의 중심 역할을 조명하여, 상류사회의 위선을 살펴본다. 아데라인의 극히 절제된 귀족적 매너와 냉정하게 계산된 사회관계 속에서 억압된, 그러나 뜨겁게 끓고 있는 육체적 욕망을 분석한다. 상류사회의 여성들은 전통적 여성 원리로 무장한 채 자신들의 성을 억압하고 내면화함으로써 몸과 마음, 육체와 정신의 심각한 불균형에 비틀거린다.

'육체의 자매들'에서 전통적 여성 원리가 전복된다. 영국 여성들은 전통적으로 여성의 덕목으로 간주되는 순결, 정숙, 온순, 상냥함, 그리고 금욕적인 청교도 성 윤리로 무장해야 했다.[19] 그러나 이러한 여성 원리의 덕목은 육체의 자매들에서 전복되어 주안은 여성들로부터 육체적 욕망의 대상 표적이 된다. 따라서 영국 편에서 주안의 세계는 공간과 시간을 달리할 뿐 그의 모험과 사랑은 또 하나의 버전으로 작용한다. 육체의 자매들의 여성들은 자신의 감정에 솔직한 인물들이다. 그리고 자아를 찾기 위해 스스로 자각하는 인물들로 제단 위에 세워진 조각상이 되기를 거부한다. 이들 중 특별한 여성 인물, 아데라인, 피츠 펄크 공작부인Duchess of Fitz-Fulke, 그리고 오로라 래비Aurora Raby가 있다. 이 여성들은 서로 다른 독특한 매력과 개성을 발휘함으로써 셰익스피어의 여성 인물에 비교된다.[20]

'육체의 자매들'에서 개성적이고 풍부한 감성을 가진 여성 인물들은 따뜻한 살과 피를 가진 육체적 인간임을 선언하는 듯하다. 그러나 육체의 자매들에 반하는 여성 인물이 있다. 그 여성은 지금까지 보았던 여성 인물들과 전혀 다른 여성, 그래서 더욱 돋보이는 인물, 오로라 래비다. 주안은 은연중에 그녀에게 끌리는 자신을 발견한다. 그녀는 복잡한 양상을 가진 여성으로 순결한 몸과 마음의 조화를 이룬 여성이다. 오로라는 잡힐 듯 잡히지 않는, 알 듯 모를 듯, 파악하기 힘든 여성 인물로 주안의 집중적인 관심을 받는다. 오로라 앞에서 주안은 여성의 유혹에 반응하기보다는 스스로 생각하는 인물로 변하는데 그것은 자신에게 끼쳤던 여성의 영향에 관심을 돌리는 계기가 된다. 그러나 이것 역시 주안의 크로노토프 세계에서는 일관된 것이다. 다시 말하면, 이제까지 여성의 육체에 지나친 메스를 들이댄 또 하나의 일침인 것이다. 육체 없는 인간, 정신없는 인간이 있을 수 없듯, 정신없는 육체의 존재는 무의미하기 때문이다. 주안은 오로라 앞에서 생각하는 인물로 변하면서, 그녀와 정신적 사랑을 할 가능성을 보여준다. 하지만 오로라가 완전하게 그려지지 않은 채 주안은 다시 피츠 펄크 공작부인과 육체적 사랑에 연루될 가능성을 보여주는 데서 바이런의 죽음으로 작품은 미완으로 끝난다.

'글을 마치며', 여기까지 오는 동안 주안의 이동 경로와 모험을 함께 하면서 그에게 닥치는 운명의 급격한 반전과 여성들과의 만남이 그의 의지와는 상관없이 이루어졌다는 것을 알 수 있다. 주안은 자신의 나약한 의지와 불가항력적인 상황에 휩쓸려 여성의 품에서 품으로 옮겨가게 된다. 그는 거의 성격을 보여주지 않는 무성격의 인물로 상황에 순응하고 적응한다. 반대로 주안이 경험하는 세계는 우연한 사건과 모험으로 가득한 경이로운 세계로 그 자체로 성격을 가진다. 무성격의 주안의 이동성은 특수한 장소로 어떤 크로노토프 아우라의 획득이며 모험의 시간을 암시한다.[21] 주안의 반-영웅적 특성은 크로노토프의 고정된 정체성이다. 그럼에도 불구하고 크로노토프 세계의 주안은 상대 여성에 따라 변하는 성격을 보여주는데, 이것은 가볍게 볼 수 없는 여성성과 남성성의 상대성, 나아가 권력의 상대성으로 설명 가능하다. 주안은 과도한 여성성의 위험과 억압된 여성성의 해방과 만개를 위해 자신의 남성성을 침묵하였는지 모른다. 주안은 '육체의 자매들'의 융통성 있는 배경으로만 존재한 것이다.

『돈 주안』에서 여성의 고유한 여성성은 그 욕구의 표출과 충족을 위해 나름의 편견과 설득력을 함께 가지면서 전개되는데, 그것은 자아의 표현이며 생명력의 발현으로 볼 수 있다. 뿐만 아니라 이 작품은 여성을 대상화 한 기존의 '돈 주안'의 버전에 나타난 즉물적인 남성들의 욕망과 가부장적 이데올로기를 비판적 시각으로 수용한 여성성의 재현으로 볼 수 있다. 이것은 주안의 성격과 여성성의 특징을 새로운 시각으로 바라본 매우 흥미로운 해석이다.

# 1장 스페인 편

첫사랑

침실 소극

# 첫사랑

『돈 주안』은 스토리가 있는 서사시의 소설화다.[1] 이러한 장르적 특성과 작품의 주인공인 주안의 이동 경로에 맞추게 되면 여행시로 읽힐 수 있다. 주안의 이동이 시작되는 첫 무대는 오렌지와 여자로 유명한 스페인 세비야다(I, 8). 주안의 부모는 이곳 과달퀴비르 Guadalquivir 강 옆에 산다. 이곳은 무슬림 스페인의 수도였으며, 신세계 탐험의 중심지였다. 무엇보다도 이곳은 14세기 스페인의 전설적 인물 '돈 주안'의 출생지다. 그 이름 '돈 주안'은 바람둥이의 대명사가 되어 다양한 버전을 만들어 내고 있다. 예를 들면, 티르소 데 몰리나Tirso de Molina, 1580?~1648의 『세비야의 유혹자』*The Seducer of Seville*, 1630, 몰리에르Molière, 1622~73의 『석상 축제』*The Stone Feast*, 1665, 모차르트Mozart, 1756~91의 오페라 <돈 조반니>*Don Giovanni*, 1787,[2] 푸시킨Aleksandr Pushkin, 1799~1837의 『예브게니 오네긴』*Yevgeny Onegin*, 1823-30, 그리고 가장 최근에는 피터 한트케Peter Handke, 1942~의 『돈 후안: 나 자신에 대해서 말하다』*Don Juan: His Own Version*, 2004[3] 등이 있다. 이들 작품에서 돈 주안은 여성을 유혹하여 사랑하고 마음껏 농락한 후 버리는 도덕적으로 아주 타락한 인물이다. 이 작품들에서 돈 주안은 매체를 달리하면서 '옴므 파탈'이라는 남성 주인공의 계보를 잇는 다채로운 변신을 꾀한다. '돈 주안'은 하나의 원형이 되는 인물로 음악적·문화적 등 다양한 예술적 버전을 배출하여 불멸의 생명을 획득한 바람둥이의 전형이다.

하지만 바이런의 『돈 주안』은 작품 서두부터 전복적 전략을 구사하면서 기존의 옴므 파탈, 돈 주안을 해체하여 그를 반-영웅적 인물로 만든다. 또 작품의 무대도 영국이 아닌 스페인으로 설정함으로써 당시 영국 사회와 영국인, 그리고 영국 여성에 대한 풍자의 강도를 높이는 동시에 그들로부터 비난도 모면하고자 하는 이중 전략을 숨기고 있다. 시인은 주인공의 이름만 빌렸을 뿐, 이름에 함의된 바람둥이의 이미지를 해체하여, '돈 주안'의 상대 여성에 초점을 맞추고 있다. 남녀 간의 사랑은 남성만으로 또 여성만으로 이루어질 수 없기 때문에 오랫동안 돈 주안의 뒤에 가려져 있었던 여성을 부각한 셈이다.

이와 같은 바이런의 시적 전략은 『돈 주안』의 헌정사Dedication[4]에서 동시대 낭만주의 시인들과 같은 노선을 가지 않겠다는 분명한 선언으로 드러난다. 이것은 시인의 의도가 과거와 현재를 동시에 고수하면서, 더 전통적인 시적 정신에 관한 이해와 태도를 보여주겠다는 것이다. 동시대 낭만주의 시인들을 한데 묶어 변절자renegade라며 신랄하게 풍자하는 이유도 그들이 상상력을 빙자해서 독자들을 현혹한다고 보았기 때문이다. 낭만주의 시인들은 지적 환관intellectual eunuch 카슬레이Viscount Robert Stewart Castlereagh, 1769~1822에게 복종하여 자신이 원하는 바를 얻은 아첨꾼이다. 카슬레이는 북아일랜드 런던데리Londonderry의 자작이 된 인물로 영국 자유주의자 운동의 적이었다.[5] 유럽사에서 그는 빈 의정서Congress of Vienna, 1815를 성사시키면서 유럽의 국경을 다시 그리게 한 주역 중의 하나였다. 작품에서 정치적 상황과 관계된 여담이 필요할 때, 그는 종종 호출되어 비판받고 패러디된다.

동시대사의 직접적 언급은 시인의 특성인 예언자적 자세vatic stance의 절대 부족으로 바이런을 낭만주의 정전에서 소외되는 요인이 되기도 한다.[6] 하지만 이 작품은 결코 낭만주의 성격에서 벗어난 작품이 아니며 오히려 더욱 낭만주의적이라는 주장이 있다.[7] 이것은 바이런의 낭만주의가 동시대 것과 너무나 모순되고 너무 다른 것을 보여주려는 시도와 시인만의 독특한 문체와 시적 특징 때문일 것이다. 바로 이 점이 바이런과 그의 작품에 대한 몰이해의 한 원인이 된다.

바이런은 동시대 낭만주의 시인들과 다른 시적 전략을 고수하겠다는 천명 아래 가능한 모든 역사적 영웅들을 카탈로그 식으로 나열하는데, 그 가운데 선택한 주인공은 아이러니하게도 희대의 난봉꾼 돈 주안이다. 그렇다면 오렌지와 여자로 유명한 곳에서 태어난 영웅이라는 주인공의 성격과 여성 인물의 전복적 언술을 충분히 예측할 수 있다.

시인은 지금까지의 영웅적 가치가 철저하게 전복될 복선을 배후에 깔면서 서사를 시작한다. 칸토 I의 스탠자 1은 이러한 시의 전체 특징을 알 수 있는 주제적 내용을 담고 있다.

나는 영웅을 원한다. 비범한 영웅을,

해마다, 달마다, 새 영웅이 태어날 때
마침내, 위선에 찬 신문에 물린 후
시대는 그가 진정한 영웅이 아니란 걸 발견한다.
이와 같은 인물 중에는 자랑하고 싶은 인물이 없다.
그래서 나는 우리의 옛 친구 돈 주안을 택하겠다.
우리는 모두 그가 자신의 생을 다하지 못하고 다소 이르게
악마에게 보내지는 것을 팬터마임에서 보았다. (I, 1)[8]

시인은 솔직하고도 힘차게 나는 영웅, 그것도 비범한 영웅을 원한다고 선언한다. 그리고 해마다, 달마다 새 영웅은 태어나고 있다. 하지만 한 시대가 지나면 그 영웅의 가치에 의심의 눈길을 던지게 된다. 그래서 시인이 선택한 영웅은 돈 주안이다. 원문 대문자 'WANT'는 시인이 원하는 진정한 영웅의 '부족'과 '욕구'를 함께 나타낸다.[9] 다른 판본과 달리 집주본Variorum에서는 대문자 'WANT'로 표기되어 있다. 집주본에서 대문자로 표기된 데는 '영웅'의 부족과 그 욕구를 강조하기 위한 것으로 볼 수 있다. 지금까지의 영웅적 가치에 어떤 결함이 있었으며 그래서 시인은 새 영웅을 원하는 것이다.

바이런은 이 작품에서 독특한 8행의 '오타바 리마'*ottava rima* 시체를 사용하고 있는데, 이는 'abababcc'의 각운으로 이루어져 있다. 3개의 *ab* 연구聯句는 문제를 구성하고, 마지막 2행 연구 *cc*에 의해서 풍자적 효과는 절정에 이른다. 이렇게 함으로써 시는 갑작스러운 역전과 경구적 위트의 효과를 자아내는 특징이 있다. 오타바 리마는 *cc* 2행 연구 전까지는 클라이맥스가 없었다.[10] 이것은 원래 이탈리아에서 사용된 것으로 영어로 각운을 맞추기는 어려운 시체다. 바이런은 이

시체를 빌려 성공적으로 자기 것으로 만들어 그만의 독특한 시적 풍자 효과를 자아냈다.[11]

2행의 원문 a new **one**과 4행의 true **one**, 그리고 6행의 Don **Juan**이 운을 이룬다. 그러므로 우리의 옛 친구는 돈 주안이다. 그것은 스페인의 난봉꾼 '돈 후앙'이나 '돈 환', 모차르트의 '돈 조반니'가 아닌 바이런만의 '돈 주안'이 된다. 여기서 새 영웅과 진정한 영웅, 그리고 3행의 허위의식cant은 작품의 전체 성격을 특징짓는 핵심어로 작용한다. 진정한 영웅은 성서의 '진정한 메시아'를 패러디하고 있다. 참된 영웅적 가치란, 참된 메시아란 어떤 것일까? 바이런은 바로 이런 질문을 던지며 영웅의 가치를 넌지시 희롱하고 장난질한다.

시인은 『돈 주안』에서 새 영웅 돈 주안을 내세우며 이 작품이 호머Homer와 버질Virgil의 전통을 따르는 사랑, 전쟁, 폭풍을 동반한 영웅의 무공을 다룬 서사시가 될 것임(I, 200)을 천명한다. 그러면서도 칸토 후반에 이르면 서사 풍자시epic satire로 수정한다(XIV, 99). 작품 형식은 서사시의 전통을 충실히 답습하면서 동시에 전복의 내용을 암시한다.[12] 따라서 시인은 전통 서사시의 관례대로 사건의 중심*in medias res*으로 뛰어드는 대신 사건의 처음부터 시작하겠다며 먼저 주안의 가계부터 소개한다(1, 6). 주안의 아버지는 순수혈통을 자랑하는 스페인의 귀족 가문 출신의 히달고hidalgo다.

그의 아버지는 호세였다—물론 돈.
  순수 히달고, 무어인이나 헤브라이인의 피가
전혀 섞이지 않은, 스페인 최고의 고딕 젠틀맨의 혈통을 거슬러

자신의 근본을 추적하였다. (I, 9)

주안은 돈 호세와 도나 아이네즈 사이에서 태어난 외동아들이다. 주안의 아버지 혈통은 히달고로 스페인의 둘째 계급 귀족인데, 그 전형은 돈키호테에서 볼 수 있다. 주안의 양친 모두는 순수혈통을 자랑하는데, 특히 어머니 아이네즈는 아라곤Arragon 순수혈통일 뿐만 아니라 학문의 모든 분야에 두루 정통하여 박식한 부인(I, 10)으로 통한다.

그녀는 라틴어 즉, 주기도문을 알았고,
　그리스어, 알파벳은 거의 알았다고 난 확신한다.
그녀는 프랑스 로망스를 이것 저것 좀 읽었으나,
　말하는 투에는 오점이 없지 않았다.
토박이어 스페인어는 크게 개의치 않아,
　적어도 그녀의 대화는 애매모호했다.
그녀의 사고는 정리定理 했고, 단어는 문제였는데,
그녀는 신비가 그것들을 고상하게 만든다고 여기는 듯했다. (I, 13)

아이네즈는 라틴어와 그리스어를 알았고, 프랑스 로망스를 좀 읽었다. 모국어 스페인어를 말하는 데 별로 주의를 기울이지 않아 대충 말한다. 또한 아이네즈는 영어와 히브리어를 좋아하였다(I, 14). 아이네즈가 말할 수 있는 언어는 5개 국어나 된다. 그러나 그녀가 말하는 투는 애매모호하고 부정확해서 어떤 신비감을 자아낸다. 그녀가 생각하기에 애매모호한 언어는 신비감을 자아내어 언어에 고상함을 부여하기 때문이다.

이렇게 아이네즈를 묘사하는 시인의 어조는 진정한 칭찬이 아니다. 반어법으로 그녀의 얕고 피상적인 지식을 풍자하는 것이다. 이처럼 주안의 양친은 진정한 영웅의 혈통에 걸맞게 순수혈통과 높은 지성을 가진 귀족 가문이다. 그러나 주인공으로 선택된 비범한 영웅이 전설적인 비범한 바람둥이다. 그 비범한 영웅은 더없이 고귀하고 순수한 혈통의 귀족 부모를 선택하여 이 세상에 태어났는데, 태어날 때 그 꼴이란 더욱 범상치 않다.

> 작고 곱슬머리의, 아무짝에 쓸모없는,
> 　태어날 때부터 이간질하는 원숭이 꼴,
> 그의 양친은 세상에서 가장 시끄러운 장난꾸러기를
> 　맹목적으로 사랑하는 것 외, 어떤 점에도 결코 의견이 일치하지 않았다.
> 싸우는 대신, 그 둘은 제정신이 있어,
> 　어린 도령을 학교에 보내거나,
> 다가올 시대를 대비해서 집에서
> 예절을 가르치려 호되게 매질을 하였다. (I, 25).

원숭이 꼴로 태어난 주인공은 작품의 서두부터 기존의 인물과 가치관을 완전히 전복시키고 있다. 이와 같은 시인의 어조는 결코 진정한 찬사가 아니라 풍자적 비웃음이다. 주안은 인류의 조상 유인원 꼴로 태어났는데, 그것은 이간질하는 원숭이 꼴이다. 이간질하는 원숭이 꼴의 원숭이는 인류의 조상 유인원의 정의를 모호하게 하기 때문이다. 어떤 일에도 서로 의견의 일치를 보여주지 않는 양친은 세상의 모든 동물의 부모처럼 자식을 사랑하는 데는 의견의 일치를 이룬다. 그리고 가장 시끄러운 장난꾸러기에게 예의범절을 가르치려고 학교에 보내고 집에서는 호되게 회초리를 내리치는 모습을 보인다. 시인의 비꼬는 어조는 돈 호세와 도나 아이네즈, 심지어 우리의 영웅 돈 주안까지 풍자의 대상으로 만들어 웃음을 유발하는 데, 그것은 카니발 웃음Carnival laughter이다. 카니발 웃음은 독백적·지배적 언어의 권위를 전복시키는 웃음이다.[13] 돈 주안이 태어난 꼴에서 귀족 양반 가문의 혈통뿐만 아니라, 그 모양새도 기존 언어와 권위, 나아가 영웅의 혈통을 전복하는 카니발 웃음을 자아낸다.

주안의 어머니 아이네즈는 그 인물 됨됨이에 있어 다른 여성들의 추종을 불허하는 완벽한 지성과 덕을 갖추고 있어서 감히 그녀에게 비교될 인물이 없다(I, 17). 그러나 이 천박한 세상에 완벽함처럼 재미상 없는 것은 없지 않은가. 시인은 순수혈통과 완벽함을 비틀고 풍자하면서 작품의 내재적 특징을 규정한다면, 이야기의 '중간/중심'에서 시작하는 서사시의 관행을 파기함으로써 작품 전체를 비틀 것임을 예고한다.[14]

돈 호세는 아이네즈의 완벽함에 질려 밖으로 나돈다. 그는 완벽한 아내, 박식한 부인을 두려워하는 엄처시하, 공처가다. 그럼에도 그는 이브의 후손답게 여러 종류의 열매를 따러 다닌다(I, 18). 그는 순수혈통 히달고지만 이브의 후손이기에 타락할 수밖에 없다. 세상에 완벽함이란 있을 수 없으며 순수혈통이란 개념도 이브까지 계보를 추적한다면 있을 수 없지 않은가. 그러므로 진정한 영웅이나 순수

# 2장 그리스 편

정신, 몸과 마음이 이원화되는 분리이다. 갈등하는 주안의 양상에서 서구의 이분법적 사고의 폐단이 제시된다. 그는 나와 세상을 경이로운 인간과의 관계를 생각한다. 주안은 별, 지진, 달의 둘레, 그리고 특히 그 시대에 처음으로 등장했던 풍선 기구를 떠올린다. 이 모두는 자연과학의 분야이다. 그러나 그의 생각이 점점 심리적인 것으로 변해 마지막으로 그의 뇌리를 짓누르는 것은 도나 줄리아의 눈동자다. 그의 머릿속에는 오직 줄리아 뿐이다. 마침내 주안의 모든 생각이 줄리아의 눈동자에 모임으로써 그는 그녀의 시선에서 벗어날 수 없다.

> 외로운 산책도, 꼬리에 꼬리를 무는 공상도
> 　다정한 줄리아의 눈동자에서 벗어날 수 없었다.
> 줄리아는 주안이 평온하지 못하다는 것을 알아차렸다. (I, 97)

유부녀인 줄리아는 자신의 경험에 걸맞게 주안이 평온하지 못하다는 것을, 그 불안의 정체가 무엇인지 눈치를 채고 있다. 그녀는 주안이 느끼는 불안의 원인을 아는 것이다. 주안이 이성에 막 눈뜨기 시작한 설익은 육체라면 줄리아는 무르익은 육체이다. 육체에 있어서 줄리아는 어느 모로나 유리한 고지에 있다.

기후가 무더운 곳에서는 간통이 훨씬 빈번한 것이 당연하듯이 주안과 줄리아의 사랑도 더운 여름 계절에 이루어진다. 그녀는 5월의 여주인공이 되어 주안과의 사랑에 주도적 역할을 한다.

> 그날은 어느, 어느 여름날이었다—

여름은 참으로 위험한 계절이었고,
5월 말경의 봄도 마찬가지다.
태양은 말할 것도 없이 압도적인 이유,
하지만 이유야 무엇이든 배반보다 진실을
더 확신한다고 할 것이다.
자연이 점점 더 즐거워지는 계절이 있으니
3월에는 산토끼, 5월에는 그 여주인공이 있어야 한다. (I, 102)

자연의 변화에 따라 계절마다 그 주인공이 있듯이 3월에는 산토끼가 있다면 5월에는 여주인공이 있다. 5월의 여주인공은 줄리아다. 이글거리는 태양은 정염과 관계가 있어 어느 모로 보나 여름은 아주 위험한 계절이다. 어느 여름날에 줄리아는 주안과 같이 앉아 애써 고수하려던 자신의 플라토닉 사랑을 포기하고 가장 자연스러운 육체적 사랑에 돌입하려 한다. 그녀의 주안에 대한 사랑은 그 핑계를 계절에 돌릴 수 있다. 그리고 더욱 압도적인 핑곗거리는 태양이다. 이러한 상황에서 주안과 줄리아의 사랑은 절정을 향해 나아갈 수밖에 없지 않은가. 그것은 자연적 수순이다.

그녀는 얼마나 아름다운가! 그녀의 부끄러운 가슴이,
그녀의 볼에서 붉어졌으나, 그녀는 잘못이라 느끼지 않았다.
오 사랑, 그대의 신비한 기술은 얼마나 완벽한 것인가,
약한 자를 강하게 만들고, 강한 자를 마구 짓밟아 버리다니.
그 사랑의 매력이 함께하는
자신을 속이는 일은 인간이 가장 잘하는 일이다.
그녀는 천 길 낭떠러지에 서 있었는데

순수에 있는 그녀의 신조도 그랬다. (I, 106)

줄리아의 아름다움 앞에서, 사랑이라는 신비한 기술 앞에서 가엾은 주안의 운명은 이미 끝장났다. 처음에 줄리아와 주안은 애써 서로의 욕망의 실체를 부정하려 했지만 그들의 길은 불가피하게 하나가 되고 만다. 이 두 연인의 사랑은 이중의 효과를 낳는다. 주안의 처지에서 보면 첫사랑을 경험하는 동시에 순수로부터 타락을 경험하게 된다.[37] 반면 줄리아는 경우에는 남편 있는 아내로서 불륜을 경험하는 타락이다. 그녀의 불륜은 천 길 낭떠러지에 서 있다. 아주 위태위태한 지경이다. 그러나 그녀는 그 사랑을 잘못이라고 생각하지 않는다.

아담의 타락은 전 인류의 죄를 대표하는 첫 타락으로 영원히 기억된다. 주안의 사랑은 첫사랑이기 때문에 그에게는 영원히 기억될 것이다.

이런저런 그 모든 것보다 훨씬 더 감미로운 것은
　열정적인 첫사랑이었다. 아담이 자신의 타락을 기억하듯이
첫사랑만이 기억에 남는다. 선악과를 따먹었기에 이제 모든 것을 알았다.
　낙원에서 선악과를 따먹었던 죄보다
더 멋있는 추억은 우리 인생에 없다.
　물론 이런 경험은 그리스 신화에서
프로메테우스가 우리를 위해 하늘에서 훔쳐 온
용서할 수 없는 불로 전해 내려오지만 말이다. (I, 127)

첫사랑이란 이후 수없이 사랑하더라도 사랑이란 감정을 처음으로 느낌으로써 영원히 기억되고 그 모든 사랑보다 달콤한 것으로 기억된다. 첫사랑은 이루어질 수 없음으로써 더욱 아름답고 간절하다. 첫사랑은 우리의 뇌리에 가장 멋있는 추억으로 선명하게 각인되기 때문에 그것을 비난할 수 없다. 마찬가지로 선악과를 따먹은 우리 조상의 죄를 비난할 수 없다. 그들의 타락 덕분에 우리는 선과 악을 분별할 수 있기 때문이다. 우리는 프로메테우스의 죄를 물을 수 없다. 그 때문에 세상은 밝아졌으니까. 이들이 없었더라면 우리는 영원한 무지 속에 또는 영원한 암흑 속에서 살고 있을지 모른다. 선과 악, 죄와 벌, 타락과 구원은 서로 공존하는 것이다. 모든 것에 대한 상대성이 바이런의 가장 큰 특징 중의 하나다.

첫사랑은 기억할 수는 있지만 영원히 회복할 수 없는 사랑이다. 그것은 순수하였기에, 첫 경험이었기에 가장 만족스러운 사랑의 순간이며, 가장 강렬한 사랑의 순간이다. 그러므로 그 실연은 두 겹의 고통이 되는 기억이다.

더 이상—더 이상—오 나에게 더 이상
　마음의 신선함이 이슬처럼 떨어지게 하지 마라,
그것은 우리가 보는 아름답고
　신선한 감정에서 뽑아낸 것,
우리의 가슴속에 벌집처럼 숨겨 놓은 것이다.
　그대는 그것과 함께 성장하는 게 꿀이라 생각하는가?
오 통제라, 그건 그 안에 없고, 그대의 힘 안에서
꽃이 가장 아름다울 때 두 겹이 되는 것이다. (I, 214)

시인은 실연의 고통을 알기에 더 이상 사랑을 이야기하지 말라고 한다. 순수에 대한 이 자그마한 향수는 조락을 이야기하는 가운데 아리아 같이 빛나는 몸짓이다.[38] 첫사랑은 그것이 어떤 감정이든 최초의 순간은 미지의 첫 경험이기 때문에 영원히 기억하지만 그것을 재현할 수는 없다. 풋풋함과 신선함, 그리고 그 강렬한 감정은 첫 경험이기 때문에 그러하리라. 첫사랑은 사랑의 정수이며 아담의 원죄처럼 사랑의 원죄다. 첫사랑은 누구나 겪어야 하는 통과의례와 같다. 그러나 주안에게 문제가 되는 것은 이 첫사랑으로 인해 그가 계속해서 여성과의 모험에 연루되는 데 있다.

## 침실 소극

주안의 첫사랑과 줄리아의 불륜의 사랑은 어쨌든 그 절정을 향해 나아가야만 하는 게 자연사의 일부였다. 주안이 말 할 수 없는 생각으로 갈등하면서 괴로워하고 있을 즈음, 줄리아는 어떤 절대적인 존재와 그 권위의 현존에 의지하면서 자신이 당면한 육체적 욕망과 순수한 정신의 갈등을 해결하려고 시도한다. 주안의 순수한 첫사랑은 줄리아의 불순한 불륜이다. 줄리아는 '육체의 자매들' 중 가장 앞선 여성으로 그녀의 몸은 뜨겁고 가슴은 열정으로 차 있다.

한숨을 쉬고 억제하려니 더 깊이 터져나오는 탄식,
　훔쳐보기에 더욱 짜릿한 슬쩍슬쩍 훔쳐보는 눈길이 있었다.
아무 죄도 없는데 확확 달아오르는 얼굴,
　만나서는 가슴이 두근거리고 헤어지면 안절부절못한다.
이 모두는 소유하고픈 전조일 뿐,
　열정에 찬 젊은이는 누구나 이것을 느끼게 마련,
그리고 풋내기에게는 처음 하는 사랑은
얼마나 쑥스러운지 알려 줄 뿐이다.

가엾은 줄리아는 착잡한 심정이었으며
　가슴이 뛰는 것을 느꼈다.
그러나 자신과 남편을 위하여, 명예를 위하여
　자존심을 위하여, 종교를 위하여, 도덕을 위하여
참기로 하고 숭고한 노력을 결심하였다.
　그녀의 결심은 참으로 가상하여 타르퀸 왕을 전율케 할 정도였다.
그녀는 여자의 처지를 아주 잘 아시는 성모 마리아께
은총을 내려주시라고 기도하였다. (I, 74-5)

가부장제도에 속하는 줄리아가 유부녀로서 정신적 갈등을 겪지 않았던 건 아니다. 그녀도 주안과의 사랑을 위해 오랫동안 정신적 갈등을 겪었다. 그런 그녀의 기도에 두려움이 포함되는 것은 당연하다. 그런데 그 두려움이 그녀의 금지된 사랑을 더욱 짜릿하게 만든다. 가슴속에 꽉 찬 정염을 억제하려니 더욱 타오른다. 타르퀸Tarquin은 기원전 6세기 후반의 인물로 로마의 마지막 왕이었다. 그는 귀족부인 루크레티아Lucretia를 겁탈하여 자살로 내 몬 인물이다. 또 그는 수많은 원로를 죽인 전제적 독재와 공포정치로 유명했다. 줄리아의 정절을 지키려는 결심은 루크레티아처럼 너무 단호하여 그 왕을 전율케 할 정도이다. 그녀가 자신의 열정을 참는 이유는 명예, 자존심, 종교, 도덕 때문이며 유부녀로서 남편을 위한 것이다. 이 모두는 정신을 억압하는 개념들이다.

줄리아는 자신의 정신적 억압을 강화하기 위해 기도하는데 그 대상은 성모 마리아다. 성모 마리아 신앙 없이 서구의 문화와 정서를 논하기란 불가능하다. 줄리아가 갈등하는 원인도 성모 마리아 안에 있다. 그러나 그녀는 마침내 성모 마리아에게 기도하는 것을 포기함으로써(I, 76) 그녀의 기도가 얼마나 헛된 것인가를 입증한다. 성모 마리아에 대한 풍자는 성모 마리아라는 이름이 주는 심리적 부담에 대한 언급과(V, 4) 영국 편의 노만 애비에서는 보다 구체화되어 몽크 유령Monk ghost으로 나타난다.

페미니즘의 도래로 여성들은 끊임없이 그것이 뜻하는 의미에 매료되었다. 페미니스트들은 문학과 문화와 정치에서 여성이 담당해 왔던 부분과 역할을, 또 앞으로 해야 할 부분에 관해 많은 관여를 하였다. 그러나 페미니즘이 사회에서 성공을 보일 때, 거의 모든 페미니즘은 일종의 피해 의식, 예를 들면 사랑, 실연, 그리고 버림받는 것에 대한 두려움을 표시하고 있는 점은 어느 정도 사실이다.[1] 줄리아는 뿌리 깊은 순결에 대한 강박 관념에 사로잡혀 완벽한 플라토닉 사랑이 자신의 것이라고 주장한다(I, 79). 그러나 그녀의 플라토닉 사랑에 대한 강박관념은 페미니즘적인 피해의식으로 볼 수 있다. 그렇기 때문에 주안에 대한 그녀의 사랑이 완벽한 플라토닉 사랑이라고 주장하는 것이다. 줄리아가 강변하는 플라토닉 사랑은 머지않아 위선으로 밝혀진다.[2]

플라토닉 사랑은 플라톤에서 유래한 것으로 그것은 어떤 의미에서 정신의 우위성을 강조하는 부르짖음이다.[3] 순결에 대한 그리스도교 관념은 성서나 복음서보다 우선하는 플라톤 철학에서 유래한다. 플라톤은 자신의 『티마이오스』*Timaios*에서 자연철학을 논하고 있는데, 그것은 천체부터 지상의 생명체까지 자연적 사물의 발생 과정을 다루고 있다. 아담과 이브는 이 책의 서술처럼 천상계에서 내려온 존재가 아니라, 성서의 기록처럼 신이 진흙으로 빚은 후 생명의 입김을 불어 넣어 탄생한 흙의 화신이다. 구약에는 다산을 축복으로 여겨 육체에 대한 비난은 없다. 육체에 대한 비난은 교회나 교부 중에서 스콜라주의자들에 의해 채택된 그리스 철학에서 나타나기 시작했다. 그것이 플라톤에 의해 수용되어 불멸의 영혼과 필멸의 육체와의 구분은 보다 강화된다. 플라톤에 의하면 인간의 심성은 사유, 의지, 욕망의 세 부분으로 나뉘며 그 중의 사유는 머리에, 감정은 가슴에, 욕정은 하반신에 근거를 두고 있다는 것이다. 이 경우 오직 사유하는 이성만이 육체 속에 깃드는 동시에 다른 구성 부분과 결합하는 불멸의 요소다.[4] 주안이 말할 수 없는 생각을 했을 때 이성적 사유를 하였다면, 줄리아를 사랑하는 것은 가슴으로 느꼈던 감정이었다. 이제 그는 하반신에 근거를 둔 욕망을 경험할 차례다. 그 경험은 이후 '난파선'에서 격렬하게 경험한다.

순결에 대한 강박관념이나 욕망하는 육체 사이에서 갈등하는 줄리아의 예에서 볼 수 있는 문제는 정신의 우위를 부르짖기에 육체적 욕망이 너무 큰 점에 있다. 육체가 정신을 지배하고 고문하고 있을 때, 줄리아의 정신은 육체의 유혹을 이기기에 너무 연약하다. 그녀는 피와 살을 가진, 뜨거운 몸을 가진 '육체의 자매들'에 속하기 때문이다.

> 줄리아는 정숙한 여인이 되어
> 　유혹에 당당히 맞서 극복해야 한다고 결심하였다.
> 회피는 비열하고 떳떳하지 못하며,

이제 어떤 남자라도 그녀의 마음을
달뜨게 하지 못하리라 생각하였다. 우리가 말하는
보통 이상의 감정이 있더라도 말이다. (I, 77)

줄리아의 결심은 정숙한 여인이 되는 것이다. 정숙한 여인이 되는 것은 남성의 유혹을 이기고 가부장제도의 잣대를 벗어나지 않고 신의 계율에 충실하는 것이다. 가부장제도는 남성이 여성을 지배하고 억압하며 착취하는 사회구조와 관습 체계로 정의할 수 있다. 나아가 남성을 전적으로 가부장제도의 수혜자, 여성을 희생자로 이해한다.[5] 그러나 보다시피 줄리아의 문제는 가부장제도가 아니라 자신의 뜨거운 육체와 달뜨는 마음이다. 따라서 그녀의 욕망하는 육체를 해결하지 못하는 이유를 가부장제도에서 찾는다면 그 육체는 역설에 빠져서 육체는 은총의 수단으로 이용되며 정신에 종속된다.

바이런은 이런 관점을 인정할 수 없었고 육체와 정신은 필수 불가결하며 상호보완적인 실체로 보았다.[6] 여기서 줄리아의 갈등하는 주체는 자신의 뜨거운 육체와 달뜨는 마음이 아니라는 모순에 봉착한다. 그녀를 갈등하게 하는 것은 사회적 제도다. 때문에 그녀는 무엇보다도 남성 중심의 사고와 가부장제도 등의 여러 견고한 이데올로기에 의해 억압받는 육체와 자유로운 몸 즉, 주체로서의 몸 사이에서 갈등하는 것이다. 그것은 줄리아의 육체는 자아 주체로서의 공간이 되지 못하고 가부장제도 안에서 허구화된 육체이기 때문이다. 그러나 여기서 허구화된 육체는 여성뿐만 아니라 주안에서 보았듯이 남성도 마찬가지임을 기억할 필요가 있다. 특히 주안은 홀어머니 아이네즈로부터 자연사가 생략된 교육을 받음으로써 자연스럽게 성정이 발현될 기회를 놓친 셈이다. 그래서 주안은 줄리아에 대한 자신의 감정 실체를 모르고 고민했다. 반면 줄리아는 자신의 감정 실체를 알기에 고민했다. 그러므로 주안과 줄리아의 관계에서 줄리아의 육체가 주도권을 잡게 되는 것은 당연한 일이다. 참고 참았던 줄리아의 억제된 욕망은 마침내 폭발하고 주안은 그의 말할 수 없는 갖가지 생각이 마침내 서로의 육체에 굴복하기에 이르면서 그들의 사랑은 클라이맥스에 이른다.

> …… 그녀와 주안은 얼굴을 맞대고 있었다.
> 두 얼굴이 그렇게 맞닿을 때
> 몹시 어렵겠지만 두 눈을 감는 게 현명할 것이다. (I, 105)

두 얼굴이 맞닿을 때, 두 눈을 감으면 연인은 외부 세계와 단절되고 자신들만의 사랑의 황홀경에 빠진다. 줄리아와 주안은 두 눈을 감음으로써 자신들만의 사랑의 세계를 만든다.

젊은 유부녀 줄리아와 어린 주안은 오랜 정신적 갈등의 경로를 거쳤으며 이제 이들에게 남은 것은 육체적 확인이다. 처음 이들의 사랑은 순수하고 아름다워 보이기까지 한다. 줄리아는 자신의 육체성을 솔직히 인정하였기에 그녀의 육체성은 어떤 수단이 아니라 그 자체로서 목적을 가진다.[7] 그 목적은 주체적 자아의 확인이다.

그들의 사랑이 이루어진 날은 아주 아름답고 로맨틱한 밤이다.

해가 졌고, 노오란 달이 떠올랐다.
　달님 속의 악마는 장난꾸러기, 사람들은
달님을 정숙이라고 하는데, 내 생각에, 너무 이르게
　이름 붙였다. 낮이 없었다.
6월 21일이 아닌, 가장 긴 날이
　사악하게 일을 반쯤 엿보고는
달빛은 그 일에 세 시간 동안 미소를 지었는데,
그동안 달님은 아주 정숙해 보인다.

그 시간에 위험한 침묵과,
　자아 통제를 요구하지 않고, 충만한
영혼이 스스로 문을 열게하는
　고요함이 있었다.
나무와 탑을 성스럽게 만드는 은빛은
　만물에 아름다움과 깊은 상냥함을 비춘다.
심장에 숨결을 불어 넣어, 그 위로
사랑스런 나른함을 던진다. 그것은 휴식이 아니다. (I, 113-4)

해가 지고 달이 뜬다. 달님을 정숙이라 명명한 것은 너무 성급한 처사였다. 달님은 월하노인月下老人으로 연인과 연인을 사랑하게 한다. 줄리아와 주안의 사랑이 이루어진 시간은 밤이다. 노오란 달은 나무와 탑에 은빛을 던져 신비스러운 분위기를 자아낸다. 달빛에는 고요함이 있어 자연스럽게 영혼을 열게 하는 힘이 있다. 주안과 줄리아가 사랑을 나누게 되는 밤에 그들의 사랑에는 달님이 중매쟁이 역할을 한다. 그들이 사랑의 행위로 들어가는 순간은 점진적이다. 먼저 침묵이 있으며 그리고 분위기에 따라 서로의 행위가 자연스럽게 반응한 것이다. 그러나 사랑의 목적에 있어 줄리아와 주안은 서로 다르다. 주안에게는 사랑 자체가 목적이었다면 줄리아에게 사랑의 목적은 자아 확인이다. 그녀는 육체와 정신이 분리되는 갈등을 포기하고 자신의 정신적 감정에 솔직해지기로 결심하였기에 잘못했다는 생각은 하지 않는다. 사랑의 위대한 힘 앞에 그녀는 명실상부한 몸과 마음을 가진 여성 주체임을 자각한 셈이다.

> 유익한 대화를 위해 너무 늦지 않을 때까지,
>   한숨 외에 줄리아의 목소리는 잠겼다.
> 그녀의 상냥한 눈에서 눈물이 흘러 내렸다.
>   난, 정말이지, 이런 기회가 없길 바랬어,
> 하지만, 통제라, 누가 사랑하면서 현명할 수 있겠는가?
>   가책이 유혹에 맞서지 않기 때문에,
> 그녀는 여전히 조금은 갈등하였고 많이 후회하였다.
> 그리고 속삭였다. '난 절대 허락하지 않을 거야'—허락하고 말았다.
> (I, 117)

주안을 마주한 줄리아는 목소리가 잠기고 괜한 눈물이 쏟아진다. 줄리아는 자신에게 불륜의 기회가 없기를 바랬지만, 누구도 사랑하면서 현명할 수 없는 법이다. 사랑은 맹목적이기 때문이다. 양심의 가책이 유혹에 맞서지 않기 때문에, 그녀는 여전히 조금은 갈등하고 더욱 후회한다. 그녀는 '나는 절대 허락하지 않을 거야'라고 속삭이다가 마침내 허락하고 말았다면서 갈등을 포기한다. 줄리아는 사랑과 정절의 갈등 사이에서 정절을 포기함으로써 사랑을 쟁취한 여인이 된다.

> …… 푸르고 깊은 달빛이 비치는 한밤중에
> 　아드리아 해의 곤돌라 사공의 노래와 노 젓는
> 소리를 듣는 건 감미롭다.
> 　멀리서 파도의 찰싹거리는 소리를 듣는 건 감미롭다.
> 저녁별이 나타나는 것을 보는 건 감미롭다.
> 　나뭇잎에서 나뭇잎으로 밤바람이 파고드는
> 소리를 듣는 건 감미롭다. 하늘을 가로지르며
> 바다 위 높이 떠 있는 무지개를 보는 건 감미롭다. (I, 122)

줄리아와 주안이 사랑하는 밤 배경은 참으로 낭만적이고 감미롭다. 그것은 한 편의 서정시다. 사랑은 푸르고 깊은 달빛이 비치는 밤을 배경으로 멀리서 아련히 들려오는 아드리아 해의 곤돌라 사공의 노랫소리와 노 젓는 소리를 듣는 것처럼 감미롭다. 사랑은 멀리서 들려오는 살랑거리는 파도 소리, 나뭇잎 사이로 스쳐 지나가는 바람 소리를 듣는 것처럼 감미롭다. 사랑은 하늘을 가로지르며 바다 위에 떠 있는 무지개를 보는 것처럼 감미롭다. 사랑은 이처럼 모든 자연을 아름답게 보고 느끼게 하는 힘을 가진다. 그렇기에 사랑은 아름답다. 사랑하기 때문에 세상이 아름답게 보이고 자연의 소리가 감미롭게 들린다. 줄리아와 주안의 사랑이 그랬다.

그러나 시인은 다시 이렇게 노래한다.

우리가 집 가까이 갈 때, 경비견의 정직한
　짖음을 듣는 것은 감미롭다.
우리가 오는 걸 알아차리고 눈빛을 반짝이며
　우리를 보고 있는 눈이 있다는 걸 아는 것은 감미롭다. (I, 123)

감미로운 소리 중에 정직한 경비견의 소리는 감미롭다. 경비견의 짖어대는 소리는 정직하다. 개는 주인이 다가오는지 아닌지 알아보고 눈빛을 반짝이기도 한다. 감미로운 줄리아와 주안의 사랑에 정직한 경비견의 짖음을 대비시킴으로써 시인은 그들의 사랑이 정직하지 않은 불륜임을 넌지시 암시한다. 뿐만 아니라, 시인은 노부인의 예상치 못한 죽음과 70세 된 노인의 갑작스런 죽음은 유산과 현금, 또 시골의 대저택을 물려 받기 위해 너무 오래 기다린 사람에게 특히 감미롭다며 독설을 쏟는다(I, 125). 이것은 인간 본성의 허를 찌르며 타산적이고 이기적 사랑의 허구성에 대한 통찰력을 보여주는 말이다.

줄리아와 주안의 감미로운 사랑은 6월 6일 뜨거운 여름에 시작하여(I, 104), 11월 초겨울 어느 날 밤 자정에 파국에 이른다(I, 136). 줄리아의 남편 알폰소가 난데없이 침실에 뛰어든 것이다. 그들의 사랑은 불륜이었기 때문에, 그것은 예기치 않게 발각됨으로써 왜곡되고 전도된 사랑이 문제가 된다. 한밤중에 줄리아는 문 두드리는 소리에 잠에서 깨어난다. 갑자기 남편 알폰소가 불륜의 현장, 줄리아의 침실에 뛰어드는데 그 소리를 듣고 하녀 안토니아Antonia가 마님 줄리아를 깨운다.

'맙소사, 마님—마님—여기 주인님이 오셨어요.
　마을 사람을 반을 더 거느리고요.
저런 저주의 재앙은 들어 본 적이 없네요!
　이건 제 잘못이 아니에요—저는 잘 감시했거든요—억울하네요!
빗장을 조금 빨리 열도록 기도하세요.
　아마 사람들은 지금 계단에 있을 거예요. 틈새는
이곳이에요. 그는 도망갈 수 있을 거예요.
사실 창문은 별로 높지 않잖아요!' (I, 137)

위의 장면에서 불륜의 현장 장면이 그대로 시각화된다. 하녀 안토니아의 말에서 그녀는 마님 줄리아의 침실에 같이 있으면서, 줄리아와 주안이 불륜을 저지르는 동안 망을 보고 있었는데 이제 느닷없이 줄리아의 남편 알폰소가 막 쳐들어오기 직전임을 알 수 있다. 안토니아의 말에서 상황의 긴박함이 숨 가쁘게 전해지며 전체 장면이 한꺼번에 시야에 들어오는 느낌이다. 주안은 창문으로 도주해야 할 판이다. 그런데도 줄리아는 전혀 당황하지 않고 노련하게 상황을 통제한다.

가여운 도나 줄리아, 마치 잠에서 깨어나 놀란 듯
　(명심하시오—그 여자가 자고 있지 않았다고 나는 말하지 않았소),
처음에는 소리를 지르고 하품을 하고, 그리고 울었다.
　하녀 안토니아는 능숙하게
이불을 말아 올렸다.
　마치 그녀가 방금 그곳에서 나온 것처럼,

> 주인마님이 둘이 같이 잔 것을 증명하듯이
> 그녀가 왜 그 고생을 하는지 난 모르겠다. (I, 140)

안토니아의 급박한 목소리에도 줄리아는 꼼짝도 않는다. 줄리아는 막 잠에서 깨어난 시늉을 한다. 그녀는 노련하다. 하녀 안토니아는 이불을 뭉쳐 마치 두 사람이 잔 것처럼 만든다. 그녀는 줄리아의 불륜을 증명하고자 하는지도 모른다. 안토니아가 서둘러 침실을 정돈하는 동안 알폰소와 그 무리는 흡사 무대에 뛰어들 듯이 줄리아의 침실로 뛰어들어 사방을 뒤지고 구석구석을 헤집으며 난장판을 만든다.

> 그는 찾았고, 그들도 찾았다. 벽장과 양복장,
> 　서랍과 창가 의자, 사방을 뒤졌다.
> 많은 린네, 레이스, 스타킹 몇 켤레,
> 　슬리퍼, 브러시, 빗, 아름다운 숙녀들이 지닐 갖가지 물건들,
> 그리고 그들을 아름답게 하거나 단정하게 해 줄
> 　다른 장신구들을 찾아냈다.
> 그들은 칼로 아라스 벽걸이에 구멍을 내고 커튼을 찢고
> 덧문 몇 개와 선반을 박살냈다. (I, 143)

알폰소와 마을 사람들은 침실 구석구석을 뒤지고 헤집으면서 불륜의 증거를 찾고자 한다. 린네, 레이스, 스타킹, 슬리퍼, 브러시, 빗 등등이 사방으로 던져지며, 아라스 벽걸이에 구멍이 나고 커튼이 찢긴다. 덧문과 선반이 부서진다. 아라스는 이중의 의미를 가진 단어

다. 아라스 천과 결혼할 때 남편이 아내에게 주는 증여가 그것이다. 아라스가 찢어지는 것에서 결혼의 파국이 강하게 암시된다. 이 모든 사건이 무대 위의 공연을 보듯 박진감 있게 전개된다. 사실 이 장면은 한 편의 멋진 침실 소극이다.[8] 소극은 '포복절도'belly laugh를 자아내는 희극의 한 유형이다. 포복절도를 유발하기 위해 극히 과장하거나 패러디한 인물유형을 흔히 사용한다. 그리고 패러디한 인물들을 개연성이 없는 우스꽝스러운 상황에 넣고는 상스러운 유머와 난폭한 육체적인 놀이를 마음대로 사용하여 웃음을 자아내는 특징이 있다. 줄리아의 침실에서 전개되는 인물들이 만들어내는 난장판은 소극이 되기에 충분하다.

> '자, 히달고, 당신이 나에게 의심의 눈길을 던지고,
> 　모두를 혼란하게하고,
> 예의범절이 그걸 알도록 했으니
> 　당신이 찾고 있는 사람은 누구인가요? 그를 뭐라고
> 부르죠? 그의 혈통은 무엇이죠? 그를 좀 보여주세요.
> 　난 그가 젊고 미남이길 바래요. 그 사람 키가 큰가요?
> 말해주세요, 당신이 내 명예에 먹칠한 것은 사실이죠,
> 그건 괜히 한 짓이 아닐 거예요. (I, 154)

줄리아는 남편 알폰소를 귀족 명칭인 히달고라고 부르며 그를 비웃는다. 히달고는 아내의 정숙함을 믿지 못하여 아내의 침실을 덮쳐 난장판을 만들었다. 줄리아는 남편 알폰소가 찾고 있는 남자가 젊고 미남이기를 바란다고 말하며, 늙고 미남이지 못한 남편의 약점을

찌른다. 그리고 줄리아가 묘사하는 알폰소가 찾고 있는 남자의 모습은 정확하게 주안과 일치한다. 그는 젊고 미남이고 키가 큰 남자다. 줄리아는 알폰소의 행동은 자신의 명예에 먹칠한 일이니 그건 괜히 한 짓이 아닐 거라는 은근슬쩍 협박조의 말을 던진다.

줄리아와 주안과 그리고 알폰소가 만든 침실 소극은 극적 효과를 자아내면서 시의 감상을 흥미롭게 한다. 소극의 무대는 줄리아의 침실이고 배우는 줄리아다. 여러 가지 잡다한 소도구는 연극의 소품 역할을 한다. 자신의 침실에 뛰어든 남편에게 줄리아는 적반하장으로 오히려 더 큰소리 친다. 그녀의 대사는 그대로 무대 위의 배우 같다. 그녀는 자신의 유리한 입장을 십분 활용하고 있다. 알폰소가 침실을 난장판으로 만들면서 주안을 찾고 있는 동안 줄리아는 폭포수처럼 장광설을 쏟아내는데, 그것은 자신은 정숙한 아내이며 외출이라고는 투우, 미사, 연극, 야유회, 잔치 외에는 한 적이 없다고 강변한다(I, 145). 줄리아의 외출 목록을 보면 스페인에서 즐길 수 있는 모든 항목을 망라하고 있다. 이 밖에 무슨 외출이 더 필요할까. 그녀가 구사하는 수사는 매우 희극적인 권모술수에 속한다.[9] 이와 같은 줄리아의 수사학적 논리는 카니발적 요소와 같은 맥락에서 해석할 수 있게 한다. 카니발 이론으로 줄리아의 언술을 분석하면 그녀는 부조리한 정신과 억압에 대한 저항, 자유와 평등을 추구하는 것이다. 줄리아가 구사하는 언술뿐 아니라, 그녀는 성적, 종교적, 가부장적 질서의 희생자였기 때문에 그녀에게 카니발 이론은 억압받는 자들의 저항 문화가 되는 효과가 있다.[10]

'침실 소극' 장면은 극적이고 희극적인 요소로 인해서 카니발 세계로 볼 수 있다. 바흐친이 카니발 이론에서 주장한 '삶 밖의 삶, 혼성 잡색의 모임'과 유사하다. 그의 카니발 세계는 관객과 연기자 사이의 구분이 없다. 여기에는 무대도 조명도 없다. 삶 자체가 놀이고, 놀이는 일시적으로 삶 자체가 된다.[11] 침실 소극은 카니발 세계처럼 줄리아, 주안, 알폰소, 안토니아, 모두가 관객인 동시에 연기자가 되어 삶의 한 단면을 놀이로 만든다. 장광설을 분출하는 줄리아, 벽장 안으로 숨는 주안, 변명에 바쁜 안토니아, 극적으로 침실로 뛰어드는 알폰소는 한바탕의 떠들썩한 마당놀이를 만든다. 이런 극적인 요소가 바이런 작품의 큰 특징 중의 하나다. 이것은 바이런의 드루리 래인Drury Lane과의 관계에서 잘 드러난다.[12] 바이런은 해로우Harrow와 케임브리지 트리니티Trinity Cambridge 시절 연극과 연설을 하였으며, 공연을 위해 극작품을 선정하는 드루리 래인의 위원회의 일원이기도 하였다.[13] 때문에 연극의 전통에 익숙한 것은 당연하다 하겠다. 바이런의 많은 극작품이 이 사실을 뒷받침하고 있다.

알폰소가 침실 구석구석을 이 잡듯이 뒤지는 동안 정숙한 부인 줄리아의 입은 잠시도 쉬지 않는다. 그녀의 언술에는 억압받는 자의 저항적이고 전복적 언술이 숨어있다. 연극성과 즉흥성을 결합한 그녀는 과연 명배우다.

> 이 탐색 동안 줄리아의 혀는
> 잠시도 가만있지 않았다. '네, 그래요, 뒤져요. 뒤지세요,' 그녀가 소리쳤다.
> '모욕에는 모욕이, 잘못에는 잘못만 쌓이죠!

이러려고 내가 당신의 아내가 되었던가요!
이러려고 말도 못 하고 알폰소 당신 같은 남편을
내 곁에 두려고 오랜동안 참았던가요.
하지만 이제는 더는 못 참겠어요. 여기에 있지도 않겠어요.
스페인 전국에 법이 있고 변호사가 있다면요.

'그래요, 돈 알폰소, 이제 당신은 더는 내 남편이 아니에요,
당신이 정말 그런 자격이 있다면요,
당신 나이에 가당치나 한가요? 당신 육십이죠,
오십이건 육십이건—마찬가지지만요.
정숙한 아내의 명성에 먹칠하려는 짓이
현명하고 딱 떨어지는 우연이라고 할 수 있나요?
배은망덕한, 위증의, 야만의 돈 알폰소,
어떻게 감히 당신 아내가 그런 짓을 한다고 생각하세요?

'이를 위해 여성이란 내 성性이 갖은 보통의
특권을 갖기를 무시했던가요? (I, 145-7)

여기서 줄리아는 자칭 정숙한 아내의 명성을 가지고 있는 반면 알폰소는 배은망덕한 위증의 야만적 남편이다. 이러한 줄리아의 언술은 웃음과 조롱인데 이는 카니발과 연결된다.[14] 그녀와 남편의 관계에서 볼 때, 냉정하게 말하면 표면상 줄리아는 가부장제도의 희생물이다. 그러나 위의 대사에서 그녀가 구사하고 있는 전략을 살펴보면 그녀는 가부장제도를 전복시킬 정도의 충분한 힘을 가지고 있다. 그녀는 분명히 자신의 여성 '성'과 그 특권을 충분히 자각하고 있다.

줄리아의 여성성이 갖는 특권은 무엇이겠는가? 미모와 어린 나이가 아니겠는가. 그녀는 이 사실을 충분히 의식하면서 알폰소를 깎아내리고 있다. 폭포수처럼 내뱉고 있는 그녀의 말 앞에서 알폰소의 목소리는 들리지 않는다. 알폰소의 나이는 분명히 오십이다. 그런데 줄리아가 남편의 나이를 모를 리가 없음에도 불구하고 그녀는 남편의 나이를 육십으로 부풀려서 말한다. 이는 육체적으로 늙은 알폰소의 열등성을 강조하는 동시에 육체적으로 젊은 자신의 우월성을 강조하는 전략이다. 그러면서 줄리아는 한 걸음 더 나아가 이 소동으로 자신이 '유산'을 하게 되면 어떻게 할거냐며 알폰소를 다그친다(I, 147). 주안과의 불륜의 침실에 뛰어든 남편을 앞에 두고 줄리아는 '유산' 운운하는데, 그녀는 그야말로 창피를 모르는 타락한 여자다. 한 마디로 후안무치의 탕녀다.[15] 여기서 줄리아는 가부장제도에 반하는 두 가지 여성의 육체 기관을 통제하지 못하고 있다. 그 하나는 성행위와 출산에 관련된 여성의 성이고, 다른 하나는 생각을 표출하고 저항하는 말하는 입이다. 여성 몸의 두 가지 부위를 통제 하지 못하는 그녀에게서 플라토닉 사랑을 고수하려던 모습은 찾아 볼 수 없다. 이 불륜 현장의 포착은 그녀의 플라토닉 사랑이 위선이었음이 입증되는 순간이다.

알폰소는 나름의 약점을 가지고 있다. 그의 약점은 나이 오십에 자신보다 곱절이나 어린 스물세 살의 아내를 가진 것이다. 그는 나이 때문에 육체적으로 줄리아에게 예속된 상태다. 줄리아와 알폰소의 결혼은 사랑으로 맺어진 것이 아니라 조건에 의한 협약으로 맺어진 것이다. 그들의 결혼은 정신적 사랑이 결여된 채 육체적으로만 맺어진 것이다. 그 자체가 자연법에 위배 된다. 그들의 결혼생활을 나이 차이에서 오는 육체적 불균형과 그 차이를 극복하지 못하고 있는 예로 제시하면서 바이런이 고발하고 있는 것은 결혼의 정당성이다. 결혼이 육체와 정신이 조화를 이룬 사랑으로 맺어진 것이 아닐 때, 그것은 사랑을 사고파는, 육체를 사고파는 결혼시장이 된다. 사랑은 자연제도이고 결혼은 사회제도다.[16] 줄리아와 알폰소에서 보듯이 사랑과 결혼은 별개고 양립할 수 없는 것이다. 마찬가지로 부부 사이에서 육체가 조화롭지 못할 때 그 정신도 조화롭지 못해 결국은 파국으로 치닫게 마련이다.

『돈 주안』의 극적 요소와 풍자성 때문에 이 작품의 장르 구분에 대한 의견이 학자들 사이에서 분분하다. 그러나 의견만 분분할 뿐이지 서사시인가, 의사 서사시인가, 희극인가,[17] 내러티브 시인가,[18] 소극인가에 대해 아직 확실한 장르의 정의는 유보된 상태다. 서사시를 지지하는 평자가 있는가 하면[19] 스케일에 있어 서사시, 모험에 있어 로망스, 분노에 있어 풍자시, 개인과 사회생활의 관심에 있어 소설적 특징이 있다는 전제하에 희극으로 정의하고 있는 평자도 있다. 또 소극으로 규정하면서 『돈 주안』의 희극성이 비극 위에 균형을 맞추고 있다고 보는 학자도 있다. 여기서 바이런의 도구인 소극은 안전망을 가진 비극이다. 아니 비극적 잠재성을 가진, 특히 고양된 비극적 잠재성을 가진 것이다.

줄리아는 전복적 언술로 남편 알폰소가 양심의 가책으로 괴로워하게 하는데 이것은 『오셀로』*Othello*, 1622의 오셀로를 아이러니하고 코믹하게 패러디한 것이다.[20] 줄리아는 정결한 데스데모나

Desdemona와 달리 분명 불륜을 저질렀다. 그러면서도 자신의 결백을 주장하는 데에는 데스데모나의 정절을 빰친다.

> 당신이 왜 나를 이렇게 대했는지 물어야 할 날이 올 거예요?
> 하느님, 그때는 부디 당신을 너무 슬퍼하지 못하게 하소서!
> 안토니아, 내 손수건이 어디 있지? (I, 157)

『오셀로』에서 데스데모나의 손수건이 사건의 발단이 되어 그녀의 비극이 시작되었다. 반면 줄리아의 손수건은 이제까지의 그녀의 모든 말을 희극으로 돌리는 계기가 된다. “안토니아, 내 손수건이 어디 있지?”라고 급변하는 그녀의 목소리에서 복잡다단한 은유를 읽어낼 수 있다. 그녀 목소리의 복잡성, 해결하지 못하는 모호성, 모순을 담고 있는 목소리를 극화하는 것이 바이런의 시적 천재성이다. 그리고 이것은 그의 가장 큰 업적이며, 비드라마 작품 중에서 나타난 극적 감각이 『돈 주안』에서 최상이 된다.[21]

‘침실 소극’은 한 편의 막간극 크로노토프 세계다. 그 공간은 침실, 시간은 불륜의 시간으로 혼합된다. 줄리아의 장광설이 신파조의 연극처럼 손수건을 찾는 데서 멈추는 순간 막간극은 반전한다. 마치 흐르던 물이 멈추듯 극적인 상황에서 줄리아는 청산유수 같은 자신의 대사를 멈추면서 극적 효과를 최대한 노린다. 그녀는 완벽한 배우다. 그녀는 착취하기 위하여 착취당한 자의 담론을 구사하고 있다.[22] 그녀는 밀고 당기는 성적 용어의 전략을 사용하는데(I, 180), 이는 남편에게 어린 여성인 자신의 힘을 이용하고 있는 것이다.[23] 사랑의 행위를 할 때 여자가 남자를 밀고 당기면서 안달하게 하는 것을 연상하면 이것에 대한 암시는 더욱 명확해진다. 가부장제도의 틀 안에서 길들여진 줄리아는 자신이 억압당하면서 그 억압자의 언술을 터득했다고 볼 수 있다. 그녀로서는 안심과 회심의 미소를 짓고 있을지 모르지만 여기서 상황은 다시 한번 반전되면서 소극은 클라이맥스를 향해 치닫는다.

줄리아의 승리는 잠시였다. 그녀가 회심의 미소를 짓기에는 너무 일렀다.

> 신발 한 켤레. 다음에는 무엇이? 별거 아닐 거야, 그게
>   숙녀 발에 맞기만 한다면야, 하지만 이 신발은
> (내가 말하기 얼마나 슬픈지 아무도 모를 거다)
>   남자의 것이야. 신발을 보고 집어 든 건
> 순간의 일이었다. 아! 슬픈지고,
>   내 이빨이 딱딱거리기 시작하고, 피가 얼어붙는다.
> 알폰소는 먼저 신발 모양을 잘
> 살펴보고는 불같이 화를 냈다. (I, 181)

극적 요소가 가미된 이 침실 소극 장면은 반전에 반전을 거듭하면서 등장인물들의 관계를 흥미진진하게 만든다. 신발을 집어 든 알폰소를 보고 재빨리 상황을 파악한 줄리아는 "주안, 튀어, 빨리빨리, 도망가, 튀어! 아듀"(I, 182)란 말을 단숨에 내뱉는다. 이 말을 뒤로하고 주안은 알폰소와 몸싸움을 벌이다 가까스로 도주한다. 여기서 알폰소가 발견한 '신발 한 켤레'는 단순한 신발 이상의 의미가 포함되

어 있다. 그것은 인생은 상상력의 수단이지, 그 반대가 아니다. 나아가 상상력도 인간의 일부지 그것을 정의하는 개념이 아닌 것이다.[24] 따라서 한 켤레의 신발이 주는 의미는 알폰소가 이미 상상했던 바가 현실로 나타난 것일 뿐 알폰소가 상상으로 창조한 것이 아니다.

상상력은 낭만주의를 특징짓는 핵심어다. 특히 콜리지S. T. Coleridge, 1772~1834와 워즈워스William Wordsworth, 1770~1850가 상상력의 중요성을 강조한다. 그러나 상상력이 지나치면 오히려 상상을 덜하게 되어 더욱더 자아 중심적이 되며 심하게는 호수에 잠기게 된다는 비판을 받는다.[25] 이는 호수파Lake District 시인들을 싸잡아 비난하는 것으로 바이런이 작품에서 풍자하고 있는 그들의 상상력은 독자들을 현혹할 수 있는 그 감상적 애매모호함이다.

'침실 소극'에서 줄리아와 주안의 불륜, 하녀 안토니아의 공모, 이를 발견하고자 하는 알폰소, 그리고 신발 한 켤레! 이 모든 장면이 숨 가쁘게 전개되면서 독자에게 잠시의 여유도 주지 않는다. 이는 박진감 있는 한 편의 연극이다.[26] 알폰소의 경우는 자신이 상상한 불명예에서 승리하고 싶었지만 스스로 오쟁이 진 남편이 되었다. 그는 스스로의 상상력에 발목이 잡히는 꼴이 되었고, 실제로 그렇게 되었다. 줄리아는 아내로서 남편 알폰소에게 정절을 지키지 못했지만 연하의 연인 주안에게는 여인의 기개와 정절과 사랑을 모두 바친다. 줄리아와 주안의 사랑은 한 편의 연극이 되어 일상사의 경계가 허물어진 전도된 세상을 보여준다. 그들의 전도된 사랑은 현실로 돌아와 제도권 안에서 심판을 받게 됨으로써 침실 소극은 대단원의 막을 내린다.

줄리아는 자신의 육체를 확인하고 인정받은 대가를 치러야만 했다. 그녀는 세상의 손가락질을 받고 수녀원으로 보내진다. 주안이 넘고자 했던 수녀원 담을 아이러니하게도 줄리아가 넘는 것이다. 그리스도교 유물인 수녀원은 그 폐쇄성과 억압으로 유명하다. 그 안에서 여성은 여성이기를 부정해야 하고 남성에 대한 동경은 예수의 사랑으로 대치되며, 설혹 인간적 애정을 꿈꾸더라도 그것은 음란의 죄를 범하는 것이다. 따라서 뜨거운 '육체의 자매들' 중의 일원이었던 줄리아는 살아 있어도 이미 죽은 목숨이다. 그러나 그녀로서는 애정 없는 남편과 위선적 결혼생활을 유지하기보다는 오히려 잘된 결과인지 모른다. 주안과의 사랑은 여성성을 솔직히 인정한 결과였으므로 줄리아는 그 사랑을 행복한 추억으로 간직할 수 있을 것이다.

바이런은 에로틱한 욕망을 인간의 본성으로 파악한 것은 사실이다. 그러나 그것이 순수한 정신의 결여나 교조적 원리원칙과 결합하면 풍자의 대상이 될 수 있는 점도 간과하지 않았다.[27] 줄리아는 사회·종교·문화적 관습과 그 제도에 충실하지 못했다. 그래서 그 희생물이 된 셈이다. 그러나 그녀의 본성이 가부장제도에 갇힘으로써 왜곡되지 않았을까? 줄리아와 주안의 사랑을 내세워 시인은 인간 본성을 구속하거나 억압할 때, 그것이 비록 종교일지라도 부정적 요소임을 지적하고 있다.

주안은 이제 침실 소극에서 첫사랑이란 모험을 끝내고 다른 세계로의 모험을 시작해야 한다. 그의 세계는 모험의 세계, 끊임없이 움직여야 하는 이동성의 세계, 크로노토프 세계이기 때문이다. 주안에게는 배를 타고 그리스로 이동해야 하는 모험이 기다리고 있다.

# 2장 그리스 편

난파선

낙원의 섬

## 난파선

주안의 첫사랑과 줄리아의 불륜은 한 편의 '침실 소극'으로 막을 내리면서 삶은 일상으로 돌아온다. 세상은 여전하다. 사람이야 죽든 말든 사랑해야 하고, 세금이야 내든 말든 세상은 지축으로 돌아가고 있다(II, 4). 줄리아가 심금을 울리는 자아 변호의 편지를 남기고 수녀원 담을 넘을 즈음, 주안은 줄리아의 이별 편지를 가슴속에 잘 간직하고 가정교사 페드릴로Pedrillo와 함께 세비야를 떠나 카디즈에서 배를 탄다(II, 5).

> 돈 주안은 시종에게 지시에 따라
> 　짐을 꾸리게 하였고, 그리고
> 훈계와 돈을 받았다. 4개의 봄 동안
> 　여행해야 하므로, 아이네즈는 슬펐지만
> (모든 종류의 이별은 그 쓰라림을 갖듯이)
> 　주안이 나아지길 바랐으며 아마 그렇게 믿었을 것이다.
> 그녀 역시, 훌륭한 충고를 (그는 결코 그것을 읽지 않았다)
> 담아 편지 한 통을 주었다—두세 개의 신용대부와 함께. (II, 9)

주안은 시종에게 짐을 꾸리게 하고 어머니로부터 훈계와 돈을 받았다. 그의 여행 일정은 4년이다. 꽤 오랫동안 스페인을 떠나 더 나은 사람이 되기 위해서 여행을 떠난다. 시종과 가정교사 페드릴로가 동행한다. 초라한 여행은 아니다. 주안은 배 위에서 멀어지는 고국 땅을 바라 보며 감회에 젖는데, 그 모습은 시인 자신이 영국 땅을 떠날 때의 모습과 교차한다. 영국 해안은 다른 모든 해안과 달리 백악白堊이다. 유충이나 조개류의 잔해가 쌓여서 절벽을 하얗게 물들이고 있는 백악은 멀리서 보면 신비감을 자아낸다(II, 12). 사실 주안은 세비야에서 카디즈, 그리스 섬, 모스크와 첨탑, 그리고 하렘까지 바이런이 걸었던 길을 가고 있다. 이 길에는 바이런의 고국에 대한 향수가 짙게 배어 있다.[1]

주안은 배에 올랐고 배는 출항했다.
　바람은 순풍이었고, 물은 거칠게 지나갔다.
바다 악마가 그 만灣에서 너울거리는데,
　종종 만을 건너는 나로서는, 그걸 충분히 안다.
갑판에 서서, 달려오는 물보라가
　얼굴에 부딪혀 쌓이고, 날씨를 거칠게 만든다.
그곳에 서서 그는 처음이자, 아마 마지막인
작별을 스페인에 고하고 고하였다. (II, 11)

카디즈에서 주안은 배에 올랐고 배는 출항하였다. 다행히 바람은 순풍이었다. 뱃전을 가르는 물이 거칠게 지나간다. 이 항해는 주안에게는 낯선 세계로의 여행이며 크로노토프 세계의 경험이다.[2] 주안이 겪게 되는 여행담은 바로 시인 바이런의 여행담이다. 바이런을 이해하기 위한 또 하나의 장치가 그가 여행한 나라와 도시와 자연을 살펴보는 것이다. 왜냐하면 바이런이라는 시인의 특이성이 이 여행에서 가장 잘 나타나기 때문이다. 바이런에게는 이동 자체가 삶이다.[3] 끊임없이 움직이고 밖으로 확대하려는 시인의 특성은 끝없이 넓고 넓은 곳을 방황하면서 지평선을 넓고 길게 삼고자 하는 열린 마음과 세계인의 마음을 나타낸다. 그것은 돈 주안의 것이기도 하다.

> '안녕, 나의 조국 스페인아, 오랫동안 안녕!' 그가 소리쳤다,
>   '아마 난 다시 올 수 없을지도 몰라,
> 많은 망명자가 너의 해변을 다시 보고 싶어 하며
>   죽었듯이 나도 그렇게 죽을지 몰라.
> 안녕, 과달퀴비르 파도가 미끄러지는 곳이여.
>   안녕, 어머니, 모든 게 끝났기에,
> 안녕, '사랑하는 줄리아!' 여기서 그는
> 그녀의 편지를 꺼내 처음부터 끝까지 읽었다. (II, 18)

주안은 조국 스페인에게, 과달퀴비르 강에게 작별을 고한다. 그리고 많은 망명자들처럼 그 해변을 다시 보지 못하고 죽을 거라 한다. 어머니와 무엇보다도 가장 사랑했던 줄리아에게 작별을 고한 뒤, 그녀의 편지를 꺼내 다시 한번 읽는다. 이 같은 주안의 대사처럼 바이런은 스스로 망명자가 된 후 영국 땅을 다시 밟아보지 못한다. 아내와의 별거, 이어진 쓰라린 고소와 맞고소,[4] 전국에서 쏟아지던 비난과 불명예, 사랑했던 이복누이 오거스타 리Augusta Leigh,

1784~1851와의 이별, 그리고 마침내 스스로의 추방으로 이어지는 1816년은 시인의 인생에서 변곡점으로 기록된다.[5] 이 해를 분기점으로 바이런의 독자는 두 부류로 나뉜다. 1816년 이전의 부유하고 인습적인 독자들은 바이런과 그가 다룬 사랑의 이야기에 매혹되었다면, 1816년 이후의 교육받은 중하층과 상류층 독자들은 바이런과 그의 작품을 비난하는 보수층이 주류를 이룬다.[6] 이 두 부류의 반응은 바이런이 다루는 시의 주제와 목소리가 변화했다는 증거다. 따라서 1816년 이후 바이런의 예언자적 목소리에 힘과 확신이 점점 더해 간다.[7] 이것은 바이런의 인생 경험과 시적 주제가 점점 인간을 이해하는 쪽으로 다가가고 있다는 증거이다. 또한, 바이런의 후기 시에서는 죽음을 초월한 자유를 획득하여 모든 것에 자기 생각을 거리낌 없이 말할 수 있었고 『돈 주안』에서 참된 목소리를 찾게 되는데,[8] 이는 시인이 인간적으로 원숙해졌으며, 시에서 시인의 개성이 승리했다는 것을 뜻한다.[9] 짧은 생애를 살았지만, 인생의 부침이 시인을 인간적으로 성숙하게 하였다고 본다. 주안도 그렇게 성장하고 성숙할 것으로 기대한다.

주안이 멀어지는 조국 스페인을 바라보면서 감회에 젖는 모습은 시인 자신의 모습이다. 바이런이 도버 해협the Strait of Dover을 떠나 끊임없이 이동하듯 주안도 이 여행을 시작으로 끊임없이 이동한다. 주안은 뱃고물에 서서 점점 멀어지는 조국 땅을 바라본다. 마음속에는 갖가지 생각이 떠오르지만, 이별과 낯선 땅에 대한 불안감이 그를 압도한다(II, 14). 사무치는 회한과 많은 미련이 있지만 포기해야 할 것은 포기해야만 한다.

주안은 두고 가야만 할 것이 많았다.
　어머니와 애인이 있었지만, 아내가 없으니,
슬퍼할 이유로는 오히려
　인생의 연장자보다 잘된 일이다.
이따금 한숨을 토해야 할지라도
　우리는 포기할 것은 포기해야만 한다.
우리는 마땅히 사모하는 마음을 위해 울어야 한다.
말하자면, 더 진한 슬픔이 우리의 눈물을 멈추게 할 때까지. (II, 15)

주안의 스페인은 바이런의 영국이고, 그 해변은 도버 해협이다. 주안의 마음은 시인의 마음이다. 스스로 망명자가 되어 쫓겨나듯 영국을 떠난 시인이었기에 주안을 통해 자신의 감정을 토로케 하는 건 당연하다 하겠다. 시인의 모국에 대한 그리움은 후기 시 『섬』 *The Island*, 1823에서 더욱 절실하게 묘사된다. 작품의 등장인물 캡틴 블라이Captain Bligh의 꿈에 나타나는 옛 영국의 반겨주는 해변Old England's welcome shore[10]은 바이런이 소망하는 꿈이며 고국에 대한 향수다.

주안은 뱃고물에서 멀어지는 조국 스페인을 하염없이 바라보고 있다. 배가 육지로부터 점점 멀어지다가 육지는 시야에서 사라져 마침내 첨탑만이 보인다. 많은 생각이 주안의 머리를 스쳐 지나간다. 근심, 불안, 충격 등 감내해야 할 것은 감내해야 하고 포기할 것은 모두 포기해야만 한다. 자포자기의 심정일까? 주안에게는 두고 떠날 아내가 없으므로 그의 슬픔은 아내가 있는 인생의 연장자보다 덜하다. 조국을 떠나 처음으로 외국으로 나가는 두려움과 사랑하는 사람들과의 이별의 슬픔은 말할 수 없이 크다. 그러나 그 정도에는 차이가 있다는 냉정한 계산이 뒤따른다. 따라서 주안이 지금 겪고 있는 실연의 상처도 그 뜨거웠던 만큼 차갑게 식을 것을 예고한다. 왜냐하면, 지금 사모하는 마음도 세월이 지나면 변하기 마련이며 슬픔도 더 큰 슬픔이 닥치면 지금의 것은 잊히기 때문이다. 사랑도 세상의 모든 것처럼 변하는 것이 인지상정이다. 재채기 감기나 후두염은 사랑의 변덕스러운 힘으로 치유되지 않는다. 사랑은 사랑의 뜨거운 열로 치유될 뿐이다(II, 22). 그리고 육체적 고통이 최악이 될 때, 사랑의 힘은 무력하다.

모든 것 중에 최악은 욕지기, 또는
　창자 아랫부분의 고통이다.
사랑이란, 영웅적으로 숨 쉴지라도,
　뜨거운 물수건에는 몸을 도사린다.
하제下劑는 그의 지배에 위협하며,
　뱃멀미는 죽음이다. 그의 사랑은 완벽했다. 주안의 열정이
달리 어떻게 하겠는가, 창자가 울부짖고,
위장이 거부할 때, 배를 타 본 적 없는 그에게? (II, 23)

시인은 사랑의 변덕스러운 힘을 노래하다가 갑자기 뱃멀미로 주제를 바꾼다. 사랑은 참으로 변덕스럽다. 항구적이고 변치 않는 사랑이 어디 있겠는가. 그런데 그것을 알면서도 참된 사랑을 하지 못할 때, 그 느낌이란 욕지기처럼 참기 어려운 위선이 아닐까. 주안은 위선의 옷을 벗고 줄리아의 사랑 때문에 괴로운 게 아니라 뱃멀미 때문

에 괴로워한다. 뱃멀미에 시달린 주안에게 가장 고통스러운 것은 욕지기와 창자 아랫부분의 고통이다. 이때 하제의 복용은 치명적이고 뱃멀미는 죽음이다. 어떤 것도 인간의 의지로 통제할 수 없는 육체의 자연성이다. 이는 인간의 구체적인 육체와 그 기능에 관한 원칙으로 몸 하위 부분의 강조는 바흐친이 주장하는 육체의 물질성과 몸의 하위층 강조와 같은 맥락이다.[11]

창자 아랫부분은 인간의 몸 중에서 플라톤이 가장 저급한 부분으로 치부한 곳이다. 플라톤이 주장하는 이상적이고 감상적인 사랑을 풍자하면서 그 플라톤이라는 작자도 통제할 수 없는 인간의 마음을 속이는 자이고, 기껏해야 중매쟁이 정도다(I, 116). 따라서 주안의 뱃멀미는 사랑과 고통의 역학관계를 시험하며, 그의 용납받을 수 없는 사랑이 육체적 고통으로 응징받는 것이다. 주안의 몸이 줄리아에 대한 사랑을 배신하고 있으며 그의 몸은 줄리아와의 사랑을 지키기에는 역부족이다. 육체의 일회성만큼이나 사랑도 일회성이다.

사랑은 그 자체의 뜨거운 열은 이겨내지만, 그 외의 모든 것은 이겨내지 못한다. 완벽하다고 자부하였던 주안의 사랑도 뱃멀미로써 그 허구성을 예고한다. 줄리아와 주안의 육체적 사랑은 고스란히 자연 현상에 반영되어, 그 격렬함, 그 파괴성에 걸맞게 이번에는 폭풍우가 몰아친다. 작열하는 태양과 몰아치는 폭풍은 자연의 두 얼굴이다. 이때 자연은 인생사에서처럼 알 수 없는 거대한 요인으로 작용하고 있다.[12]

배가 한쪽으로 기웃하더니 곧 좌현으로 쏠렸고,

그리고 뱃머리를 처박으며—한 마디로, 가라앉아버렸다.

그리고나서 바다에서 하늘까지 거친 작별를 고하였다.
　겁 많은 자는 비명을 질렀고 용감한 자는 꼼짝 않고 서 있었다.
몇몇은 지레짐작으로 마치 무덤을 갈망하듯이
　끔찍한 비명을 지르며 바다로 뛰어들었다.
바다는 지옥처럼 아가리를 쩍 벌려서
　소용돌이치는 파도 속으로 배를 삼켜버렸다.
적을 부둥켜안고 죽기 전에 목 졸라 죽이려고
사투를 벌이는 것처럼. (II, 51-2)

이 난파 장면은 폭력적 자연을 있는 그대로 묘사하면서 아주 생생한 현장감을 준다. 자연에는 인간의 육체적 욕망처럼 언제나 충족을 향한 폭발적 파괴력이 잠재되어 있다. 난파한 배의 선원들의 육체적 욕구가 극명하게 드러나는데 여기에 그들의 정신적 가치는 들어설 틈이 없다. 난파선의 사람들이 변하는 모습은 본능적이고 자연적이다. 오직 생존 본능에 따르는 허기와 갈증을 채우려는 욕구만 보여줄 뿐이다. 거칠게 요동치는 배 위에서 사람들은 이성을 잃고 생명의 위협에 대한 본능적 몸부림에 매달려 필사의 사투를 벌인다. 그러나 자연의 위력 앞에 필사의 사투는 헛된 노력이다.

인간 생존에 가장 중요한 것은 먹는 일이다. 먹는 일은 제일 중요하다. 식욕은 모든 육체적 욕구 중에 가장 우선한다. 그러므로 인간은 먼저 먹어야 한다. 식욕은 인간의 가장 강렬한 본능적 욕구이며, 먹는 욕구를 만족시켰을 때, 인간은 어느 정도 이성적인 동물이 될 수 있다.

인간은 육식성 제품이니,
　적어도 하루에 한 번은, 먹어야 한다.
인간은 도요새처럼 흡입만으로 살 수 없으며,
　상어와 호랑이처럼, 포식해야 한다.
인간의 해부학적 구조는
　꾸르륵거리며 채소를 견뎌내지만,
노동하는 인간들은 소고기, 송아지 고기,
그리고 소화가 더 잘 되는 양고기를 문제 삼지 않는다. (II, 67)

인간은 육식성 제품이다. '살'로 만들어졌다는 뜻이다. 그리고 적어도 하루에 한 번은 음식을 먹어야 살 수 있다. 상어와 호랑이처럼 포식 해야한다. 인간의 내장은 채소를 먹긴 먹지만 고기를 더 잘 소화한다. 이것은 인간의 동물성에 대한 정직한 평가다. 인간의 육체성의 강조다.

『돈 주안』에게 신랄한 악평을 가했던 『블랙우드 매거진』 *Blackwood's Magazine*도 이 박진감 넘치는 난파 장면의 훌륭함에는 찬사를 보냈다. 한 점의 무시무시한 지옥도같이 지금까지 문학에서 묘사된 난파 장면 중에서 단연코 우수하다는 것이다. 단 하나의 예외적 예로 버질의 『이네이드』의 난파 장면을 들면서, 이 작품에 묘사된 난파 장면과 생존의 극한 상황에 처한 인간군상의 사실적 묘사를 극찬한다.[13] 이처럼 난파선 장면은 두렵고 공포에 찬 인간군상의 모습을 생생하고도 실감 나게 그려냈다. 이는 마치 한 폭의 난파 풍경화를 보는 느낌이다. 프랑스 낭만주의 화가 테오도르 제리코Théodore Géricault, 1791~1824의 <메두사호의 뗏목> The Raft of the Medusa,

1818 위에 널브러져 있는 인간군상의 형상에 가깝다. 난파선은 거친 파도에 제멋대로 요동친다. 태양이 따갑게 내리쬐고 있는 망망대해 한가운데서 음식과 물은 바닥이 났다. 그 와중에 인간의 이성과 품위는 온데간데없다. 인간의 본능은 동료를 먹겠다는 욕구로 변한다. 인간은 육식의 동물이고 포식자가 맞다. 그들은 이미 주안의 애완견 스패니얼을 잡아먹었다. 그것은 주안의 아버지 돈 호세의 것이었다(II, 70).

> 이레째 되는 날 바람 한 점 없었다. 불타는 태양은
> 　내리쬐며 태우고, 꼼짝하지 않는 바다 위에
> 사람들은 시체처럼 누워있었다. 불지 않는 미풍 외에
> 　희망은 없었다. 야만적이게도
> 그들은 서로를 노려보았다.
> 　모든 것은 바닥이 났다. 물과 술과 음식이,
> 그들의 늑대 같은 눈빛에서, 인육人肉을 먹으려는 욕구가
> (말은 안 하지만) 일어나는 게 보였다. (II, 72)

배가 난파된 지 이레째다. 바람 한 점 없다. 작열하는 태양은 바다 위에 꼼짝하지 않고 떠 있다. 모든 것이 죽어있다. 음식마저 바닥이 났다. '생중사'生中死/ '사중생'死中生의 상황이 전개된다. 이 상황은 콜리지의 『노수부의 노래』*The Rime of Ancient Mariner*, 1798와 종종 비교된다. 콜리지의 자연이 초월적 상상력의 세계라면 바이런의 자연은 그 어떤 특별한 계시도 추구하지 않는 자연 자체의 세계라는 데 차이가 있다.[14] 이들이 처한 상황은 콜리지의 어정쩡한 연옥이 아니

다. 바로 지옥이다. 죽음을 목전에 둔 극한 상황에서 육체적 한계에 부닥친 인간들에게는 갈증과 허기를 채우려는 생존에 대한 강한 욕구만 남아있다. 따라서 바이런의 난파 장면은 더욱 처절하고 철저하게 사실적이다. 먹을 것 마실 것 모두 바닥이 난 상황에서 인간이 어떻게 변할 수 있는가를 적나라하게 보여준다. 이미 주안의 애완견을 잡아먹은 그들은 이제 인육을 먹으려는 욕구로 늑대 같은 눈빛이 된다. 이 상황에서 과연 정신의 우위를 주장할 수 있겠는가! 인간 이성을 부르짖을 수 있겠는가! 인간의 품격을 말할 수 있겠는가! 이 모습은 우리 자신의 본능적 판단을 불러일으킨다.[15] 본능적 판단이란 우리도 이처럼 본능적 욕구를 위해 반응한다는 것이다. 배고프면 먹을 것을, 갈증 나면 물을, 추우면 따뜻한 곳을, 더우면 시원한 곳을 찾는 게 인간의 육체적 본능이다. 전통적인 형이상학 우위의 철학이 뒤바뀌어, 육체에 대한 영혼의 종속, 물질에 대한 마음의 종속, 몸에 대한 정신의 종속이—적어도 어느 정도—확인된다.[16]

식욕은 인간의 가장 강렬한 욕구다. 타는 갈증, 허기진 굶주림은 모두 육체가 요구하는 본능적이고 자연적인 욕구다.

> 이 지경이 되기 전에, 그들은 가죽 모자와
> 　남아있는 신발짝을 나누었다.
> 그리고 주위를 둘러보고는 실망하였는데,
> 　아무도 희생 제물로 뽑히고 싶어 하지 않았기 때문이다.
> 마침내 제비뽑기를 결정하였으나
> 　뮤즈를 깜짝 놀라게 할 재료가 없었다.
> 종이가 없었고, 더 나은 것도 없어서,

그들은 강제로 주안에게서 줄리아의 편지를 빼앗았다.

제비뽑기를 만들고 표시를 한 뒤, 뒤섞은 다음
　공포의 침묵 속에 건네졌다.
그 분배에 프로메테우스의 독수리처럼
　이 모욕을 요구했던, 야만적인 굶주림마저도 잠잠하였다.
누구도 특별히 이런 일을 추구하거나 계획하지는 않았지만,
　자연이 그들의 이 같은 괴로운 결심을 하게 하였다.
이 결정 앞에 아무도 중립을 지킬 수 없었고,
마침내 뽑기는 운수 사나운 주안의 가정교사에게 떨어졌다. (II, 74-5)

배가 난파하고 음식마저 바닥이 났다. 계속되는 표류에 모두들 지쳤다. 이 순간 이성은 어디론가 사라지고 철저한 동물적 본능, 식욕만 남아있는 인간군상을 보게 된다. 동물적 본능만 남은 인간군상이 도달한 결론은 동료 인간을 잡아먹는 것이다. 그들은 제비뽑기하여 당첨된 사람을 잡아먹고 자신들의 허기를 채우려는 합의에 도달한다. 그들에게 이런 결심을 하게 한 것은 정신이 아니다. 야만적 육체적 굶주림과 자연이다. 이것은 육체성의 강조다. 바흐친은 인간 의식을 인식주체로 보지 않았다. 인간은 몸으로 먹고 마시고 사랑하고 배설하는 존재다. 이러한 인간은 도식이나 보편적 개념이 아니라 구체적이며 경험적이고 육체적 존재다.[17]

식욕이라는 육체적 욕구에 굴복하여 식인(종?)이 되기로 합의한 선원들은 제비뽑기를 한다. 제비뽑기는 운수 사납게도 주안의 가정교사 페드릴로에게 낙점된다. 제비뽑기에 주안이 간직하고 있던 줄

리아의 이별 편지가 재료로 쓰였다. 주안은 줄리아의 편지를 종이 때문이 아니라 그 안에 쓰여 있는 내용 때문에 간직하고 있었다. 그 편지는 주안에게는 첫사랑의 편지였기 때문에 소중하게 가슴속에 품고 있었다. 편지지는 금박으로 테두리를 했고, 까마귀 깃털 펜으로 쓴 것이다. 편지봉투는 줄리아의 열정만큼 최고급 주홍빛 밀랍의 해바라기로 봉인되어 있었다(I, 198). 편지 내용은 값쌀지 모르지만, 그 포장지만은 최고급품이다. 이 편지는 줄리아가 주안에게 보내는 이별 편지로 여성의 심리를 절묘하게 묘사하고 있는 것으로 정평이 나 있다.

'나는 당신을 사랑했고, 사랑했어요. 그 사랑을 위해
　나라도, 지위도, 천국도, 사람들의 존중도, 나 자신의 명예도
잃었어요. 그래도 그 꿈같은 기억은 너무나 소중하기에
　그 때문에 치른 대가에 아무런 후회는 없어요.
그러나 내 잘못을 말하자면, 자랑은 아니지만,
　나 자신보다 더 나 자신에게 가혹한 사람은 없을 거예요.
마음이 편치 않아 이렇게 휘갈겨 봅니다.
책망하거나 요구할 게 난 아무것도 없답니다.

'남자에게 있어 사랑과 삶은 별개지만
　여자에게는 존재의 전부랍니다. 남자는
궁중, 전쟁터, 교회, 배, 그리고 시장을
　돌아다닐 수 있지요. 칼, 법복, 돈, 영광이
긍지, 명예, 야망과 맞바꾸어 남자의 야심을 채우죠.
　그리고 이것을 마다할 남자는 별로 없지요.

남자에게는 이런 자산이 있지만, 우리 여자는 단 하나,
다시 실연하고 한탄할 뿐이죠. (I, 193-4)

주안에게 보내는 줄리아의 이별 편지는 그 자체만으로 충분히 여자의 마음을 섬세하게 전달하고 있다. 여자는 사랑을 위해 사랑을 한다. 그런 여자가 줄리아다. 그녀는 주안이 앞으로 겪게 될 모험과 여성들과의 연애 사건을 족집게같이 정확히 예견하고 있다. 그녀의 말대로 주안은 카디즈에서 탔던 배를 시작으로 하이디의 그리스 섬, 콘스탄티노플Constantinople의 노예시장, 술타나 걸베야즈의 하렘 궁전, 이즈마일Ismail 전쟁터, 캐서린의 궁전, 그리고 영국 상류사회 등을 두루 거치면서 여성들과 육체적 사랑에 연루된다.

줄리아의 편지는 섬세한 여자의 마음뿐만 아니라 야심찬 남자의 포부까지 정확하게 그려내고 있다. 이것은 바이런이 인간, 특히 사랑에 빠진 여성의 약점을 날카롭게 감지한 탓이다.[18] 하지만 이것은 여성의 약점이라기보다는 여성성의 특징으로 볼 수 있다. 이러한 조짐은 벌써 바이런의 초기 시의 평가에서 드러났다. 바이런의 초기 서정시 『나태의 시간들』*Hours of Idleness*, 1807은 시인의 나이 약관 스물에 쓴 것으로, 그것은 워즈워스, 콜리지, 셸리P. B. Shelley, 1792~1822의 초기 작품과 비교해볼 때 우수한 것으로 평가된다. 바이런의 시가 다소 감상적이고 비현실적이기는 하지만 콜리지나 셸리보다 덜 감상적이고 고딕식으로 장난질을 하지만 납골당 같은 음산한 공포는 워즈워스와 셸리가 같은 분야에서 다룬 것보다 훨씬 덜하다는 것이다. 오직 블레이크William Blake, 1757~1827의 『시적 소묘』*Poetical Sketches*,

1783만이 비교될 수 있으며 놀랄 정도로 유사한 주제를 다루고 있다는 평가를 받았다.[19]

시인은 줄리아의 편지를 통해서 사랑에 빠지고 실연당한 여자의 마음을 정확하게 읽어내고 있는데, 그래서 줄리아는 자신의 편지에서 가식과 위선으로 무장하지 않고 여자의 솔직한 심정을 고백할 수 있었던 것이다. 그녀의 편지는 자아 정체성에 대한 욕망을 억제하고 사랑하는 사람을 떠나보내야 하는 여성의 마음을 전면에 드러내면서 실패한 여성 주체에 비장감을 더해준다.

'당신은 멋지고 자랑스럽게,
  많은 여인에게 사랑받고, 사랑하면서 나아가겠지요.
그러나 제겐 몇 년 동안 가슴 한가운데 깊이깊이
  숨겨 놓을 수치와 슬픔 외에, 모든 게 끝났어요.
이건 참을 수 있지만, 전처럼 가슴속에서 용솟음치는 열정은
  던져버릴 수 없겠지요. 자, 안녕히 가세요—나를 용서하고,
사랑해 주세요—아니, 이런 말은
이제 소용없지만, 그냥 들어주세요. (I, 195)

줄리아의 편지는 평자들에게 회자하는 주제를 담고 있다. 따뜻하고 헌신적인 순수함과 변하지 않는 사랑의 숨결이 느껴지는 편지다. 가슴을 적시게 하면서 가장 성스러운 언어로 가득한 편지다. 그러나 줄리아는 전처럼 가슴속에서 용솟음치는 열정은 "던져버릴 수 없겠지요"라고 말하면서 자신의 심정을 솔직히 토로한다. 이는 간접적으로 가장 가증스러운 천박한 욕정을 암시하고 있다는 비난을 받지만,[20]

그것은 사실 줄리아의 육체가 참으로 솔직했었기 때문이리라.

줄리아의 편지에는 주지하듯이 여성의 모순된 감정이 잘 묘사되어 있다. “안녕히 가세요”와 “사랑해 주세요”란 말에는 하나의 독립된 인격체로서의 삶을 회복하고픈 여성적 욕구가 표출되어 있다. 줄리아는 “수치와 슬픔은 참을 수 있다”란 말을 하면서도 가슴속에서 용솟음치는 열정은 포기할 수 없다고 고백한다. 이 모순된 감정은 줄리아의 마음속에서 반란을 일으키는 자아를 강조하고 있다. 따라서 그녀의 편지는 주안에게 보내는 이별의 편지라기보다 오히려 자기 자신에게 보내는 결연한 의지의 다짐으로 읽혀질 수 있다.

줄리아가 나이 어린 주안과 불륜의 사랑을 나눌 수밖에 없었던 이유는 성적·정치적·문화적 등 사회 전반에 걸쳐 주변인으로서 살아왔던 자신의 존재 자체를 확인하고 싶었던 이유도 간과할 수 없는 요인이다. 가부장적 이데올로기로 무장한 사회에서 그녀가 탈출할 수 있는 유일한 통로는 사랑을 가장한 불륜이었다. 줄리아와 주안의 사랑은 그야말로 잘못된, 그러나 피할 수 없는 필연적, 그러므로 정당한 것이다.[21] 이 주장은 가부장제도의 폐해는 물론이거니와 여성성이 지니는 육체적 욕망을 인정하는 말이다. 줄리아의 편지가 주안에게 소중했던 것은 그 안에 쓰여 있는 그녀의 사랑 때문이다. 제비뽑기의 심지로 사용된 편지는 그 기능을 잃고 아무런 가치 없는 종잇조각이 된다. 이것은 그녀와의 사랑이 전혀 바람직하지 않다는 것을 시인은 지적하고 있으며 사랑의 허구성과 위선을 풍자하는 것이다.

슬프다, 여인의 사랑이여! 사랑스럽고
　무서운 여인의 사랑,
모든 여인은 사랑을 위해 죽음을 불사하기 때문에,
　그 사랑을 잃으면, 과거의 조롱만 남을 뿐,
생명도 더 이상 소용이 없다. (II, 199)

여자는 사랑을 위해 목숨을 던질 수 있다. 그 사랑 때문에 죽음도 불사하는 여성이 곧 등장할 하이디다. 그러한 여자의 사랑은 사랑스럽지만 두려운 것이기도 하다. 그러나 그 사랑이 사라지면 거짓된 과거만 남는 게 또한 여자의 사랑이다. 사랑을 상실한 여자에게는 삶의 의미도 함께 사라지고 과거의 조롱만이 남는다. 줄리아의 이별 편지에서 익히 보았듯이 여자에게 사랑은 전 존재이기 때문이다. 그러나 시인은 변덕스러운 사랑의 실체와 여자의 변덕을 잘 알고 있다. 줄리아의 편지가 조각조각 찢김으로써 그녀에 대한 주안의 추억도 갈기갈기 찢긴다. 이로써 주안과 줄리아의 사랑은 완전히 막을 내린다.

제비뽑기에서 이긴 선원들은 페드릴로를 잡아먹는데, 그것은 동료 인간의 몸, 즉 인육을 먹는 것이다. 인육을 먹는 것은 사육제이며 그것은 육식과 마찬가지로 욕정과 밀접한 관련이 있다.[22] 육체와 육식의 인과성, 육욕과 식욕의 연관성, 절묘한 비유다. 페드릴로는 죽어 이제 인간이 아니다. 그의 몸은 육식의 인간을 위한 고깃덩어리에 불과하다. 그의 몸은 다른 사람의 생존을 위해 바쳐진 제물이다. 제물이 된 페드릴로의 몸은 외과 의사가 해체한다.

외과 의사는, 다른 수고비가 없었기 때문에,
　그의 수고에 대해 첫 번째로 조각을 선택했다.
하지만 그 순간 갈증이 최고조에 달해,
　혈관에서 빠르게 흐르고 있는 피를 들이키는 걸 더 좋아했다.
조각들이 나눠지고, 바다에 던져지고,
　내장과 뇌수는, 파도를 타고 따라오는
두 마리 상어를 기쁘게 하였다.
선원들은 불쌍한 페드릴로의 나머지를 먹었다. (II, 77)

외과 의사는 직업의 전문성을 살려 페드릴로를 잡아 해체한다. 그는 육식으로 변한 페드릴로의 몸을 해체할 때 백정이 된다. 외과 의사는 페드릴로를 잡아 해체한 값으로 그 몸뚱어리를 가장 먼저 먹을 수 있는 자격을 가진다. 대신 그는 페드릴로의 피를 흠씬 들이킨다. 또 다른 육식 포식자가 기다리고 있다. 내장과 뇌수 냄새를 맡고 상어가 따라온 것이다. 자연스러운 먹이사슬의 예, 존재의 대연쇄the Great Chain of Being다. 외과 의사가 페드릴로의 피를 마시고 나자 그의 우선권은 끝나고 나머지 선원들이 남은 페드릴로의 사체를 먹어 치운다. 이 식인 장면은 괴기스러울 정도로 사실적인데, 카니발 세계에서 그로테스크 리얼리즘의 가장 기본적인 원칙인 이른바 물질적 육체의 원칙과 비교된다.[23]

그들의 피 묻고 갈라 터진, 타는 입술로
　넥타가 흐르듯 물을 빨아 마셨다.
그들의 목구멍은 오븐이었고 부픈 혀는 새까맸다.

마치 지옥의 부자처럼, 그는 헛되어
한 방울의 물도 천국의 맛처럼 느껴질 때,
이슬 한 방울도 내려 줄 수 없는 거지에게
애원한다. 이게 사실이라면, 정말이지
그리스도교는 편리한 교리를 가지고 있다. (II, 86)

배가 난파당해서 선원들이 겪는 고통은 철저히 육체적이다. 이들은 완벽한 육체성을 보여준다. 선원들의 피 묻고 갈라 터지고 타는 입술은 한 방울의 물을 얻기 위해 부자가 거지에게 사정할 수 있는 절실한 문제다. 이것은 <루가복음> 16장 19-24절의 거지 나사로와 부자 일화의 메아리다. 지상에 있을 때, 거지 나사로는 부자의 집 앞에서 부자가 내버린 부스러기를 주워 먹고 살았다. 거지 나사로와 부자가 죽어 나사로는 천국에 부자는 지옥에 갔다. 지옥에 떨어진 부자는 천국에 있는 거지 나사로를 보고 손가락에 물을 찍어 자기의 혀를 시원하게 해 달라고 애원한다. 뙤약볕에 바싹 태워진 선원들은 지옥에 떨어진 부자처럼 한 방울의 물도 천국의 맛처럼 느껴질 터이다. 하지만 그것은 그리스도교의 편리한 교리일 뿐이다. 시인은 난파당한 선원들의 갈증을 통해서 그리스도교의 천국과 지옥을 풍자하고 있다. 이 풍자도 '몸' 자체를 부각하면서 인간 존재의 물질성과 육체성을 극명하게 상징한다.[24] 이렇게 풍자는 정상적인 의사 전달 과정이 왜곡되고 막혔을 때 매우 효과적인 소통수단이다.

그러고 나서 이 중 몇 사람은 눈물을 터뜨렸다.
다른 사람들은, 멍청한 시선으로,

아직도 두려움에서 희망을 놓지 않을 수 없어서,
　마치 더 이상 관심을 가지지 않은 듯이 보였다.
몇몇이 기도를 하는 동안—(몇 년 만에 처음이다)—
　보트 바닥에 세 사람이 잠들어
있었는데 사람들은 그들의 손과 머리를 흔들며,
깨우려고 했지만, 이미 죽었다는 것을 알았다. (II, 98)

사람들은 주안의 애완견 스패니얼과 주안의 가정교사 페드릴로를 먹어 치우면서 이 순간까지 생존했다. 동료 인간 페드릴로를 잡아먹은 후 몇몇 사람은 눈물을 터뜨리며 자신들의 식인행위에 망연자실한다. 생존의 희망이 거의 없음에도 불구하고 사람들은 최후의 순간까지 식욕에 대한 욕구는 포기하지 않았다. 이러한 인간 본능은 두렵다. 그리고 이미 몇몇 사람은 죽어있다.

굶주림, 절망, 갈증, 추위, 그리고 열이
　차례차례로 그들에게 작용하여,
수척해져 해골 같은 선원들은
　어머니가 아들을 못 알아볼 정도로 야위었다.
밤은 추웠고, 낮은 뜨거웠다. 그리하여 하나씩 하나씩
　그들은 사라졌다. 몇 사람이 사라지기 전까지
페드릴로를 소금물과 함께
삼킨 것은—주로 동료 종의 학살에 의해서다. (II, 102)

극한 굶주림, 절망, 갈증, 추위와 과도한 열은 인간의 육체에 폭력적으로 작용한다. 선원들은 굶주림과 추위와 열에 몸은 야윌 대로 야위어 자신들을 낳아준 어머니도 못 알아볼 정도로 변했다. 선원들의 묘사를 통한 인간 육체의 극명한 변화는 우리가 육체적 인간임을 새삼 느끼게한다. 선원들의 굶주림은 마치 원죄처럼 인간에게 육체적 고통을 가하는 것이다. 그들은 페드릴로를 소금물과 함께 삼켰지만, 그것은 동료 종의 학살이다. 그리고 선원들은 하나씩 하나씩 사라진다. 또는 인육을 먹은 후 미쳐 날뛰면서 제풀에 바다에 뛰어들어 죽는 자들도 있다.

주안은 제비뽑기에서 인육을 먹기를 거부하는데(II, 78-9), 그것은 그에게는 사육제 같은 욕정은 없었다는 뜻이다. 그리고 그것은 수동적으로 거의 개성이 없는 것 같은 그에게서 찾아볼 수 있는 희미한 인간성의 흔적이기도 하다. 인간 존재의 한계 극한까지 몰려 있는 상황에서 비록 인육이지만 그것을 먹지 않는다는 것은 죽음을 의미한다. 그러나 주안은 사람고기를 먹지 않았다. 그것은 극한의 상황에서 육체에 굴복하지 않는 정신적 승리의 예이며 실낱같은 인간의 존엄성을 마지막까지 지킨 예로 볼 수 있다. 그렇게 주안만이 살아서 그리스 어느 섬 해안에 다다르게 된다. 이때 시인이 주안을 통해서 보여주고자 하는 메시지는 육체만이 전부가 아니라는 한 가닥의 암시일 것이다. 시인은 물질적 육체를 강조하면서도 인간의 심리적인 깊이와 도덕성이 갖는 가치도 충분히 인식하고 있는 셈이다.

주안의 크로노토프 세계에서는 늘 새로운 모험이 기다리고 있다. 그것은 경이적 세계다.[25] 주안의 이번 모험 장소는 '낙원의 섬'이다.

## 낙원의 섬

배는 난파되고 선원들은 갈증과 굶주림에 거의 동물 수준으로 전락하여 동료 사람의 몸을 먹는 것도 마다하지 않았다. 주안만이 유일하게 인육 먹는 것을 거절하고 죽음을 각오한다. 시인은 주안이 인육을 먹지 않은 이유에 대해서 뚜렷한 명분이나 훌륭한 이론은 제시하지 않는다. 다만 주안으로 하여금 본능적으로 동료 인류 종을 차마 먹을 수 없다는 단순한 생각만을 제시한다. 그러나 육식과 욕정의 연관성을 생각하면 주안이 인육을 먹지 않은 이유는 동물적 욕정에 대한 순수로 볼 수 있지 않을까. 이로 인해 아이러니하게도 주안만이 생존함으로써 그에게는 육체의 타락성은 없다고 볼 수 있다. 주안의 생존은 인육을 먹지 않고 폭풍우 치는 바다를 통과함으로써 재생이 된 것이다. 주안에게 바다는 시련의 공간인 동시에 재생의 공간이다. 죽음으로 내몰린 공간이었고 새로운 사랑을 예비해 준 삶의 공간이었다. 주안이 물에서 건져지기 때문에 물은 그의 재생과 밀접한 관련이 있다. 주안의 재생의 가능성은 하얀 새로 나타난다. 그 새는 생명의 전령사 길조이다.

이즈음 물갈퀴와 깃털을 가진,
　비둘기 크기의 아름다운 하얀 새가 (아마도 그 새는
길을 잘못 들었는지) 날아와 앉으려
　하는 것이 그들의 눈앞에 보였다. 새는 배 안에
사람의 인기척을 보고 들었지만,
　이런 모양으로 밤이 될 때까지
주위를 돌며 날갯짓을 했는데,
이는 아주 길조처럼 보였다. (II, 94)

『노수부의 노래』의 신천옹처럼 '하얀 새'가 나타나 난파한 뱃전을 맴돌며 주안의 재생을 구체화한다. 배가 난파되어 표류하다가 해안에 도달한 주안은 실신한 채 한동안 비몽사몽 간을 헤매다가 마침내 눈을 뜬다. 그의 눈에 아름다운 열일곱 살의 여자 얼굴이 들어온다(II, 112). 그녀는 하이디다. 그녀의 미모는 화장과 의상으로 더욱 돋보인다. 그것은 여성성을 한층 두드러지게 하는 기표 역할로 그녀의 지위를 강화하는 데 효과가 있다.

하이디의 육체는 어떤 범접할 수 없는 위엄이 풍긴다. 이마 위에 매달린 금화와 발뒤꿈치까지 닿는 치렁치렁한 머리 타래, 그리고 큰 키는 실상 권력에 의해 해부되고 재조정된 여성의 육체를 반영하고 있다. 그녀의 육체는 빼어난 미모와 가까이할 수 없는 위엄이 함께 어우러져 더욱 강화되는데 이는 그녀의 권력을 기호화한다(II, 116). 하이디는 줄리아처럼 가부장제도의 억압받는 여성이 아니다. 명실상부 섬의 군주로 절대 권력을 가진 지배자, 동방 섬의 상속자다(II, 128). 다만 그녀가 지금 누리고 있는 절대 권력은 아버지 람브로의 부재 때문에 가능하다. 람브로가 섬의 진정한 군주다. 람브로는 그리스인이다. 그가 어떻게 막대한 부를 축적했는지 얼마나 많은 사람의 피를 흘리게 했는지는 신만이 아신다. 그는 키클라데스Cyclades 섬에 웅장한 집을 짓고 그 저택을 원시적 조각들, 그림, 금도금으로 덮었다(II, 127). 그의 모든 부는 그의 죄에서 나온 것이다. 그의 부는 정의롭게 축적된 것이 아닌 불의의 축재다. 그가 구축한 권력도 정의롭지 않다. 아버지의 부재 때문에 가능한 하이디의 현재 권력은 아버지의 권력처럼 정의롭지 않다. 그녀가 누리는 권력은 당분간이라는 한계를 안고 있다. 하이디는 아버지가 돌아오게 되면 그의 권력 아래에 놓이게 된다.

육체적으로 아름다운 하이디는 여성으로서 이미 충분한 힘을 지니고 있다. 하이디는 섬의 군주라는 지위 때문에 힘이 더욱 강화되는데 급기야 그녀의 육체성은 파괴적 힘마저 지니게 된다. 그녀는 사랑에 있어 맹목적이고 열정적이다. 하이디의 열정적 사랑은 그녀의 육체 안에서 잠시 잠자고 있지만, 그녀의 외모에서 그 열정적 사랑을 읽어낼 수 있다. 이러한 하이디는 '육체의 자매들'의 두 번째 자매가 될 충분한 자격을 갖추었다.

그녀의 머리칼은 적갈색이라고 내가 말했다. 하지만
　그녀의 눈빛은 죽음처럼 검은빛이었고, 같은 빛깔의,
아래로 내리깔고 있는 긴 눈썹에는, 비단결 같은
　깊은 매력이 드리워져 있었다. 그녀가 검은 눈썹을 들어
똑바로 바라볼 때는 아무리 빠른 화살도 그처럼 힘차게

날아간 적이 없었다.
이는 마치 똬리를 틀고 있는 뱀이, 완전히 죽 펴서는
힘껏 독을 뿜는 것과 같았다. (II, 117)

하이디의 묘사에서 보여주듯이 그녀는 아름답지만 매우 위험한 여성이다. 하이디는 열일곱, 아직 이성에 눈뜨지 못한 설익은 열정이다. 그러나 그녀에게 잠재된 여성성은 주안에게 위험한 경험이 될 것임을 암시한다. 지금 그녀의 숨겨진 열정은 뱀이 똬리를 틀고 있듯이 죽음처럼 검은 눈빛 속에 숨겨져 있다. 똬리를 틀고 있는 뱀은 안정돼 보이지만 여차해서 똬리를 풀고 화살처럼 나는 뱀의 독아에게 물리면 치명적이다. 그녀의 눈빛은 죽음처럼 검은빛이고 눈썹도 죽음처럼 검다. 그녀에게서 오로지 육체적으로 아름다운 것, 감각적으로 육감적인 것만 묘사되어 있으며, 영혼이라든가 정신에 대한 묘사는 일언반구도 없다. 오히려 그녀의 눈빛과 눈썹 빛에서 하이디와 주안의 사랑이 파국으로 치닫게 될 어떤 육체적 죽음만이 감지될 뿐이다.

그러나 지금 당장은 등장인물을 좀 더 상세히 밝힐 필요가 있다.

이 한 쌍의 여자가, 변장한 공주로 여기지 않도록
그들이 누구인지 말하리라.
그 외에 나는 모든 신비가 싫고,
그 얼버무리는 것도, 최근에 상을 탄
시인이 하는 짓거리들도 싫다.
고로 각설하고, 여러분의 호기심 어린 눈앞에
곧 등장할 아씨와 하녀, 첫 번째 아씨는

바다를 의지해서 사는 늙은이의 외동딸이었다. (II, 124)

시의 화자는 하이디의 모습이 워낙 당당해서 변장한 공주로 여기지 않도록 독자들에게 미리 설명한다고 한다. 하이디가 그만큼 공주처럼 아름답고 위엄이 있다는 증거다. 늙은이는 람브로다. 그는 노예무역을 하는 사람 낚는 어부로(II, 125), 어부 베드로에게 비유된다.[1] 베드로는 갈릴레이 호수에서 물고기를 낚다가 인류 구원을 위한 사람 낚는 어부로 변신했지만, 람브로는 인류 구원을 위한 것이 아니라 사람을 낚아 그 몸을 사고팔아 이득을 취하기 위해서다. 이와 같은 람브로의 부를 해부해 볼 필요가 있다. 그는 영국 해적 상업자본을 상징한다(II, 125). 람브로는 영국 제국주의 상징으로 그 지구적 알레고리다.[2] 먼저 보았던 진정한 영웅과 함께 사람 낚는 어부도 람브로 때문에 그 역할이 해체되면서 풍자의 대상이 된다. 이 풍자의 대상은 영국 제국주의까지 확대된다. 영국은 전 세계를 식민지화한 제국주의의 선봉이었다. 영국의 제국주의 팽창은 새로운 경제적 동기를 포함하고 있는데, 이것은 영토 및 그 거주민을 선점하여 해당 지역의 경제적 기득권을 영속화하기 위한 일종의 투자였다. 범박하게 말해서 영국의 제국주의는 경제적 세계화의 초기단계로 볼 수 있다.[3]

사람 낚는 어부 람브로는 또 남성의 가부장을 상징한다.[4] 그는 가부장의 상징을 넘어 사람의 생명을 좌지우지하는 절대 권력자의 모습을 하고 있다. 람브로를 가부장의 상징으로 보게 되면 하이디와 주안의 사랑은 읽기가 한층 복잡해진다. 현재의 하이디는 억압당하는 여성이 아니다. 앞에서 그녀는 이 섬의 절대 권력의 군주 모습을 하고 있었다. 이런 그녀를 가부장적 힘의 언술과 연관 지어 생각하게 되면, 람브로, 하이디, 그리고 주안이 구성하는 힘의 역학 구조는 갈등하게 되어 있다. 이 갈등은 나중에 평화스러운 낙원의 섬이 파괴되는 치명적인 양상으로 나타난다.

하이디와 주안은 어머니와 아기의 이미지로 아주 평화로운 풍경을 만든다.

> 하이디가 매우 조심스럽게, 그러나 재빠르게
> 동굴에 발을 들여 놓았을 때, 그녀는
> 갓난아기처럼 달게 자고 있는 주안을 보고는
> 경이감에 빠진 듯 멈춰 서 있었다. (II, 143)

하이디는 주안을 만나기 전에 이미 몇몇 구혼자를 거절한 적이 있었다. 그러나 발가벗은 알몸의 주안을 보는 순간 사랑에 빠진다. 일단 이렇게 첫눈에 사랑에 빠지면 그 뒤부터 하이디에게 사랑은 세상 모든 가치를 초월한 절대적인 것으로 변한다. 낙원의 섬의 그녀는 에로틱한 자유주의의 잃어버린 황금시대를 상기시킨다.[5] 하이디는 자애로운 어머니 같은 모습으로 갓난아기처럼 세상모르고 달게 자고 있는 주안을 내려다본다. 그녀는 경이감마저 느끼며 주안을 내려다보고 있는 것이다.

> 그녀는 누워 있는 그의 몸 위로 몸을 숙였다.
> 아기가 엄마의 젖가슴에 울음을 그치듯,

바람 불지 않아 늘어져 있는 수양버들처럼,
　잠잠해진 깊은 대양처럼 부드럽게,
꽃 중의 꽃 장미처럼 아름답게,
　둥지의 깃털 나지 않은 고니새끼처럼 부드럽게 내려다보니,
비록 재난으로 조금은 노랗게 병색이 났지만,
한 마디로 그는 매우 아름다운 친구였다. (II, 148)

하이디는 자애로운 어머니처럼, 조용한 바람결처럼, 늘어져 있는 수양버들처럼, 잠자는 바다처럼 잠들어 있는 주안을 내려다본다. 아직 깃털도 나지 않은 고니새끼를 돌보듯 주안을 돌본다. 주안은 최근의 고난으로 약간의 병색은 있지만 아름다운 친구다. 하지만 하이디의 죽음처럼 검은빛의 눈과 그 시선의 힘껏 독을 뿜는 것을 상기하면 그녀에게 내재하여 있는 무서운 파괴력은 지금은 갓난아기처럼 달게 자고 있는 주안의 잠처럼 수면 상태다. 이러한 하이디의 모습은 모순적이고 이중적이다. 그녀의 이중적 모습을 여성의 육체에 내재된 이중성과 같은 맥락에 놓고 보면 이는 죽음과 생명을 동시에 암시한다.

『돈 주안』에 등장하는 여성 인물들은 시인의 직접적 경험이 투영된 인물이다. 바이런은 자신이 직접 경험하고 느꼈던 사랑과 성을 은근히 자랑하지만, '낙원의 섬'에서 순수한 하이디의 사랑에서는 그런 태도를 반영하지 않는다.[6] 그만큼 하이디는 순수하게 그려지고 있다. 그녀는 제도권에 해당하는 일체의 관습과 규칙을 모른다. 모른다는 것은 순수할 수 있지만 그만큼 무분별하고 성급하고 맹목적이라는 의미일 수 있다. 예측을 불허하는 자연처럼 말이다.

하이디는 주저함이 없었고, 결혼의 맹세도 요구하지 않았으며
　어떤 것도 제안하지 않았다. 그녀는 배우자의 서약이나
약속, 주인과 하녀 사이의
　불륜의 곤경을 들어 본 적이 없었다.
그녀는 과연 순수한 무지 그 자체로
　젊은 짝에게 마치 어린 새처럼 날아갔고,
거짓은 꿈에도 생각해 본 적이 없었기에, 그녀는
절개에 대해서는 한마디도 하지 않았다. (II, 190)

이 두 연인의 사랑은 세속의 보편적인 사랑과 동렬에 둘 수 없다. 하이디의 사랑과 줄리아의 사랑은 혼동하지 말아야 한다. 그렇게 되면 사랑의 정의에 있어 중대한 오류를 범하기 때문이다. 줄리아는 주안과의 사랑에서 자신을 억압하면서 경계심을 가지고 그 결과를 저울질하며 조심스럽게 나아갔다. 그 결합은 의심의 여지 없이 무조건적이지 않았다. 반면 섬 아가씨 하이디는 세상의 관습과 어떤 제도에도 얽매이지 않고 있다. 아니 그런 것을 모른다. 그러므로 주안에게 어떤 사랑의 맹세나 결혼의 약속이나 정절의 서약을 요구하지 않는다. 하이디와 주안은 공유할 언어가 없었기 때문에 모든 행위는 몸짓으로 표현한다. 말이 없을 때 육체적 언어는 더욱 명확한 표현 수단이 된다.[7] 하이디와 주안은 말이 없으므로 솔직하다. 그래서 하이디의 사랑은 참된 사랑이다.[8]

하이디는 낙원의 섬에 살고 있다. 바이런은 하이디를 이 작품의 다른 여성들과 비교될 수 없는 또 하나의 에덴(IV, 10)에 살게 함으로써 그 섬을 이상화하고 하이디를 이상화한다. 이 같은 하이디는 영국

편에서 에덴의 문 옆에 있는 오로라를 예고한다. 이 때문에 하이디는 순수한 열정을 이상적으로 승화시킨 여성 이미지로 본다.[9] 이렇게 보면 하이디는 순수 그 자체인 것 같지만 시인에게는 어떤 사람도 순수하지 않다.[10] 순수와 경험, 자연과 문명, 육체와 정신, 감성과 이성, 그 어느 쪽도 지나치면 바람직하지 않다. 그러나 시인은 제시만 할 뿐 모든 판단을 유보 상태로 두고 그 분석을 문제 삼지 않는다.[11] 그렇다면 양가적 가치에서 그 선택과 판단은 독자의 몫으로 남는다.

하이디는 양가적 가치에서 순수, 자연, 육체, 감성이 압도적이다. 주안에 대한 하이디의 사랑은 순수했고, 그녀는 자연스럽게 육체적으로 주안을 사랑했다. 그녀는 사랑했고 사랑받았다. 강렬한 두 영혼이 서로에게 사랑을 퍼붓는다. 영혼이 죽는다면 그 열정 속에서 녹아날 정도로 그들은 강렬하게 사랑했다(II, 191). 하이디와 주안은 한마디의 진실한 대화도 없이 정신적 교류도 없이 바로 육체적 사랑에 돌입한다. 주안에 대한 하이디의 사랑은 자연처럼 본능의 발로다. 그녀는 자신의 본능이 욕구하는 대로 마치 자석에 끌리듯 주안에게 끌린 것이다. 그들이 차린 신방은 하이디의 본능적 사랑과 육체만큼 자연적이다.

> 그 숙녀는 자신의 연인을 바라보았다. 사랑과
> 　밤과 바다의 고독한 시간이
> 연합된 힘으로 그녀의 영혼에 넘쳐 흘렀다.
> 　불모의 모래와 험준한 바위 한가운데
> 그녀는 파도에 지친 애인과 함께 신방을 차렸고,

그곳에는 그들의 열정을 방해할 게 없었다.
푸른 하늘을 채운 별 무리는 그녀의 빛나는
얼굴보다 더 행복한 것을 보지 못했다. (II, 198)

하이디의 신방은 아무것도 방해받지 않는 자연 속에 있다. 푸른 하늘을 가득 채운 별들은 하이디의 빛나는 얼굴보다 더 행복한 것을 보지 못한다. 하지만 아름답고 행복이 가득해야 할 신방이 불모의 모래와 험준한 바위 더미 속에 자리 잡게 됨으로써 소멸할 생명과 낙원의 황폐함이 시 전면에 나타난다. 여기서 하이디와 주안이 만드는 사랑 저편에는 결코 행복할 수 없는 비극이 복선으로 깔려 있으며, 그들의 신방은 폐허의 이미지로 고착되어 가는 것을 볼 수 있다.

목가적 배경과 함께 이들의 용솟음치고 자연적인 그러나 젊고 때 묻지 않은 사랑은 자연적 현상이다.[12] 시인은 사랑에 대한 인간의 감정 또한 자연의 일부임을 거듭 강조한다. 특히 '자연의 신부', 하이디에게는 그러하다.

하이디는 자연의 신부였으나 이를 알지 못했다.
하이디는 정열의 아이였고, 태양이 세 겹의
빛으로 내리쏟는 곳, 게젤 산양의 눈을 한 딸들의
입맞춤을 태우는 곳에서 태어났다. 그녀는
사랑만 하도록 만들어졌으며, 그녀는 자신이
선택한 그의 것이었다. 이런 말이나 저런 행동은
아무렇지도 않았다. 그녀는 두려워하거나
희망하거나 근심할 게 없었고, 그녀의 심장이 뛰는 이곳 말고는,

사랑 외는 아무것도 없었다. (II, 202)

하이디의 감정과 행동에는 세련된 기교나 자기기만이나 자신을 꾸미는 가식이 없다. 오직 주안에 대한 순수한 사랑만이 그녀가 느끼는 솔직한 감정이다. 그들은 오직 그들 자신의 사랑에 대해서만 생각한다. 이 거대한 자연 안에서 그들이 바라보는 유일한 대상은 그들 자신이다. 그 외의 모든 것은 무의미할 뿐이다. 그녀는 심장이 뛰는 대로 행동한다. 그녀는 문명화된 사회에 속하는 것이 아니라 자연의 신부이며 정열의 아이이다. 자연과 정열에서 그녀의 육체가 지니는 자연성이 강조된다. 그러나 그녀는 옷을 입었고 화장을 하였으며 하녀를 거느리고 있다. 문명사회는 인간에게 공적인 체면을 요구하고, 규범화된 행동 질서를 요구한다. 반면 인간의 본성, 특히 성은 사회가 요구하는 것처럼 문명화될 수 없다. 어떤 점에서 에로스 모티브는 전통적이기보다는 오히려 현대적이다.[13] 에로스의 본질은 인간 본성의 영원한 충동이다.[14] 이 충동은 시공을 초월하여 영원한 현재형으로 작동하는 인간 본질이다. 따라서 하이디와 주안의 사랑은 에로스의 충동에 좌우되는 육체적 사랑이며 실존적 사랑이다.

이제 그들은 맺어졌다. 외로운 해변에서
  그들의 심장이 맺어졌다. 별들과 결혼 횃불이
이 아름다운 한 쌍 위로 아름다움을 쏟아 내렸다.
  바다는 그들 결혼의 증인, 동굴은 그들의 침상,
그들은 자신들의 감정으로 성스럽게 맺어졌다.

그들의 주례는 고독, 그렇게 그들은 결혼했다.
그들은 행복했다. 그들의 어린 눈에는
서로가 천사였고, 지상천국이었다. (II, 204)

하이디와 주안은 서로에게 자신을 완전히 맡겼으며 서로의 마음을 사랑으로 완전히 지배하였다. 그러므로 그들이 사랑에 의해 인도되고 열정의 지배를 받았다고 생각할 수 있다. 그들의 영혼은 그렇게 하나가 되어 움직이며, 서로에 대해 그토록 강한 사랑을 느낀다. 그들은 강한 사랑으로써 서로의 마음속 깊은 곳까지 들여다 볼 수 있었기에 주안은 기꺼이 자신을 하이디에게 맡겼다. 어린 연인에게는 서로가 천사였고, 지상천국이었다. 하이디와 주안의 육체가 맺어지기 전에 그들의 심장이 먼저 맺어졌다. 서로에게 느끼는 감정이 일치되었다는 의미다.

하이디는 자연의 신부답게 자유의사로 주안과 육체적 사랑에 빠진다. 하이디는 자유의사로 주안을 사랑하는데, 그것은 조건 없는 자연의 사랑이다. 그녀의 육체가 자연일 수밖에 없는 것은 결혼식 장면에서 더욱 분명해진다. 그들이 맺어진 곳은 외로운 해변, 그들을 축복해주는 것은 별들, 그들의 증인은 바다이다. 고독이 그들의 주례였다. 그들이 차린 신방은 동굴이다. 그들의 결혼식에 자연 아닌 것이 없다. 동굴은 가장 자연적이고 원시적인 자연 형태로 생산적인 자궁과 피난처를 상징한다.[15]

하이디와 주안의 신방은 이곳을 지상천국으로 만든다. 이 '지상천국'은 바이런의 후기 시, 『섬』에서 실현된다. 이런 점에서 하이디의 동굴은 『섬』의 느아Neuha의 동굴과 비교되고 대조된다. 느아의 동굴은 그녀 자신뿐 아니라 연인 토퀼Torquil의 재생까지 보장하는 데 반해, 하이디의 동굴은 그녀 자신의 재생과는 거리가 멀다. 주안에게 재생과 피난처를 동시에 제공했던 하이디의 동굴은 그녀 자신의 재생까지는 보장하지 못하는 한계를 지닌다. 때문에 하이디의 동굴은 느아의 동굴과 다르다.

시인은 하이디와 주안의 사랑을 낭만적이고 이상적인 사랑으로 그리기 위해서 문명 세상과 동떨어진 자연과 고독의 문맥 안에 두어야만 했다. 그러나 엄연한 현실성에 바탕을 둔 자연은 이들의 낭만적 사랑에 반작용하는 효과를 지닌다.[16] 그래서 온통 자연뿐인 이곳에도 한 가닥 문명의 공존을 보여준다. 그것은 축적된 경험의 지혜를 보여주는 노련한 조Zoe다. 조는 일찌감치 오래된 자연의 대학(II, 136)에서 두루 경험을 쌓았다. 조는 하이디와 주안 옆에서 계란을 부치고 커피를 끓이고 음식을 장만한다. 그들의 테이블은 저승 삼도三途 스틱스Styx 강을 건널 정도로 큰데, 그 위에는 생선, 꿀, 빵, 과일, 키오스chios 와인 등 진수성찬이 차려져 있다. 이것은 사랑을 위한 것이지 돈을 위한 것이 아니다(II, 145-6). 그만큼 그들의 결합은 완전한 사랑의 관계로 그들로 하여금 의무감을 인식하지 못하게 한다. 그들의 합일은 육체는 둘이지만 영혼은 하나인 상태다. 그러므로 서로에게 무엇을 준다거나 요구하는 일은 있을 수 없다. 특히 물질적 거래는 있을 수 없다.

저승 삼도 스틱스 강은 죽음의 강 중 하나로 뱃사공 카론Charon이 건너 주어야 한다. 그 강을 덮을 정도로 큰 테이블은 그 크기가 어느 정도인지 상상 할 수 없다. 그 테이블은 성찬 중의 성찬일 터이며 먹는 것이야말로 육체가 가장 필요로 하는 것이다.[17] 이 성찬을 마련한 조의 역할은 육체의 중요성을 강조할 뿐 아니라 하이디와 주안의 사랑이 지나치게 이상화되는 것을 방지하는 역할을 한다. 저승 삼도 스틱스 강 크기의 테이블은 영국 편의 노만 애비에서 또 한번 등장한다.

어린 연인들은 자연을 배경으로 산해진미를 차려놓고 자신들의 사랑에 탐닉한다. 그들은 사랑에 빠져 다가오는 파멸을 모른다. 아버지 람브로가 돌아오고 있는 것이다. 서서히 다가오는 종말처럼 람브로의 귀환은 점진적으로 진행된다. 람브로는 먼저 사로잡은 포로들을 배에 실어 분류한 뒤, 사슬로 단단히 묶는다(II, 15). 그는 레반트 Levant 여러 시장을 돌아다니며 여자들이 좋아할 물건을 많이 모았다. 프랑스 물건, 레이스, 족집게, 이쑤시개, 찻주전자, 접시, 알리칸테 기타, 캐스터네츠, 원숭이, 네덜란드 마스티프, 사랑 앵무새, 앵무새, 페르시아 고양이, 테리어 등의 전리품은 최고의 아버지가 자신의 딸을 위해 강탈한 것이다(III, 17). 람브로는 치외법권의 해적이며 국제적 무역상이다.[18] 그는 왕실 해적의 모습을 보여준다(III, 40). 그는 바이런의 작품에 등장하는 해적들, 예를 들면 『아비도스의 신부』*The Bride of Abydos*, 1813의 셀림Selim, 『코세어』*The Corsair*, 1814의 콘래드 Conrad의 계보를 잇고 마무리하는 완성자다.[19]

섬은 람브로의 자치영역으로 그곳에서 그는 절대군주다. 람브로는 배에서 내려 언덕 꼭대기에 올라 자신의 집을 내려다본다.

자기 집의 하얀 벽이 내려다 보이는
　언덕 정상에 도착하여,
그는 멈췄다. 방랑의 유혹은
　그 가슴을 채우는 감정은 얼마나 이상한가!
잘 있나 그렇지 않나 설레는 의심으로,
　많은 이를 위한 사랑, 몇 사람을 위한 두려움으로—
오래전에 잃어버렸던 시간과 겹치는 감정들은
우리의 가슴을 출발선으로 되가져온다. (Ⅲ, 21)

람브로는 언덕 꼭대기에 서서 자기 집의 하얀 벽을 내려다보면서 감회에 젖는다. 고국이나 고향으로 돌아오는 기분은 설렘과 기대감으로 가슴이 두근거린다. 모두 무사한가, 그렇지 않은가, 반신반의 심정으로 돌아와 자기 집을 바라본다. 집을 떠나 오랫동안 방랑한 후 귀가하는 자는 모두 그렇게 느끼리라. 람브로는 그렇게 떠났다가 그 떠났던 지점으로 돌아와 있다. 그리고 한 걸음 한 걸음 집으로 다가간다. 먼저 그의 시각이 익숙한 주위 풍경에 반응한다. 멀리서 자신의 집에 연기가 피어오르는 것을 보고 반가워한다. 다음은 청각을 자극하는 음악 소리가 들려온다. 피리, 드럼, 바이올린 연주 소리가 들리더니 이내 왁자지껄한 웃음소리에 람브로는 고개를 갸우뚱하면서 자기 귀를 의심한다. 람브로는 집 대문을 통과하는데 아무도 그의 귀환을 알아채지 못한다(Ⅲ, 22-61).

아랍, 투르크, 프랑크 왕국을 방랑하면서 노래하던 가객은 '로마에서는 로마인이 하는 식'대로 그리스에서 그리스식으로 노래를 한다. 프랑스, 영국, 스페인에서 발라드와 로망스를 독일과 포르투갈에서도 노래하였다. 그리스에서는 다음과 같은 노래를 한다. 전체 16곡의 '그리스 섬'의 발라드를 노래하는데, 그중 두 곡만 들어본다.

*1*
*그리스 섬이여, 그리스 섬이여!*
*열정적 사포가 사랑했고 노래했던 곳,*
*전쟁과 평화의 기술이 발달한 곳,*
*델로스가 솟았고, 포이보스가 태어난 곳,*
*영원한 여름이 그들을 황금으로 입혔지만,*
*태양 외에는 모든 게 졌다.*

*2*
*키오스와 테이안의 뮤즈,*
*영웅의 하프, 연인들의 루트*
*너의 해안이 거절한 명성을 찾았다.*
*그들의 출생지는 말이 없네*
*네 조상의 '축복의 섬'보다*
*더 먼 서쪽 메아리를 울리는 소리에.*[20]

그리스 섬은 서구 문화의 요람이다. 그리스는 사포Sappho의 노래, 전쟁과 평화의 기술이 발달한 곳이다. 사포는 기원전 600년경의 그리스 여류시인이다. 그녀가 태어난 레스보스Lesbos 섬에서 레즈비언이 유래한 사실은 잘 알려져있다. 그리스의 델로스Delos 섬은 포이보스Phoebus가 태어난 곳이었다. 포이보스는 아폴로의 또 다른 이름이다. 그러나 그리스에서는 이제 그 태양을 제외하고 모든 것이 사라졌다. 키오스는 호머의 고향이며 테오스Teos는 아나크레온Anacreon의 고향이다. 호머는 하프를 뜯으며 음송하고 아나크레온은 연인들에게 루트를 불어준다. 이제 호머와 아나크레온의 출생지는 그들 선조의 '축복의 섬'에 대해 침묵하고 있다. 가객은 피루스Pyrrhus 왕의 전무戰舞와 방진方陣은 어디로 갔는지 묻는다. 그러면서 사모스 섬의 와인Samian wine으로 잔을 가득 채워 마시라고 노래한다.[21]

가객이 그리스 섬을 노래하는 동안 하이디와 주안은 자신들의 향락에 빠져 람브로의 귀환을 알아채지도 생각지도 못한다. 하이디는 젤리크jelicks를 입고 순금 황금 팔찌를 차고 있다. 그녀가 움직일 때마다 팔찌와 발찌가 짤랑거리며 아름다운 소리를 낸다. 주안은 흰 바라칸baracan을 입고 황금빛과 검정색이 섞인 숄을 걸치고 그의 머리에는 터번이 높이 우아하게 놓여 있다. 젤리크와 바라칸은 오스만풍의 옷이다. 전자는 베스트, 후자는 로만 토가Roman Toga 같은 의복이다. 이국풍이 물씬 풍기는 의상을 입는 하이디와 주안은 하인들과 흑인 환관에 둘러싸여 난쟁이의 재주, 댄서들의 춤, 가객들의 노래를 보고 들으며 여흥을 즐기고 있다. 테이블에는 양고기, 모든 고기류, 샤프론 수프, 여러 종류의 너트, 달콤한 빵, 생선요리 등 백 가지가 넘는 산해진미가 차려져 있다. 크리스털과 대리석, 접시와 자기들이 장관을 이룬다. 인도산 매트, 페르시아 카펫이 바닥에 펼쳐져 있다. 낙원의 섬에서 하이디와 주안은 소왕국의 왕후장상이다.

하이디는 헤나로 물들여 피부가 더 밝게 빛나고 있다(Ⅲ, 62-78). 그들의 축하연은 모든 게 동방 이슬람풍이다. 헤나로 물들인 하이디는 진정 동방 이슬람 신부다. 이슬람 국가에서는 전통적으로 결혼식

전날 밤 신부와 신부의 여자친구, 그리고 신부의 여자 친척들은 '라일라 알-헤나'(laylah al-hennah)라고 불리는 여성들만을 위한 '헤나의 밤' 파티를 갖는다.[22] 가수와 댄서들이 축하 공연을 마치면 여성들은 자신의 몸을 천연 염색제인 헤나로 장식하는 의식을 행한다.[23] '헤나의 밤'에 신부를 단장하는 헤나는 신부의 몸을 아름답게 단장하기 위한 장식의 목적 이외에 많은 의미가 있다. 헤나는 막 결혼한 신부를 나타내며, 친척들과 친구들에게 작별 인사를 고하는 사회적 의미, 결혼생활에 행운을 가져다준다는 믿음 등의 의미를 지니고 있다. 하이디는 헤나로 자신의 몸을 물들임으로써 이슬람 동방의 신부로서 몸단장을 마친 것이다

하이디와 주안은 말없이 서로를 달콤하게 바라본다. 그들은 말없이 서로의 눈 속을 들여다보는데, 그들의 고요한 시선은 서로의 영혼 구석구석까지 파고들어 우정, 어린아이, 연인, 형제 등 모든 감정이 뒤섞인 느낌으로 서로를 바라본다. 두 개의 순수한 마음이 서로에게 채워졌을 때, 그것은 결코 적게는 사랑할 수 없는, 넘치는 사랑이었다. 그들의 사랑은 불멸의 소망과 힘이 축복을 내리는 성스러운 감정이었다. 주안이 말을 하려 하면 하이디는 입술로 말을 막아버리면서 그들은 길고 긴 입맞춤을 나눈다. 그리고 그들은 서로의 품 안에 안겨 잠든다(IV, 26-7). 주안과 하이디의 사랑은 자연 속에서 자연처럼 가식이 없고 순수하다. 하지만 순수는 타락을 전제로 하고 자연은 항상 아름답지만은 않다. 하이디는 주안의 품 안에서 잠을 자면서도 행복한 꿈을 꾸지 못한다.

그녀는 바닷가에 혼자 있는 꿈을 꾸었는데,
  바위에 사슬로 묶여 있었다. 그녀는 발버둥만 칠 뿐,
옴짝달싹할 수 없었다. 파도 소리는 점점
  높아지면서 파도가 칠 때마다 그녀를 사정없이
  위협하였으며,
그녀 입술 위로 파도가 쏟아졌다.
  마침내 그녀가 숨을 쉬려고 헐떡였을 때, 파도는
그녀 머리 위로 물거품을 만들며, 맹렬히 돌진하여
파도가 부서질 때 그녀를 삼킬듯 하였으나, 죽지는 않았다. (IV, 31)

주안이 탔던 배를 난파시킨 것은 파도였다. 마찬가지로 하이디가 꾸고 있는 꿈에서 그녀를 사정없이 위협하는 것도 파도다. 둘 모두 결코 자비로운 자연이 아니다. 하이디는 바위에 프로메테우스처럼 묶여 있다. 이 바위에 사슬로 묶여 있는 모습은 앞으로 그녀가 받게 될 형벌의 전조다. 하이디의 악몽에서 순수는 자연처럼 억제를 모른다. 순수하므로 격정적이고, 무분별한 순수가 경험으로 나아갈 때 그 분규는 엄청날 것이다. 하이디의 꿈을 통해 미숙하고 성급한 사랑은 파멸로 나아가게 되어 있음을 암시한다.[24] 그것은 자연적 본성만 따를 뿐이지 이성과 결합된 절제를 모르기 때문이다. 하이디의 꿈은 절제를 모르는 자연적 현상으로 볼 수 있다.

하이디는 주안과 함께 서로를 껴안고 달콤한 잠에 빠져 있었는데 그녀가 꾸는 꿈은 결코 달콤하지 못하다.

그녀는 귀를 찢는 비명을 지르곤 잠잠해졌다.
　기쁨과 슬픔, 희망과 두려움으로
바다에 장사를 지낸 주민이 살아서 돌아온 듯,
　아마 그녀가 너무 사랑했던 사람의
죽음으로 여긴 그를 보았다.
　하이디에게 그녀의 아버지만큼 소중한,
그건 무서운 순간이었고—
나는 그걸 보았지만, 말하지 않으련다. (IV, 36)

하이디와 주안은 자연을 주례 삼아 결혼하였고, 지금은 달콤한 신혼기분에 빠져 있었다. 그들은 행복의 절정에 있었다. 그 절정의 순간 하이디는 악몽과 함께 깨어나는데, 눈앞에 아버지 람브로가 떡하니 버티고 서 있는 것이다. 그는 마치 바다에서 죽었던 사람이 돌아온 것처럼 그렇게 놀라운 모습을 하고 있다. 줄리아의 '침실 소극'에서 알폰소의 등장처럼 람브로도 그렇게 극적으로 등장한다. 주안은 하이디의 비명 소리에 깨어나 쓰러지는 그녀를 부축하지만 역부족이다. 하이디는 아버지 앞에 무릎을 꿇고 주안만은 살려주라고 애원을 한다.

하이디는 그에게 매달렸다. '주안, 이 분이—
　이 분이 람브로—이 분이 나의 아버지야! 나와 함께 무릎을 꿇자—
아버지는 우리를 용서해 주실 거야—그럼—그래야지—그렇고말고.
　오! 가장 사랑하는 아버지, 기쁨과 고통의

고뇌에서—기쁨으로 당신 옷자락에 입맞춤하는
　이 순간에 의심이 나의 효심의
기쁨과 뒤섞일 수 있는가요?
아버지 마음대로 저를 처벌하세요, 하지만 이 사람은 살려주세요.'
(IV, 38)

악몽의 전조 현상과 함께 등장한 람브로 앞에서 모든 것은 풍비박산이다. 하이디는 당황하여 말이라고 하는 게 오히려 횡설수설이다. "주안, 이 분이—이 분이 람브로—이 분이 나의 아버지"라고 말을 더듬는다. 그리고는 주안에게 함께 무릎을 꿇자고 한다. 하이디는 왜 아버지에게 무릎을 꿇어야 할까? 왜 아버지에게 자신을 마음대로 처벌하라고 하는 걸까? 그녀는 스스로 아버지의 권력 아래 놓인 자신을 아는 것이다. 아버지의 부재중에 아버지의 권력를 남용한 자신을 아는 것이다. 스스로 "아버지는 우리를 용서해 주실 거야"라고 말하고는 스스로 "그럼—그래야지—그렇고말고"라고 자문자답한다. 자신의 효심에는 기쁨과 의심이 섞일 수 없다고 말한다. 하이디는 스스로 자신의 효심에 대해 의심이 섞이지 않은 것으로 정의함으로써 반어적으로 그녀의 효심이 옳지 않다는 것을 증명한다.

람브로는 하이디의 애원에도 꿈쩍 않는다. 그로서는 딸의 배신을 믿을 수 없다. 자신이 바다를 돌며 해적질을 하는 동안, 섬을 전유하여 마음대로 유린하고 있는 딸을 용서할 수 없다. 더구나 남자까지 함께 있다니 말이다. 람브로는 이타카Ithaca로 돌아온 오디세이처럼 남성적 권력을 회복하는 역할을 한다.[25] 람브로는 주안을 이타카를 찬탈한 자로 여긴다. 하이디는 페넬로페Penelope로 전치되어 주안을 그녀에게 구애하는 자로 여긴다. 때문에 주안은 람브로의 왕국과 사랑을 빼앗은 자가 된다. 그래서 주안을 용서할 수 없다. 람브로는 주안의 숨통을 끊으려고 하는데, 하이디가 주안을 막아서며 자신을 죽이라고 소리친다.

> …… '나를,' 그녀가 소리쳤다, '나를
> 죽이세요, 제 잘못이에요. 이 운명의 해안에서
> 그가 발견되었어요, 그가 찾은 게 아니에요. 전 제 신념을 맹세했어요.
> 전 그를 사랑했어요, 그와 함께 죽겠어요. 저는 알아요,
> 아버지의 성격이 단호하다는 걸—당신 딸도 그렇다는 걸 아시죠.'
> (IV, 42)

극적인 순간에 등장한 람브로는 하이디와 주안의 신방을 죽음의 신방으로 만든다. 하이디가 쏟아내는 언술은 줄리아의 그것을 상기시킨다. 하이디는 아버지 람브로에게 주안 대신 자기를 죽이라고 한다. 그녀의 이러한 행동에서 주안에 대한 절대적 사랑은 높이 살 수 있지만 아버지 람브로에 대한 사랑은 그렇지 않다. 오랫동안 헤어져 있었던 아버지 따위는 안중에도 없다. 람브로는 딸의 최고의 아버지가 되고자 하이디를 위해 많은 선물을 준비했다. 하지만 노예무역과 해적으로 모은 그의 부는 정의롭지 않았다. 하이디와 주안의 사랑에 해적 람브로가 개입됨으로써 시인은 재물의 축적뿐만 아니라 사랑에도 정의가 필요함을 암시한다. 하이디는 아버지의 부재중에 아버지의 권력을 전유함으로써 낙원의 섬의 군주가 되었다. 주안에 대한

사랑도 정의롭다고 볼 수 없는 맹목성이 개입되었다. 하이디의 전유된 권력과 맹목적인 사랑은 죽음처럼 절대적이다. 그녀의 사랑에는 정신적 사랑이 부재한 육체의 자연성만 부각된다. 따라서 자연과 문명의 절대적 균제는 아직 요원하다. 왜냐하면 이곳은 자연이 우세한 공간일 뿐만 아니라 하이디가 자연의 신부이기 때문이다. 그러므로 자연이 계속 강조되면서 하이디의 육체에 내재된 파괴력 또한 강조된다. 이러한 파괴력과 죽음에 대한 복선은 다음의 연에서 더욱 구체화된다.

> — 비록 길들여졌지만, 암사자였다.
> 아버지의 얼굴을 닮기 전에 그녀 안에서 아버지의 피가
> 끓어올랐다. 그녀는 진실로 그 아비의 그 자식임이 증명되었다. (IV, 44)

하이디의 사랑처럼 지나치게 격렬한 욕망으로 사랑한다면 그 사랑은 도리어 치명적 파멸이 될 수 있다. 파멸의 조건은 하이디의 육체에 그대로 드러난다. 시인은 하이디의 열정을 똬리를 틀고 있는 뱀에 비유한 적이 있는데, 여기서는 그녀를 암사자에 비유한다. 암사자 하이디는 아버지의 얼굴보다 그 성격이 더 닮았다. 그 닮음은 피가 먼저 끓어오르는 것에서 볼 수 있는데, 아버지와 딸 모두 격정적인 성격의 소유자들이다. 하이디는 길들여진 암사자다. 그녀와 사나운 야생 동물 사자와의 비교는 그녀의 육체성이 안고 있는 야수성과 파괴성을 암시하는 것이다. 문제는 그런 하이디와 람브로가 너무 닮았다는 것이다. 그렇기 때문에 이 두 개의 야수성이 충돌했을 때, 그 파

괴력은 엄청날 것이다.

> …… 그들의 모습과
> 그들의 몸집은 단지 성과 나이만 달랐을 뿐이었다.
> 심지어 그들의 섬세한 손까지
> 순수혈통만이 가질 수 있는 그런 닮은 점이 있었다. (IV, 45)

하이디는 아버지를 너무 닮아 그들의 모습에서 차이점은 오직 성과 나이뿐이다. 섬세한 손까지 닮았으니 그것은 순수혈통에서만 가능한 그런 종류의 닮음이다. 주안은 순수 귀족 혈통 가문의 출신이다. 여기서 시인은 하이디의 순수혈통을 들먹거리며 순수혈통의 정의가 무엇인지 따지는 듯하다. 하이디와 아버지 람브로의 충돌은 순수혈통의 충돌이며 그것은 서로를 제압하려는 충돌로 변질한다. 그것은 권력의 충돌이다. 람브로의 귀환으로 하이디와 주안의 사랑은 국가, 정신, 섹슈얼리티에 있어 남성성과 여성성의 역학 관계에 의문을 던진다.

> 그녀는 아버지의 손아귀에서 벗어나려고 애썼지만 허사였다.
> 그의 팔은 뱀의 똬리 같았다. 그리고 성난 독사가 튀어 가듯
> 먹이를 덮치듯 날아가는 뱀 같았다. (IV, 48)

뱀과 독사의 이미지는 하이디에 대한 람브로의 압제가 치명적인 독성이 될 것임을 강조하는 것이다. 아버지의 손아귀에서 벗어나려고 발버둥 치는 하이디의 모습에서 자유연애와 그리스 독립을 낭만

적으로 관련지어 생각해 볼 수 있다.[26] 자유연애란 물론 하이디와 주안의 사랑이다. 그리스 독립과의 상관관계는 람브로와 하이디의 관계에서 유추할 수 있다. 이처럼 그리스 편의 하이디와 주안의 사랑에 대한 분석은 단순한 목가적 사랑에 초점을 맞추기에는 그 폭과 깊이가 너무나 깊고 광범위하다. 가부장적이고 폭압적 사회에서 억압받는 여성의 전형으로 읽는 한 방법이 있다면, 성의 정치적 역할이 당하는 착취가 또 하나의 방법이다. 상징적으로 하이디의 사랑을 정치적 억압이라는 더 광범위한 구조와 관련지어보면 그녀는 터키 식민지 착취 하에 신음하는 그리스와 동일시할 수 있다. 실제로 하이디의 죽음으로 인한 섬 전체의 황폐화는 그리스 독립과 자유, 자연과 문명, 경험과 순수, 젊음과 늙음, 모두의 몰락을 암시한다.

하이디는 육체적으로 분명 아름다운 여성이었다.

> 아름다움과 사랑은 하이디 어머니 쪽의 지참금이었다.
> 그녀의 크고 검은 눈동자는 먹이 옆의 사자처럼 잠자고 있었지만
> 깊은 정열의 힘을 나타내고 있었다. (IV, 56)

줄리아의 검은 눈동자를 기억하고 있다면 하이디의 크고 검은 눈동자에서 암시되는 것은 에로틱한 여성성의 강조다. 그녀의 어머니는 페즈Fez 출신의 무어인 하녀였다(IV, 54). 바이런의 작품에서는 크고 검은 눈동자의 이미지가 반복되는데 『베포』*Beppo*, 1817의 로라Laura와 『마제파』*Mazeppa*, 1818에서 마제파를 깨운 테레사Theresa도 검은 눈동자를 갖고 있다.

시선은 열정을 자극하는데 가장 도발적인 감각기관이다. 존 단 John Donne, 1572~1631도 같은 예를 『엑스터시』*The Ecstasy*, 1633에서 묘사하고 있다.

> 우리의 눈빛은 황홀해지고 우리의 눈동자들이
> 두 겹의 실로 엉켰다.[27]

눈빛은 사랑의 절정 때처럼 황홀하고 사랑의 행위 때처럼 두 겹으로 서로 엉켜있다. 이처럼 눈은 몸의 어느 기관보다 강력하게 에로틱한 매력을 발산한다. 하이디의 아름다움과 사랑은 어머니 쪽을 닮았는데 그 아름다움과 사랑은 제단 위에 올려진 박제된 아름다움과 사랑이 아니라 언제라도 폭발 가능한 파괴적인 힘과 뜨거운 열정을 간직한 것이다. 하이디에서 언어와 에로틱한 욕망이 완벽하게 실현된다.[28]

하이디의 검은 눈동자에는 에로틱한 욕망이 잠재되어 있어 그녀를 '육체의 자매들'의 일원으로 만든다. 하이디의 섹슈얼리티는 해방된 여성의 리비도의 찬양이다. 리비도는 성본능 에너지의 다른 말이다.[29] 성본능 에너지의 찬양은 무분별한 성충동의 발산으로, 그것은 파멸로 이어질 가능성도 간과할 수 없다.

> 압도적인 열정이, 대리석이 정교하게 조각되었을 때
> 　보여주는 것 같이, 여전히 그곳에 있었다.
> 그러나 대리석 조각처럼 변치 않은 양상이

아름다운, 그러나 영원히 아름다운 비너스에게
라오콘의 영원한 고통 위로, 영원히 죽어가는
검투사의 자세 위로 던져졌다. (IV, 61)

하이디의 압도적인 열정은 차디찬 대리석이 정교하게 조각되었을 때 그 아래 감추어진 것처럼 지금은 온전히 고정되어 있다; 그러나 그녀의 열정은 라오콘의 영원한 고통과 같은 것이다. 라오콘은 그리스 신화의 인물로 트로이 사제였다. 그는 트로이 목마의 계략을 알아차려 목마를 트로이로 들어오지 못하게 한다. 라오콘의 이 행동은 신의 노여움을 사 그는 두 아들과 함께 뱀들에게 휘감겨 죽임을 당한다. 대리석 조각속에 새겨진 그의 고통은 두 아들과 함께 뱀에게 휘감겨 있는 상태로 멈추어져 있기 때문에 라오콘의 고통은 영원하다.

하이디의 열정은 그녀의 아름다움 속에 그렇게 조각되어 있는 듯하다. 그러한 그녀의 열정은 현재로서는 먹이 옆의 사자처럼 잠자고 있어 잠재된 두려움이다. 하지만 그 열정은 언제라도 폭발할 가능성이 있다. 그리고 그 열정의 폭발은 죽음으로 이어진다. 실제로 하이디는 주안과의 사랑이 람브로의 개입으로 실패로 끝나고 자신의 열정이 제어되자 죽음으로 향거한다.

열이틀 낮과 밤을 그녀는 그렇게 시들어갔다. 마침내
떠나가는 단말마의 고통을 나타내는
한 마디의 신음, 한숨, 눈길 하나 주지 않고, 그녀의 영혼이 떠나갔다.
그녀를 바로 곁에서 지켜보았던 사람도

그 순간을 알지 못했다. 마침내 그녀의
　아름다운 얼굴에 음침하고 느리게
그늘이 드리워지기 전까지.
오! 욕정을 간직했던 그 눈빛은—그렇게 꺼져버렸다! (IV, 69)

하이디가 아버지에게 저항하는 수단은 죽음이다. 그녀는 열이틀 낮과 밤 동안 먹지도 마시지도 않고 죽어갔다. 그녀는 인간의 오감이 관계된 모든 행위를 거부함으로써 스스로 죽음을 택한 것이다. 그것은 비장한 죽음이다. 하이디의 악의적 에너지조차 주안에 대한 그녀의 절대적 사랑에서 나온 것이기에 사랑치고 이보다 더 처연하고 선연한 것은 없을 것이다.

죽음을 불사하는 하이디의 사랑은 주안에 대한 절대적 사랑에서 나온 것처럼 보인다. 그래서 그녀의 악의적 에너지에 매료되어 하이디의 사랑을 지고지순한 사랑으로 미화하는 평자도 없지 않다. 이들의 사랑을 육체와 정신을 완벽하게 조화시킨 사랑의 예로 본 것이다.[30] 사실 하이디의 죽음은 사랑을 위해 목숨을 버리는 지고지순한 여성의 표본이 되는 것처럼 보인다. 과연 그럴까? 열이틀 날밤을 한 조각의 음식도 먹지 않고 한 모금의 물도 마시지도 않으면서 성마르게 죽은 그녀의 사랑이 과연 지고지순하다고 말할 수 있을까? 하이디의 사랑은 주안을 위해 죽은 것이 아니라고 감히 말할 수 있다. 그녀는 자기 고집을 위해 죽은 것이며 아버지 람브로를 이기기 위해 죽은 것이다. 그러므로 하이디와 주안의 사랑은 하이디의 죽음으로 끝나기 때문에 결코 바람직한 사랑으로 보기 어렵다.

물론 비극적인 사랑이란 운명적으로 어긋나게 되어 있다. 하이디와 주안의 비극적이고 파괴적인 사랑은 바로 삶의 조건 속에 내재해 있었다.[31] 그들의 사랑이 이처럼 비극적일 수밖에 없는 이유는 많다. 그중 하나는 서로 공유하는 언어가 없었기에 말을 할 필요가 없었다는 데 있다. 말이 없었기 때문에 서로를 표현할 수 있는 방법은 느낌과 몸짓이었다. 이것은 쉽게 육체적 사랑에 빠지는 한 원인이 된다. 그들의 사랑에는 육체만 있었을 뿐이다. 그들은 자연이 요구하는 대로 행동하였고 반응하였다. 하이디와 주안의 사랑에서 반복되는 패턴은 평화가 폭력에 의해 방해받는 것이고 낙원의 섬이 성적인 오염에 의해서 더렵혀지는 것이다.[32] 이것은 육체적 타락을 의미한다. 따라서 그들의 사랑은 이성과 감성이 조화된, 육체와 정신이 함께 한 참된 사랑을 하지 못했다는 큰 약점을 가진다. 그리고 그들의 사랑이 실패할 수밖에 없었던 또 하나의 이유는 그들의 성급함과 순수에서 오는 무지였다. 지나친 리비도를 찬양한 결과였다고 해도 무방할 것이다.

하이디는 주안의 사랑 때문에 살았고 그 사랑이 좌절되자 아버지께 항거하여 죽었다. 그것은 식욕처럼 본능적 사랑이었다. 따라서 주안에 대한 하이디의 사랑은 육체적 파멸과 야만성까지 내포하고 있는 자연의 일부로 정의할 수 있다.

그녀는 죽었다. 그러나 혼자 죽지 않았다. 그녀의 몸 안에
　삶의 제2원칙을 배고 있었다. 그것은 아름답고도
죄의 죄 없는 아이일 것이다.
　그러나 그 어린것은 빛도 보지 못하고 생을 마감하여

태어나지 못한 채 무덤으로 내려졌다. 그곳에는
　꽃과 꽃가지가 역병으로 시들어 죽어 누워있었다.
헛되이 하늘의 이슬이 피 흘리는 꽃 위에
시든 사랑의 열매 위에 내렸다. (IV, 70)

하이디는 죽었지만 결코 혼자서 죽은 것이 아니다. 삶의 제2원칙인 아기를 가진 채 죽었다. 그 사랑은 아름답고도 죄의 죄 없는 아이를 죽였으니 결코 바람직한 사랑이 아님을 시인은 갈파하고 있다. 시든 사랑의 열매 위에 무엇이 내리든 그 사랑이 다시 시작될 수 없다. 이 모든 것에는 종말의 분위기가 물씬 풍긴다. 하이디의 사랑은 남성중심적 사유의 틀에 잡혀 있는 독재자의 모습을 한 아버지 람브로에 의해 이루어지지 못한다. 그러나 하이디 또한 사랑을 쟁취하기 위한 어떤 이성적인 대항도 하지 않은 채 죽음으로 항거함으로써 전통적 인식의 틀을 벗어나지 못한 희생자로 남았다. 하이디의 사랑은 자신뿐 아니라 죄의 죄 없는 아이까지 죽였다는 데 큰 잘못이 있다. 그녀는 잘못된 사랑에 자신의 생명을 지불한 셈이다. 그러한 사랑은 사랑 자체가 복수의 화신이다(IV, 73).

하이디의 임신에서 페미니즘 읽기가 가능하다. 그녀를 통해 여성은 자신의 몸을 통제하고 상대 남성을 통제하고 자신의 여성성까지 통제하는 것을 볼 수 있다. 스페인 편에서 불륜 현장을 덮친 남편 알폰소를 향해 '유산' 운운 하던 줄리아를 떠올려 보면, 여성 몸의 통제력은 확실히 여성 자신에게 있다. 그러나 줄리아에서처럼 하이디에서도 완전한 여성의 자유와 여성 해방은 불가능하다. 아버지 람브로가 해적의 노략질과 노예무역으로 벌어들인 부에 의지한 것처럼 하이디가 누렸던 자유와 권력의 향유는 다른 사람의 노예화, 결국 주안까지 노예화함으로써 가능했다. 하이디가 누렸던 절대적 권력과 자유는 다른 사람을 착취하고 억압함으로써 가능했다. 그렇다면 사회적 생존의 필연성으로부터 개인의 자주적 해방은 단지 위선일 뿐이다. 경쟁하는 권력 집단으로서의 세상이라면 생존하기 위해서는 힘을 가지거나 획득해야 한다. 결혼이 그런 제도 중의 하나이다.[33] 결혼이라는 제도권 안에서 여성의 안전은 어느 정도 확보되고 보장된다. 하이디는 제도권의 인정을 받지 못한 결혼을 하고 임신함으로써 그녀는 제도권에 안주할 수 있는 가능성이 사라졌던 것이다. 하이디의 죽음은 그녀 아버지의 안전까지 위협하여 결국 섬 전체를 황폐화시킨다. 그것은 람브로의 부정축재와 노예무역, 그리고 하이디와 주안의 사랑의 완전한 실패를 의미한다.

> 그 섬은 이제 완전히 버려졌고 황폐해졌다.
> 　집들은 내려앉았고 주민들은 세상을 떠났다.
> 그곳에는 그녀와 그녀 아버지의 무덤 외에는 아무것도 없었고,
> 　흙덩이 인간은 보이지 않았다.
> 그렇게 아름다운 것이 어디에 있었는지 알 수 없었다.
> 　누구인지를 나타내는 비석도 없었고
> 말해 주는 이도 없었다. 공허한 바다의 만가輓歌 외에는
> 키클라데스의 미인을 애도할 만가는 없었다. (IV, 72)

낭만이 물씬 풍겼던 낙원의 섬은 이제는 황폐해졌고 간간이 부딪치는 자연의 파도 소리가 전해주는 만가 외에는 하이디와 주안의

흔적은 들리지도 보이지도 않는다. 낙원의 섬은 사라졌다. 낙원의 섬 키클라데스의 미인은 사라졌다. 순수했기에 더욱 비극적인 하이디와 주안의 사랑은 하이디의 죽음으로 모두 흩어져버렸다. 이것이 과도한 육체적 사랑의 현실이다. 여기서 사건의 현장으로써 제공되는 특수한 장소는 어떤 크로노토프 아우라를 획득한다. 이 아우라는 사실상 주어진 사건의 전형적인 것으로 나타나는 장르 전체의 메아리다. 크로노토프는 그곳에서만 전형적으로 기능하는 시간과 공간의 응축된 일종의 유적이다.[34] 하이디와 주안의 사랑은 섬의 공간에 응축되어 폐허의 유적으로 남을 뿐이다.

폐허의 유적이 된 하이디의 낙원의 섬에서 영국 정치체의 상업적 부패를 읽을 수 있다. 특히 엘진 경Lord Thomas Bruce Elgin, 1766~1841의 그리스 고대 유적의 약탈에 대한 심한 비난의 암시가 충분히 감지 된다.[35] 엘진 경의 그리스 조각의 약탈은 '엘진의 대리석'Elgin Marbles이라는 고유명사화 된 영국 제국주의의 유명한 약탈 사건이다. 이것은 람브로의 해적 노략질과 부정축재에서 어느 정도 암시되어 있다고 볼 수 있다.

그리스 편은 '낙원의 섬'을 배경으로 서로 상반된 두 가치관이 제시된다. 순수와 경험, 젊은이와 노인, 자연과 문명이 그것이다. 하이디의 아이는 분명히 긍정적인 가치를 함축하고 있지만 암시적으로 그 자체의 소멸을 예상하고 있다. 따라서 하이디의 죽음은 순수의 패배, 자연의 패배인 동시에 람브로의 문명이 완전히 폐허가 되었다는 것을 반증한다. 람브로는 오염된 문명이었다. 나아가 억압적인 문명의 식상함을 여실히 보여준다.[36] 그러나 '낙원의 섬'에서 재현된 문명과 자연 둘 모두는 바람직하지 않다. 람브로의 세계와 대치되는 하이디의 세계는 자연의 세계임에 틀림 없지만 자연의 세계라 해서 이상적인 낙원의 섬이 되는 것은 아니다. 자연과 문명의 균형잡힌 공존이 필요한 것이다.

표면적으로 문명이 남성성을 상징하고, 자연이 문명의 이면에 숨어있는 여성성을 상징한다고 보면, 그 둘의 가치는 젊기에 무분별한 하이디와 현명한 조에서도 볼 수 있다. 야생적이고 원시적이며 또한 낭만적이기도 한 하이디와 이와는 대조적으로 경험 많은 조는 두 개의 가치를 대표한다.

바이런은 성을 자연의 일부로 파악했고, 그 자연을 무분별하게 맹목적으로 따른다면 줄리아가 사회라는 가부장제도의 희생자였듯이 하이디는 자연의 희생물이 된다고 보았다. 주안과 하이디를 어떤 면에서 정열의 노예로 본 주장은 오히려 타당할 수 있다.[37] 정열의 노예로서 주안과 하이디의 사랑은 모든 이성적 판단력을 마비시키는 정열의 가공할 만한 힘 앞에서 자신들의 모든 것을 불태우고 말았던 셈이다. 자연의 일부로 볼 수 있는 여성성은 종종 인간으로 하여금 왜곡된 사랑을 하게 하는 것은 분명하다. 왜곡된 사랑은, 이를테면 욕정, 정열, 소유욕, 정복욕 등 인간의 무수히 많은 욕망들이 사랑의 이름으로 미화된 것에서 입증된다.

바이런이 기존의 전통적 여성관과 다른 관점을 보이는 것은 사랑을 위해 수녀원으로 들어간 줄리아나 사랑을 위해 마치 아버지에게 항거하듯 고집을 부려 모든 음식을 일절 거부하고 스스로 죽음을 택한 하이디를 결코 이상적이거나 사랑의 완성으로 보지 않는다는 점이다. 이러한 시인의 사랑관과 여성관은 현실적이라는 특징이 있다. 이즈음에서 고정된 정체성의 인물 주안을 주인공으로 내세운 시인의 전략이 희미하게 포착된다. 그것은 반-영웅적 인물 주안을 주인공으로 내세움으로써 그를 배경이나 조연으로 역할하도록 하고 여주인공들은 그녀들의 여성성이 만개할 수 있도록 문학적 장치의 역할을 한 것이 아니었을까? 그리고 주안은 여성성의 만개를 위한 자신의 배역에 충실한 인물로만 역할한 게 아니었을까?

하이디는 자신의 의지대로 죽었다. 그녀의 죽음은 아버지 람브로에게 반항하는 죽음이었다. 그러나 주안은 주어진 환경에 적응하는 융통성을 보여주면서 전혀 성격을 보여주지 않는다. 그는 여전히 반-영웅이란 배역에 충실한 인물로 공간의 이동과 모험의 시간을 당연하게 받아들인다. 그렇다면 주안은 새로운 모험에 뛰어들어야만 하고 새로운 모험을 위해 현재 공간에서 탈출해야만 한다. 이번에 그의 새로운 모험은 무엇일까?

# 3장　터키 편

노예시장

하렘 궁전

하이디와의 사랑이 그녀의 아버지 람브로에게 발각된 주안은 다시 생사의 갈림길에 서게 된다. 주안의 삶의 행로는 또 다시 급변하여 도피의 몸으로 새로운 모험에 뛰어든다. 주안의 모험적이고 우연한 시간은 그리스 로망스의 시간으로 비합리적인 힘이 인간의 삶으로 흘러들어와 그 행로를 연결하는 시간이다.[1] 주안의 행로에서 우연히 시작된 하이디와의 사랑은 그녀의 아버지 람브로의 권력 앞에 무력하였다. 이제 주안은 시의 화자가 말하는 대로 영광의 정점에서 몰락을 경험한다. 이 세상은 흥망성쇠로 가득한 이상한 곳이다.

비극의 주인공이 영광의 정점에서 몰락할 때, 그 비장감은 더욱 큰 것이다. 주안과 함께 그 비극의 주인공 하이디는 더욱 비장한 주인공이었다. 비극 속의 영웅처럼 주안은 하이디의 섬에서 사랑과 영화의 정점에서 갑자기 몰락의 나락으로 떨어졌다. 처음 시인은 영웅을 원한다고 했다. 주안의 몰락에서 다시 한번 비극의 영웅적 가치가 패러디 된다. 주안은 최고조로 고양된 상태에서 불행을 맞게 됨으로써 그의 몰락은 영웅의 몰락에 비교되는 효과를 가진다.

그들은 주안이 쓰러진 곳에서 묶고는
　방에서 끌고 나왔다. 늙은 람브로의
지시에 따라 그를 해안가로 끌고 갔다.
　그곳에는 9시에 출발할 몇 척의 배가 있었다.
그들은 주안을 보트에 싣고 노를 저어
　갤리선까지 가서 정기선에 실었다.
배에 실은 주안을 감금한 뒤
명령대로 엄중히 감시했다. (IV, 50)

이렇게 주안은 생의 절정에서 또다시 생의 밑바닥으로 떨어졌다. 가장 달콤했던 순간에 그의 행복은 파산했다. 주안은 하이디를 뒤로 하고 두들겨 맞고 부상을 입은 채 결박을 당한 후 정기선에 태워진다. 인간사는 알 수 없는 영고성쇠의 바퀴를 타고 돌아간다. 주안의 운명이 그러하다.

세상은 이상한 영고성쇠로 가득하다.
　그리고 여기에는 대단히 불쾌한 영고성쇠가 있다.
세상의 물질적 풍요 속에 있던 젠틀맨,
　핸섬하고 젊었고, 현재를 즐기고 있었는데,
생각지도 못한 바로 그 순간에
　갑자기 바다에 던져졌으니,
상처 입고 결박당하고, 그래서 그는 움직일 수 없었다.
그 모든 것은 한 숙녀와 사랑에 빠졌기 때문이다. (IV, 51)

시의 화자는 영화의 극치에서 절망의 나락으로 추락한 주안의 불행을 보고 세상사는 알 수 없는 영고성쇠로 가득하다고 한다. 주안은 미처 대비할 새도 없이 흠씬 두들겨 맞고 바다에 던져졌으니 그럴만도 하다. 운명의 부침이 심한 세상사에서 인간이 할 수 있는 일은 없다. 운명은 새옹지마처럼 오늘의 행운이 내일의 불운으로, 그리고 그 역도 성립된다는 것을 인정할 필요가 있을 뿐이다.

물질적 풍요 속에 아름다운 아가씨와 현재를 최고로 즐기며 순간을 만끽하고 있었던 주안은 사지가 묶인 채 정기선에 태워져 우여곡절 끝에 노예시장에 등장한다. 주안은 새로운 공간 콘스탄티노플의 노예시장에 등장함으로써(V, 7) 그의 크로노토프 세계에서 모든 사건은 근본적으로 그 맥락 안에서 작동하는 시간과 공간에 의해 형성됨을 알 수 있다.[2] 첫사랑 줄리아와 헤어진 주안은 항해 중 조난되어 그리스 외딴 섬에서 구조되었다. 그가 겪은 폭풍과 조난에서의 구조는 재생의 상징이었다. 그 다음으로 노예 무역상이었던 람브로를 떠올려보면 주안이 노예시장의 매물이 된 것은 예정된 운명이다. 그리고 그의 운명은 그 맥락 안에서 작동한 것이다.

노예시장의 무대인 콘스탄티노플은 사또브리앙F. A. R. de Chateaubriand, 1768~1848이 "온 세상천지에서 가장 아름다운 곳이라는 찬사가 조금도 과장이 아니다"라고 했던 곳이다. 이 도시의 시작은 330년 5월 11일 콘스탄티누스 대제Constantine the Great가 유럽과 아시아의 교차로인 비잔티움Byzantine에 새 수도를 세우면서부터다. 당시 도시 이름은 콘스탄티누스 대제의 이름을 따 콘스탄티노플이라 했다. 1453년 오스만제국이 점령한 후 도시 이름을 이스탄불Istanbul로 바꿨다. 이곳은 지정학적인 요충지로 육상 실크로드의 끝이자 해상 실크로드의 시작이 되는 곳으로 흑해와 동방에서 온 상품이 모여 세계에서 가장 큰 바자Bazaar가 형성되어 온갖 풍물과 문화가 뒤섞여 국제적 색깔을 띤다. 이곳 오리엔트에 시리아, 페르시아, 이집트 등 가장 번영했던 문화가 있었다. 그러므로 이 제국은 로마제국을 계승하면서도 헬레니즘과 헤브라이즘 문화가 혼재된 동로마제국이 된다. 로마제국은 이곳 동방에서 그 마지막 번영의 길을 찾아 찬란했던 문화를 꽃피웠다.

콘스탄티노플은 아시아의 해변에 화려한 궁전을 가진 유럽이다. 이곳은 유럽과 아시아가 보스포루스를 사이에 두고 양안에 있으며 소피아 성당의 74개의 돔이 황금빛으로 빛나고 있다(V, 3). 이곳 노예시장에는 모든 국적의, 모든 피부색의 남녀노소 인종들이 마치 보드게임 판 위의 '말'처럼 매물로 나와 불안에 떨며 앉아있다(V, 7-10). 주안이야 말로, 보드게임 판 위의 '말'처럼 다양한 역할을 수행한다. 그는 안내자, 촉매제, 피실험자, 허위의식, 어리석음 등 다양한 인물의 역할과 개념을 표상한다.[3] 그의 역할은 운명의 부침에 따라 다양하다. 이번에 그의 운명은 노예가 되는 것이다.

'노예시장'은 인간의 육체가 구체적인 물건으로 사고 팔리는 공간이다. 인간 화물이 거래되는 이곳에는 육체만 있을 뿐이다. 주안은 바로 이 노예시장에 던져진다. 그는 왜 갑자기 노예시장에 던져졌는가? '노예'를 더 깊게 분석하면 인간은 모두가 변덕과 정열의 노예 아닌가(V, 25). 시인은 노예를 전면에 내세우면서 육체의 조건을 묻고 있는데, 그것은 권력과 깊은 함수 관계가 있는 대상화 된 인간 육체다. 그리고 노예시장의 육체는 상업주의 세계에서 교환되는 물건

이다.[4]

노예시장의 매물이 된 주안은 계급의 최하위층에 속한다. 그의 모험은 이렇게 항상 극적인 반전을 동반한다.

> 주안은 젊었다. 그래서 그 나이가 그렇듯
> 　희망과 건강으로 꽉 차 있었다.
> 하지만 난 인정해야 하는데, 그는 조금은 우울해 보였으며
> 　가끔 몰래 눈물을 훔치곤 했다.
> 아마 최근에 흘린 피가 그의 정신을
> 　의기소침하게 한지도 모른다. 그리고 부의 상실,
> 연인의 상실, 그리고 안락한 주거의 상실 후
> 그는 타타르인 사이에 경매에 부쳐졌다. (V, 8)

주안은 이해할 수도 생각할 수도 없는 사이에 노예시장의 매물이 되었다. 그는 젊었기에 아직 희망을 가질 시간적 여유가 있었으며 젊었기에 건강하다. 그는 타타르Tartar인 사이에 섞여 있는 유럽인 매물이다. 타타르인은 주로 몽골계와 터키계로 이루어져 있는 종족으로 그들이 신봉하는 종교는 이슬람이다. 그 무리들 사이에 있는 가톨릭인 주안은 인종이 다른 매물로 분명 눈에 띄었을 것이다.

반-영웅적 인물 주안의 장점은 상황에 맞게 변신하는 적응력이다. 그리고 상황을 분석하거나 현재의 불행에 대해 크게 고민하지 않는 점이다. 그는 잠시 우울해하지만 현재의 상황을 재빨리 파악하고 받아들여 동료 노예와 안면을 튼다.

'맙소사!'—그가 말했다, '피부색이 다른
　그루지야인, 러시아인, 누비아인
그 밖의 잡색 무리들 속에,
　그들과 함께 던져진 것도 우리의 운이지,
나와 너만 유일한 젠틀맨 같군
　우리 서로 인사나 하자.
너에게 어떤 위안을 줄 수 있다면,
그건 내 기쁨이지. 그런데 네 국적이 뭐지?'

주안이 '스페인'이라고 대답하자, 그가 답했다.
　'난, 사실, 네가 그리스인은 될 수 없다고 생각했어,
노예근성의 개들은 그렇게 자긍심에 찬 눈을 갖고 있지 않거든.
　운명이 변덕을 부려 너를 이곳에 데려왔지만,
그건 모두에게 똑같은 식이지, 사람이 노력하기까진 말이야.
　하지만 걱정 마, 운명은 변할 거야, 아마, 다음 주쯤에는.
운명은 나에게도 너에게 한 것처럼 똑같이 했지,
새로울 게 없는 것 빼고 말이야.' (V, 13-4)

주안에게 말을 걸고 있는 사람은 존 존슨John Johnson이다. 존슨은 러시아 전쟁에 참전했던 경험이 있는 영국인 베테랑으로 노예시장에서 주안을 만났다. 존슨은 주안의 눈빛을 보고 노예근성의 그리스인 같지 않다고 말한다. 터키 압제 하에 있는 그리스인을 비웃고 있는 걸까? 터키 압제하에 놓여 있기 때문에 그리스인의 눈빛이 노예근성을 띠고 있는지 그 반대인지 분명하지는 않지만 인간은 지배를 받게 되면 어느덧 굴종적 자세가 되어 노예근성이 풍기는가 보다.

주안은 난생처음 노예시장에 매물이 되었기에 아직 노예근성을 배우지 못했다.

여기서 존슨이 주안에게 말하고 있는 내용의 핵심은 운명이다. 그는 운명은 변덕스러워 다음 주쯤에는 주안의 운명이 바뀔 거라고 말한다. 운명은 형이상학적 여성이다.[5] 주안에게 여성은 운명처럼 무차별적이고 거역할 수 없는 절대적 힘으로 작용한다. 그런 점에서 주안에게 여성은 형이상학적 운명이다. 그런데 존슨에게 변하는 운명은 새로울 게 없다는 것이다. 운명은 모두에게 똑같이 작용하므로 그런 점에서 오히려 공평하다.

주안은 젊고 핸섬한 외모와 화려한 이국적 의상 때문에 여러 구매자들로부터 주목을 받고 그의 몸값이 흥정된다(V, 9). 육체적으로 인간은 남성과 여성, 두 개의 생물학적 성으로 나뉜다. 그 가운데 제3의 성 환관이 있다.

> 방금 제3의 성, 흑인 늙은 중성 인물이
> 　끼어들어 포로들을
> 살펴보면서, 외모와 나이,
> 　그리고 능력에 값을 매기는 것 같았다. 마치 그들이
> 목적한 우리에 맞는지 보려는 것처럼.
> 　애인은 어떤 숙녀에게도 추파를 던지지 않으며,
> 기종저氣腫疽은 말에게, 양복장이는 넓은 천에,
> 변호사는 수임료에, 교도관은 중죄인에게 추파를 던지지 않는다.
> (V, 26)

제3의 성, 늙은 흑인 중성 인물의 이름은 바바다(Baba V, 69). 바바는 술탄의 넷째 부인 술타나 걸베야즈의 내시다. 바바는 노예시장의 매물의 나이와 외모를 살펴보면서 값을 매긴다. 인간 노예들은 선택의 대상이지 선택의 주체가 아니다. 노예들은 주체의 자리에서 배제된 채, 주체의 필요와 욕구에 의해 마음대로 처분 가능한 수동적인 대상 즉, 객체에 불과하다. 주체와 객체의 관계는 지배와 종속이라는 철저히 위계적인 방식에 따라 규정되는 특징이 있다. 그러므로 노예는 애인, 기종저, 넓은 천, 수임료, 중죄인처럼 피동적 존재다. 노예시장의 매물은 인간 가축이다(V, 28). 그들은 가축처럼 목적한 우리에 맞게 적당한 값으로 판매된다. 바바는 주안과 존을 구매하여 터키 궁성Seraglio으로 들어간다.

> 흑인 환관은 구매한 이교도
> 　한 쌍을 끌고 들어가니, 몇몇은 발걸음을
> 늦추지 않은 채 눈을 치켜떴으나,
> 　꼼짝도 않고 앉아 있는 자들도 있었다.
> 한 두 명이 마치 말의 가격을 매기듯
> 　포로의 얼굴을 말똥히 쳐다보았다.
> 어떤 이는 제 자리에서 흑인에게 고개를 까딱했지만,
> 아무도 그와 말하지는 않았다. (V, 54))

흑인 환관 바바는 구매한 이교도 둘을 끌고 궁성으로 들어간다. 가톨릭 주안과 성공회 존슨은 이슬람 터키 궁성에서 이교도다. 이곳에서 주안의 종교는 '타자'가 된다. 바바가 주안과 존슨을 끌고 궁성

에 들어서자 사람들의 관심이 그들에게 쏠린다. 사람들은 주안과 존슨을 인간으로 보지 않는다. 마치 말의 가격을 매기듯 그렇게 쳐다볼 뿐이다. 궁성에 도착한 주안은 먼저 노예로서 복종의 절차와 훈련을 받는다. 바바는 주안에게 터키풍 오달리스크 옷을 던져주면서 입으라고 명령한다. 주안이 옷 입는 것을 거부하자 바바는 그에게 불깐다는 충격적인 말을 한다(V, 69). 이 말을 들은 주안은 거침없이 받아친다. 그들의 대화는 매우 원색적이다.

> '그래요?' 주안이 날 선소리로 대답했다, '나를 죽이시오
> 내 대가리를 까느니! (V, 71)

주안은 불알을 까이느니 차라리 죽기를 원하지만 상대도 지금까지 수천 개의 대가리를 잘랐다며 주안의 거세를 당연시한다. 주안은 거세를 당하여 제3의 성이 되느니 차라리 여장을 택한다(V, 75). 주안의 여장은 두 가지 모순적 정보를 준다. 하나는 주안의 양성구유적인 매력이며 다른 하나는 그의 억제 될 수 없는 남성성이다.[6] 주안의 외모는 여장을 해도 어색하지 않을 정도의 양성구유적인 매력을 갖고 있다. 주안은 여장을 하고 술타나 걸베야즈의 노예가 되기 위해 그녀 앞에 불려간다. 주안이 노예시장의 상품으로 나왔을 때, 지금 걸베야즈 앞에서 성적 노예가 될 함수 관계는 이미 예고된 것이다. 사실 주안은 여성의 노리갯감이다.[7] 여성의 노리갯감에서 주안의 남성성이 건재함을 알 수 있다. 남성 노예를 구매함으로써 걸베야즈는 자신을 위한 첩을 구매한 셈이다. 이것은 걸베야즈의 남성 권력의 모방이

다.[8] 남성 권력을 모방한 걸베야즈의 풍채는 당당하다. 그녀는 동방 이슬람의 군주가 행사하는 권력을 똑같이 답습한다.

> 그녀의 풍채는 그녀의 신분만큼 당당했다.
> 　그녀의 아름다움은 압도적이어서,
> 그 기세가 그 아름다움을 감하게 할 정도다.
> 　그녀의 이목구비를 설명해서 그 아름다움을
> 감하기보다는 독자의 판단에
> 　전적으로 맡기겠다. 그녀의 아름다움을 충분히 묘사할 수 있다면
> 당신의 눈을 멀게 할 것이다.
> 그러므로, 당신이나 나에게 다행스럽게도 표현할 수가 없다. (V, 97)

역사적으로 우리는 여성이 대게는 권력의 구조 안에 종속되는 것으로 여겨왔다. 그러나 이곳 술탄의 궁전에서 여성의 몸이 가지는 이중적 구조를 보게 된다. 그것은 지배와 종속을 동시에 견지하는 걸베야즈다. 그녀는 술타나로 술탄의 네 번째 부인이다. 그녀의 신분은 그만큼 당당하여, 오히려 그 기세 때문에 여성의 아름다움이 감해질 정도다. 술타나 걸베야즈는 하렘의 노예를 사고 죽일 수 있는 권력의 소유자다. 그녀의 예에서 암시되듯이 모계 사회에서 여성의 힘은 술탄만큼 전제적이다. 그녀의 폭정은 술탄에 버금간다. 더구나 그녀의 폭정은 억압된 욕망을 암시하기 때문에 더욱 위험하다.

바바는 주안에게 무릎을 꿇고 걸베야즈의 발에 입맞춤하라고 지시한다. 주안은 거부한다(V, 96). 바바는 걸베야즈의 옷자락 끝에 입맞춤을 하고 난 뒤 다시 주안에게 걸베야즈의 발에 입맞춤하라고 지

시한다. 주안은 다시 거부한다(V, 102). 걸베야즈는 자신의 발에 입맞춤을 거부한 주안에게 도전을 느낀다. 그녀는 여성 압제자와 여성성의 억압을 양극단으로 탐색하는 이중적 인물이다.[9] 걸베야즈는 반쯤은 관능으로 반쯤은 명령으로 악마와 천사의 모습을 갖고 있다(V, 108). 그녀는 아름다워 그녀 미모의 결점보다 태양의 흑점이 더 많은 편이다. 명령에 익숙한 걸베야즈는 정열과 권력이 혼합된 눈으로 주안을 노려보면서 그에게 "크리스천, 그대도 사랑할 수 있는가?"라고 묻는다(V, 116). 주안은 거세위협과 걸베야즈의 말도 안 되는 질문 앞에서 하이디의 섬과 그녀의 모습을 떠올리며 왈칵 눈물을 쏟는다.

> 사실 그랬다. 때 맞춘 시간에 알맞은 곳에서,
> 　하지만, 아직 하이디의 섬과 상냥한 이오니안 얼굴을
> 마음 가득히 간직하고 있던 주안은,
> 　피가 더워지는 걸 느꼈다. 그의 얼굴이 빨개지다가
> 다시 심장으로 가 심장을 빠르게 채웠다.
> 　그의 볼은 아네모네가 흩날리 듯 창백해졌다.
> 이 말이 아랍 창처럼 그의 영혼을 관통하여,
> 그래서 그는 아무말도 않고, 왈칵 눈물을 쏟았다. (V, 117).

주안이 눈물을 쏟은 까닭은 '사랑'이라는 말이 그의 영혼을 관통했기 때문이다. 걸베야즈는 생애 처음으로 남자의 눈물을 보고 매우 당황하였다. 주안의 눈물을 보고 그녀 역시 자신의 눈가가 촉촉히 젖어오는 걸 느낀다. 사랑과 남자의 눈물은 주안과 걸베야즈의 대결에서 중요한 역할을 한다. 하이디의 추억이 그렇게 생생하지 않았더라

면 주안은 걸베야즈의 명령이나 요구에 복종했을지도 모른다. 주안은 하이디의 생각이 그의 마음을 떠나지 않고 있다. 하이디의 사랑이 그를 지배하는 한 주안은 하이디의 것이다.

> 주안은 친절하였고 더욱 친절하였을 것이다.
> 　그러나 그의 머릿속에는 하이디가 있었다.
> 그가 아직 그녀를 잊을 수 없다는 것이 얼마나 이상한지,
> 　그것이 그를 대단히 무례하게 보이게 했다.
> 걸베야즈는 자신의 궁에 온 주안을
> 　채무자처럼 바라보고 있더니
> 눈자위를 붉히기 시작하다가
> 새파랗게 질리더니 다시 붉어졌다. (V, 124)

주안의 가슴속에는 아직 하이디의 섬과 그녀의 상냥한 얼굴로 채워져 있다. 노예시장에서 주안은 부의 상실, 애인의 상실, 그리고 안락했던 주거지의 상실을 아쉬워하는 현실적인 면도 있었다. 그러나 지금 주안의 머릿속에는 하이디가 깊숙이 자리 잡고 있어 걸베야즈의 명령을 따를 수 없다. 걸베야즈에게 굴복하는 것은 그녀의 성적 노예가 됨을 뜻한다. 성행위는 육체처럼 사고팔 수 있는 것이다.[10] 노예시장의 주안은 걸베야즈의 육체적 욕망을 위한 상품이었다. 그는 자신의 육체뿐 아니라 성행위도 팔 수 있는 상품으로 나왔던 것이다. 그러나 정신은 사고팔 수 없다. 노예의 의무를 다하지 못하는 주안을 보고 걸베야즈는 분노로 얼굴이 붉으락푸르락한다. 주안은 이런 걸베야즈를 차갑게 바라보면서 소리친다. "사로잡힌 독수리는 짝짓기

할 수 없소, 술타나의 음란한 환상에 난 봉사할 수 없소"라고(V, 126). 주안은 자신을 비록 사로잡혀 있지만 독수리에 비교하는 당당한 모습을 보인다. 나아가 주안은 걸베야즈에게 감히 사랑에 대해 일장연설을 하는 당찬 입심을 보인다. 여기서 주안은 욕망하는 타자의 이미지를 통해 자기 자신을 정의하는 것이다.[11]

> '만약 당신이 내게 사랑할 수 있냐고 묻는다면, 내가 얼마나 사랑했는 지가
>    증거가 될 거요—허나 당신을 사랑하지는 않소!
> 이 천박한 옷을 걸치고, 실패, 거미줄, 피륙은
>    나에게 장식품이오. 사랑은 자유요!
> 나는 이 휘황찬란한 천정에 주눅 들지 않소.
>    그대 권력이 무엇이든, 대단해 보이기는 하지만,
> 머리를 숙이고, 무릎을 꿇고, 눈은 왕관 주위를 바라보고
> 손은 공손히 모아야 하나—우리 마음은 여전히 우리 자신의 것이요.' (V, 127)

주안은 개성 없이 주어진 상황에 적응하며 지금까지 생존해 온 인물이다. 하지만 걸베야즈 앞에서 주안은 완전히 다른 인물로 변신한다. 먼저 바바 앞에서 여장 입는 것을 거부하고 거세위협을 받았다. 그러나 거세당하느니 여자 옷은 그나마 견딜만해서 이국적인 오달리스크 옷을 입었다. 그러나 걸베야즈의 음란한 환상에는 결코 봉사할 수 없으며, 이제 사랑은 자유라고 외친다. 우리 마음은 우리 자신의 것이기 때문이다.

걸베야즈의 터키 궁성은 화려할지는 모르지만 그 취향은 저급하다.[12] 실패, 거미줄, 피륙 같은 옷을 걸치고 화려한 천정 아래에서 머리를 숙이며, 무릎을 꿇고 손은 공손히 앞으로 모아야 한다면 그건 저급한 문화로 밖에 볼 수 없다. 하지만 주안과 걸베야즈의 대결은 문화의 문제가 아니라 권력의 문제다.

걸베야즈의 음란한 환상은 그 파괴성에 있다. 그 파괴성은 하이디의 그것과 같다. 걸베야즈의 이런 모습은 그녀를 '육체의 자매들'의 셋째 자매의 반열에 들도록 한다.

> 새끼를 빼앗긴 암호랑이나, 암사자,
> 　아니면 어떤 흥미 있는 육식동물이
> 제멋대로 할 수 없어 안달하는 것이 귀부인들에 대한
> 　당장에 떠오르는 직유다. (V, 132)

이 작품에 등장하는 여성 인물들의 육체에서 일관성 있게 묘사되고 있는 것은 그녀들의 아름다움이다. 가시적인 육체로부터 끄집어 내야할 성격은 그것이 지닌 폭력성이다. 하이디의 독사, 잠자는 사자, 암사자, 걸베야즈의 암호랑이, 암사자 등의 묘사는 모두 여자가 제 마음대로 하지 못했을 때, 특히 자신의 욕구를 채우지 못했을 때, 언제라도 보여줄 수 있는 사나운 모습이다. 그러나 지금 암호랑이 앞에 서 있는 주안은 그 누구도 두려워하지 않는다. 주안이 생각하는 사랑은 자유에 있기 때문이다.

노예가 상징하는 것은 자유의 억압이고 추구하는 것은 자유다. 주안은 노예의 몸으로 팔려와 처음으로 정신적인 가치 "사랑은 자유

요"하고 외친다. 이 사랑 때문에 주안은 드물게 자아를 인식하는 발언을 한다. 사랑은 이렇게 인간을 변화시키고 또한 노예화 된 인간을 구원한다.[13] 이제까지 주안이 여성을 만났을 때 반응했던 것을 기억한다면 그의 태도가 걸베야즈 앞에서 변한 것을 알 수 있다. 걸베야즈 앞에서 처음으로 저항을 시도하고 있는 것이다. 이것은 주안이 외부로부터 자신을 객관적으로 보기 시작했다는 증거이며 사랑에 있어서 자신이 스스로 선택권을 갖겠다는 의지의 표시다. 누구도 두려워하지 않고, 죽음까지 각오한 주안 앞에서 걸베야즈의 분노는 그녀만의 분노다.

> 걸베야즈의 눈에서 번쩍이는 불을 말하자면
> 　그녀의 눈은 언제나 불타고 있기 때문에 그것은 아무것도 아니었다.
> 가장 짙은 색깔을 나타내는 그녀의 볼을 말하자면
> 　나는 염색공을 비난하리라.
> 그녀는 지금까지 자신의 욕망이 저지받은 적이 없었기에
> 　그녀의 격앙된 열정은 가히 초자연적이었다.
> 감정을 억누르고 있는 여자가 어떤 것인지를 아는 사람조차도
> (아니나 다를까, 누가 알겠는가!) 이것은 알지 못할 것이다. (V, 134)

여기서도 강조되는 신체 기관은 여성의 눈이다. 걸베야즈의 눈은 번쩍이는 불이며 그 눈은 언제나 불타고 있다. 그녀는 지금까지 자신의 욕망이 저지받은 적이 없었던 인물이었기에 저지된 욕망 앞에 그 격앙된 열정은 가히 초자연적이다. 여성이 자신의 감정이 어

떤 방식으로든 거절당하자 발산하는 분노는 상상을 불허한다. 분노하는 술타나 걸베야즈는 거대한 자연현상이다. 그녀의 자연현상은 세 가지 관점으로 해석해 볼 수 있다. 첫째 에고이즘과 관련된 강렬한 열정, 둘째 명령하는 걸베야즈와 거부하는 주안, 셋째는 걸베야즈의 정치적 권력과 여성성의 결합이다.[14] 걸베야즈의 여성성은 그녀의 권력 때문에 다층적 인물로 볼 수 있다. 특히 걸베야즈가 보여주는 권력 행사는 젠더문제가 아니라 권력의 유무와 밀접한 관계가 있음을 나타내고 있다. 게다가 걸베야즈는 누구도 속이지 않고 가식없이 자신의 욕망을 그대로 보여준다. 여기서 시인의 주목적은 왕실 침실과 가십을 들여다봄으로써 열정적 관능성이 전제적이고 격렬하며 조야하다는 것을 보여주는 것이다. 이를 통해 독자들에게 황실에 대한 어떤 미망에서 깨어나길 바라는 것이다.[15] 터키 황실에 대한 이러한 해석은 매우 단선적이고 평면적일 수 있다. 열정적 관능성은 걸베야즈에서 재현되어 있기 때문에, 오히려 걸베야즈를 통한 젠더 담론은 여성을 사회가 규정하는 이데올로기의 수동적인 희생자라기보다 능동적이고 생산적인 주체자로 해석하는 것이 바람직할 것이다.

따라서 걸베야즈의 욕망에서 그 초점은 젠더와 섹슈얼리티 사이에 결정하기 어려운 권력 관계에 맞추어진다. 조금 전에 주안은 여장을 하게 됨으로써 본의 아니게 주안나Juanna가 되었다(IV, 44). 그 이름이 암시하듯 현재의 주안은 술타나와 성역할이 뒤바뀐 셈이다.[16] 이뿐만 아니라 작품 속에서 성의 역할은 생물학적 요인에 의해서가 아닌 권력에 의해서 결정되는 특징이 있다.[17] 권력이란 능력과 역량을 이르는 말이다. 권력을 행사할 때 그 권력의 행위자는 상대에게 끼칠 자신의 영향력을 잘 알고 있다. 그런데 이 권력이 행사될 때 두 개의 매개체는 몸과 마음이다.[18] 마음은 볼 수 없기 때문에 권력 행사의 직접적인 장은 바로 육체가 된다. 그렇다면 걸베야즈의 권력 행사는 구체적으로 자신의 욕구와 욕망을 알고 그것을 실현하기 위한 남용된 권력이다.

푸코는 권력이 행사되는 첫 번째 장으로 '인간의 신체'를 든다. 권력은 신체를 조작하고 형태를 재조정하며 단련시켜 복종하게 한다. 이 전략에 의해 온순한 육체가 탄생 된다. 이러한 육체는 이미 고전주의 시대부터 권력의 대상—표적으로 발견되었다.[19] 푸코가 말하는 권력의 표적이 되는 육체는 노예시장의 주안의 몸이다.

걸베야즈는 주안의 육체를 자신의 권력으로 길들일 수 있는 대상으로 보고 있다. 그녀가 요구하는 것은 노예답게 온순한 육체, 길들여진 육체다. 즉, 자신의 욕망을 충족하기 위해 마음대로 할 수 있는 도구화되어 소유할 수 있는 육체다. 주안은 그것을 거부하고 있다. 걸베야즈는 노예 주안의 육체를 통제할 보다 강력한 수단을 강구하는 동시 에 자신의 상한 자존심을 만회하고 보상받기 위해 무소불위의 전제 권력자처럼 철저한 복수를 생각한다. 그녀에게 권력과 섹슈얼리티의 작동 원리는 여성과 남성의 관계에서 똑같이 작용하는 것임을 알 수 있다.[20]

그녀의 첫 번째 생각은 주안의 머리를 자르는 것,
　두 번째는 그와 친분관계를 끊는 것,
세 번째는 주안에게 어디서 성장했는지 묻는 것,

네 번째는 후회하는 것,
다섯 번째는 시녀를 불러 잠자리에 드는 것,
여섯 번째는 칼로 자신을 찌르는 것, 일곱 번째는
바바에게 태형을 내리는 것, 하지만 그녀의 훌륭한 방책은
다시 한번 참고 앉아서, 물론 울어버리는 것이다. (V, 139)

지배와 복종이라는 힘의 역학관계에서 복종하는 사람은 몸을 굽히거나 자세를 낮춤으로써 상대방에 대한 복종을 표시해야 한다. 그렇게 할 때 몸의 종속관계는 명확해진다. 주안은 그러한 표시를 보이지 않는다. 걸베야즈는 권력자답게 자신의 거절된 욕망을 해소하기 위해 가능한 모든 방법을 강구한다. 주목할 점은 제일 먼저 '주안의 머리를 자르는 것'이다. 이것은 남성의 심벌을 직접적으로 묘사하는 것으로 주안을 거세시켜버리는 것이다. 짧은 순간에 걸쳐 진행되는 걸베야즈의 심경의 변화는 다양하다. 주안의 머리를 자르는 것부터 두 번째 그와의 인연을 끊는 것, 세 번째는 보다 상식적인 선에서 어디서 성장했는지 묻는 것, 네 번째는 후회하는 것, 다섯 번째는 잠자리에 드는 것, 그리고 여섯 번째는 자신의 배를 가르는 극한 상황까지 생각한다. 그만큼 자존심이 상했다는 증거다. 일곱 번째는 바바에게 태형을 내려 화풀이할까 생각해보다가 마침내 그녀의 마지막 결심은 여자답게 울어버리는 것이다. 놀랍게도 이 눈물이 주안의 마음을 움직인다. 걸베야즈의 권력 행사는 일단 실패하였다. 하지만 걸베야즈의 승리가 여성성에 가능성이 있다는 것은 여성 권력의 역설이다.

주안은 감동하였다. 그는 말뚝형을 당하거나,
　개밥처럼 사지가 찢겨 죽거나
세련된 고통을 당해 살해되거나, 사자 밥으로
　던져지거나, 물고기 밥이 되어 죽기로 작정하였다.
그래서 자신의 소원 외에—죄라기 보다
　영웅적 기개로 묵묵히 서 있었다.
하지만 죽기를 각오한 그의 비장한 준비들이
한 여자의 눈물 앞에서 눈처럼 녹는 것을 느꼈다. (V, 141)

걸베야즈가 보이는 눈물은 전통적으로 여자의 것이다. 그런데 걸베야즈는 생애 처음으로 주안이 흘리는 남자의 눈물을 보고 당황하였다. 주안의 눈물은 주안과 걸베야즈 사이에 권력 이동이 일어나게 한 요인이다. 눈물은 걸베야즈를 고유한 여성성을 지닌 인물로 만든다. 다만 그녀의 육체적 욕망은 권력에 의해 억압되고 또 권력으로 인해 더욱 강화되었을 뿐이다.

걸베야즈는 자신의 채우지 못한 욕망으로 불같이 화를 냈다. 노예 신분인 주안은 마땅히 걸베야즈에게 무릎을 꿇고 복종의 자세를 보여야 했지만 뻔뻔스럽고 무례하게도 그녀를 거절하였다! 주안은 사지가 찢겨 죽거나 세련된 고통을 당한 후 살해되거나 사자 밥으로 던져지거나 물고기 밥이 될지언정 걸베야즈의 성적 노예가 되기를 거부한다. 그러나 주안은 부드러운 여성성 앞에서 한없이 약해진다. 걸베야즈가 흘리는 눈물 앞에 주안은 죽음에 대한 각오가 눈처럼 녹는 것을 느낀다. 걸베야즈가 우는 모습은 연약한 여자의 모습 그대로다. 그녀의 우는 모습에 마음이 약해진 주안이 걸베야즈의 요구에

막 응하려는 바로 그 순간, "술탄 납시오!"란 의전 소리가 들린다 (V, 145).

> 화려한 행렬, 궁녀들이 앞서 왔고,
> 　그다음에 전하의 검은 내시 흰 내시들이 왔다.
> 행렬은 4분의 1마일에 이르렀다.
> 　전하는 항상 매우 정중하여
> 납시기 오래전에, 특히 밤에는
> 　전하의 방문을 미리 알렸다.
> 그녀는 황제의 마지막 아내였기에,
> 넷 중 가장 총애를 받았다. (V, 146)

술탄이 등장하는 행렬은 그 길이가 4분의 1마일 즉, 4백 미터가 되는 화려하고 장엄한 행렬이다. 궁녀들이 먼저 술탄의 행렬을 아름답게 꾸미며 등장하고 다음에 흑인 백인이 뒤섞인 환관들이 뒤따른다. 술탄은 사려 깊게도 그의 방문을 먼저 알린다. 특히 밤에는 더욱 정중하게 미리 알린다. 술탄의 나이는 59살, 1천 5백 명의 후궁 오달리스크를 거느리고 있다(VI, 8). 이들은 정식 부인에 포함되지 않는다. 술탄은 50명의 딸과 네 다스의 아들이 있다. 술탄은 새로 구매한 여자 노예 주안을 보고 자우르giaour 인줄 알아챈다(V, 156). 자우르는 이슬람 쪽에서 본 이교도, 즉 크리스천을 가리킨다. 주안은 자신의 남성이 탄로날까 봐 마음을 졸이지만, 술탄은 눈치 채지 못한다.

걸베야즈는 비록 술탄의 네 번째 아내지만 술탄이 가장 총애하는 아내다. 이슬람국가 터키에서 네 명의 아내는 공식적으로 인정되는 숫자다. 걸베야즈는 네 아내 중 넷째로 가장 최근에 술탄의 아내가 되었기 때문에 가장 젊고 가장 아름다울 것이다. 그러나 술탄이 등장함으로써 조금 전까지 권력의 우위에 있던 술타나는 이제 권력의 하위에 있게 된다. 그녀는 또한 술탄의 부정한 아내 역할에서 벗어나게 된다.

술탄이 납시기 바로 전까지 술타나 걸베야즈와 주안은 주인과 노예 사이로 서로의 힘겨루기를 하고 있었다. 굴종의 요구와 거부를 두고 실랑이를 하는 사이에 갑자기 납시는 술탄은 매우 극적인 효과를 지닌다. 이 장면은 줄리아와 주안의 불륜의 침실에 강도처럼 뛰어들었던 알폰소, 하이디와 주안의 행복한 신혼 침상에 악몽처럼 등장한 람브로를 연상시킨다. 이와 같은 극적인 등장은 희극적 긴장감을 극대함으로써 카니발 웃음의 여운을 남긴다. 그리고 그다음에 무슨 일이 일어날지 독자에게 궁금증을 불러일으키는 장면 전환의 효과를 아울러 지닌다.

## 하렘 궁전

주안은 걸베야즈 앞에서 노예 신분에 어긋나는 행동을 감히 하였다. 노예 신분은 자신의 몸이 소유주의 물건이 되는 신분이다. 노예는 자유가 없을 뿐만 아니라 목숨까지 주인의 것이다. 그럼에도 주안은 "사랑은 자유요"라고 외치면서 술타나 걸베야즈의 수청 명령에 무릎 꿇지 않는다. 주안의 목숨이 경각에 달린 순간 술탄의 등장으로 걸베야즈의 주안에 대한 욕망은 저지받고 노예 주안은 목숨을 부지한다. 다음 시간까지 그의 목숨은 유예된 셈이다. 주안은 오달리스크들과 함께 하렘으로 돌아간다.

그는 대열에 합류하라는 신호에,
　사랑스러운 오달리스크와 함께 갔다.
그는 많은 위험에 처했지만,
　종종, 그런데 말이 났으니 말인데,
(옷 위를 손으로 더듬은 결과가
　세금이 당연한 도덕적 영국에서 지불하는
최악의 배상금보다 더 나쁘더라도),
가슴에서 엉덩이까지 그녀들의 매력에 추파를 던지지 않을 수 없었

다. (VI, 29)

주안은 오달리스크 후궁들과 함께 하렘으로 돌아가는 동안 자신이 현재 처한 위험은 생각하지 않고 그녀들의 가슴과 엉덩이를 훔쳐보느라 정신이 없다. 그의 여성에 대한 본능적 반응은 도덕적 영국에서 최악의 배상금보다 더 나쁜 결과를 초래할 수도 있다. 주안은 자신의 남성적 본능에 반응하느라 오늘까지 여러 차례 죽음의 위기를 맞지 않았던가. 줄리아의 침실과 하이디의 섬에서 구사일생으로 살아 노예시장까지 오지 않았던가. 그런데도 그의 본능은 여성의 미모에 반응한다. 이 점에서 그는 돈 주안이다.

주안은 여자 옷을 입음으로써 젠더 역할이 뒤바뀌는 경험을 하였다. 성이 여자로 바뀐 주안은 주안나의 이름으로 터키 궁성에 들어가는데, 그는 여전히 남성이다. 주안은 후궁들의 하렘 궁전 오다*Oda*로 돌아간다(VI, 51). 궁성은 눈부시게 번쩍거리는 금은보화의 장식으로 화려함의 극치를 보여준다(V, 93-5). 그러나 이곳에 있는 1천 5백 명의 후궁들은 그 화려함 때문에 더욱더 애처롭게 보인다. 이 여인들의 미궁(VI, 57) 속에 있는 후궁들의 모습은 인공의 모습, 생명 없는 인조의 모습이다.

…… 값비싼 많은 보석이
  천장을 따라 반짝거렸다. 많은 도자기 속에
감금된 시간의 감금된 위안부들이
꽃병들 속에 속박된 꽃들이 꽂혀 있었다. (VI, 97).

'하렘 궁전'은 가지각색 인종으로 구성된 오달리스크의 거처다. 이곳은 아름답지만, 모두가 인조와 인공의 정체된 죽은 아름다움이다. 이곳은 시간마저 응고되어 있다. 꽃병은 여성의 삶을 가두는 실내 공간의 은유다. 천장을 따라 수많은 보석이 반짝이고 있는 가운데 꽃들은 꽃병이란 족쇄에 갇혀 있다. 꽃의 자연스러운 상태는 꽃밭에 있는 것이다. 시간마저 멈춰버린 이곳의 위안부들의 모습은 꽃병에 갇힌 꽃처럼 질식할 것 같다. 위안부들에게서 더 이상 자유, 자아, 생명력이 느껴지지 않는다. 그들은 새장 속에 갇힌 새가 창공을 그리워하듯 사랑을 갈구하고 있다(VI, 26). 하지만 새들의 지저귀는 소리는 들리지 않는다(VI, 98). 모두가 정체된 정물의 모습을 하고 있다. 이 모든 배경은 걸베야즈의 억압된 욕망을 상징한다. 그녀의 모습은 시각적으로 투영되어 있으며 그녀의 욕망의 근원도 완전히 시각화 된다. 이와 같은 걸베야즈의 묘사는 인공으로 포장된 여성성이 실현되지 못한 채 내면화되어 갈등하고 있으며 그 갈등이 화려하지만 인공적으로 시각화된 것이다.[1] 그러므로 하렘 궁전의 새장 속의 새, 감금된 시간의 속박된 꽃들은 여성의 에로틱한 욕망이 발산되지 못하고 억압되어 있음을 의미한다.

주안이 하렘에 도착하자 후궁 오달리스크들은 그를 평가하느라 잠시 해방의 시간을 가진다. 그녀들은 정지된 시간 속의 갇혀 있는 정물 같은 인물들이기 때문에 변화의 화젯거리가 필요하다.

> 그들의 이야기는 물론 대부분 신참자에게
> 　그녀의 체형, 머리, 태도, 그녀의 모든 것에 이어졌다.

누구는 그녀의 드레스가 매우 어울리지 않는다고 생각하거나
　그녀의 귀에 귀고리가 없는 걸 이상하게 여겼다.
누구는 그녀의 나이가 거의 여름에 다다랐다고 생각했으며,
　다른 이는 그녀의 나이가 단지 봄이라는 데 합의했다.
누구는 그녀의 키가 오히려 남자 같다고 생각했으며,
다른 후궁들은 그녀가 조용하기를 바랐다. (VI, 35)

여기서 그녀는 물론 주안이다. 후궁들은 그가 입고 있는 드레스가 매우 어울리지 않는 점이나 귀고리를 하지 않은 걸 이상하게 여긴다. 키가 커서 남자 같다고 생각한다. 그리고 나이는 여자로서 활짝 핀 절정의 여름 아니면 아직 풋내기 봄이라고 추측한다. 후궁들의 이 같은 평에서 주안이 남자임에도 불구하고 그의 미모가 여성 후궁들과 겨루어 손색이 없을 정도로 아름답다는 것을 알 수 있다.

하지만 이 후궁 패거리에서 가장 이상한 것은
　그 모습을 첫 감상 후에,
그녀의 미모가 충분히 안달 나게 하지만,
　후궁들 모두는 신참 동료의 아름다움에서
여성의 관습에서보다
　거의 혹은 전혀 흠을 찾지 못했다.
크리스천의 눈이든 이교도의 눈이든 그들은
새 얼굴을 '숨 쉬는 가장 추한 생물체'라 총평했다. (VI, 37)

후궁들은 '주안 / 주안나'에서 전혀 흠을 찾을 수 없다. 그건 크리스천이건 이교도이건 마찬가지다. 그의 미모에 상대 후궁들은 질투

나 시기심에서 주안에게 '숨 쉬는 가장 추한 생물체'라는 총평을 내림으로써 역설적이게도 그의 미모를 최상에 올려놓는다. 가장 추함은 가장 아름다움의 반어법이기 때문이다. 후궁들은 '주안/주안나'의 외모가 걸베야즈의 지위에 위협이 될 정도인데, 그렇게 아름다운 주안나를 구매한 걸베야즈를 어리석다고 생각한다(VI, 36). 여장을 하고 주안나가 된 주안의 외모가 국제적 후궁들의 무리 속에서도 빠지지 않는다면 그는 여성의 미모를 압도하는 양성구유의 매력을 가진 미남이 틀림없다.

하렘 후궁들은 콘스탄티노플이란 국제적 지명에 어울리게 피부와 머리, 그리고 눈동자의 색깔이 각양각색이다. 시인은 후궁 인물들을 '여러 가지 색깔과 풍토와 뿌리를 가진 꽃들'(VI, 65)로 그려냄으로써 여성의 육체를 인습이나 관습의 틀에 넣지 않고 갖가지 꽃처럼 다채롭고 특별한 것으로 그려내었다. 그들의 미모는 각기 독특한 아름다움이 있어 우열愚劣을 가리기가 힘들다. 그 가운데 대표적인 세 명의 후궁이 주목을 받는다.

> 감상적 우정 중 가장 진실한 우정을 가진
> 　세 명이 있었는데, 그들은
> 롤라, 카틴카, 그리고 두두였다. 간단히 말해서
> 　(설명을 줄이기 위해) 아름다울 수 있을 만큼
> 그들은 아름다웠다. 최고의 찬사에 따르면
> 　비록 체격과 신분이 다르고,
> 풍토와 시대, 나라와 피부 색깔이 다르지만
> 그들의 새로운 관계에 탄복하는 것은 모두 똑같았다. (VI, 40)

롤라Lolah, 카틴카Katinka, 그리고 두두는 서로 다른 피부 색깔과 눈동자를 갖고 있다. 인종이 서로 다른 것이다. 이 세 인물은 바이런이 실제로 만났던 여성들을 모델로 한 것이다. 바이런은 1810년 '그랜드 투어'Grand Tour 중 아테네에 머문 적이 있었는데, 그때 마크리Macri 자매들, 즉 테레사Teresa와 카틴카와 그들의 사촌인 두두 로크Dudù Roque를 알게 되었다. 테레사의 애칭이 롤라였고 마리아나Mariana는 두두였다.[2] 그러나 상세한 묘사에 있어서는 닮은 점이 없는 것을 보아 시인의 문학적 상상력의 산물로 보아도 무방하다.[3] 바이런은 이들 여성을 염두에 두고 자신의 상상력을 가미하여 아름다운 세 후궁들의 모습을 재창조하였다.

어느 시인의 경우에나 그렇겠지만 특히 바이런의 경우 그의 작품과 사생활의 밀착도는 매우 높다. 그러므로 시인의 사생활을 잘 알면 그 작품을 더욱 잘 이해할 수 있다. 많은 평자가 바이런의 시를 그의 생의 스펙트럼 안에서 재평가하고 있는 것은 이 사실을 입증하는 것이다.[4] 뿐만 아니라 바이런의 시를 '자아 극화의 매개체'로 읽는 데는 큰 잘못이 없다.[5] 따라서 바이런에 대한 평가가 그의 작품보다 전기적 요소에 초점이 맞추어지는 경향은 당연하다 하겠다.[6] 이처럼 시인과 작품은 뗄 수 없는 것처럼 보인다. 하지만 이것은 바이런의 시를 증류하면 아무것도 남지 않을 정도로, 시 전체가 바이런이라는 말이 된다.[7] 따라서 이것은 시인의 전기적 사실에 지나치게 방점을 둔 해석으로 바람직한 접근 방법이라 할 수 없다. 그렇지만 시인과 작품의 동일화는 순진한 혼돈에서 나온 것이라는 구실도 배제되어야 한다. 물론 시인과 작품의 관계를 반드시 전부 아니면 전무로 전제하는 것도 문제가 된다. 시인의 창작 과정은 중요한 문학적 기제들 중의 하나일 수 있기 때문이다.

그렇기 때문에 시인의 전기적 함정에 빠지지 않을까 하는 염려가 문학 창작이 제기하는 근본적인 문제들을 회피하는 핑계가 되어서는 안 될 것이다. 그리고 작품으로부터 시인의 사적인 것을 강박적인 주제로 끌어내게 되면 상대적으로 그 작품에 대한 왜곡이 있을 수 있다는 점도 유의해야 할 것이다. 또한 시인의 삶으로부터 시를 분리하게 되면 비평적 왜곡과 작품에 대한 이해를 충분히 못하게 되고 시인의 전기적 사실에 지나치게 무게를 싣게 되면 시인과 작품 사이에 분명한 선을 그을 수 없는 것은 사실이다. 그러므로 시인의 자전적 이력은 시인의 작품을 해석하기 위한 필요한 장치일 뿐, 작품 감상의 출발점과 지향점, 그리고 해석의 실마리를 제공하는 것은 작품 자체라는 점은 분명하다.

모든 인종의 여성들이 모여 있는 하렘의 오달리스크는 모든 형상의 여성 유형이 필요하다. 따라서 바이런이 만났던 마크리 자매들은 작품에서 인물 형상에 다채로움을 주었던 창작 제재로 볼 수 있다.

> 롤라는 인디언처럼 검었고,
> 　카틴카는 그루지야인처럼 따뜻했다. 그녀는 희고 붉었으며
> 크고 푸른 눈과 아름다운 손과 팔을 가졌는데,
> 　발은 너무 작아 밟기를 두려워하듯,
> 땅을 스치는 듯이 보였다. 반면 두두의 모습은
> 　크고 나른하고 게을러서
> 잠자리에 있는 게 더 어울리는 것 같았다.

하지만 사람을 미치게 할 그런 아름다움이었다. (VI, 41)

인디언처럼 검은 롤라는 분명히 흑인이다. 카틴카는 그루지야인처럼 따뜻하다. 그녀의 매력 핵심은 너무 작아 밟기도 두려운 발이다. 옛 중국 여성의 전족纏足처럼 작은 발은 여성의 에로틱한 성적 매력을 상징한다. 그루지야는 영국 조지아 시대로 해석할 수 있다. 조지아 시대는 1714년 조지 1세George I부터 1830년 조지 4세까지다. 여기서 바이런의 조지아 시대는 1824년 그의 죽음 때문에 1830년까지 이르지 못한다. 카틴카를 조지아 시대의 따뜻한 영국 여성처럼 묘사하고 있는 이면에는 시인의 고국에 대한 그리움 때문일 것이다. 하지만 여기서 조지아는 그루지야로 해석할 가능성이 많다. 연이어 그루지야 무지Georgian ignorance가 나오기 때문이다(VI, 44)

후궁 셋 중에 에로틱한 매력을 물씬 풍기는 후궁은 두두다. 그녀는 '육체의 자매들' 중 넷째다. 두두는 하렘 궁전에서 성적으로 문제적 존재다. 잠자는 비너스 두두는 나른하고 게을러서 퇴폐적 분위기가 물씬 풍긴다(VI, 42). 두두는 주안나가 된 주안 옆에 앉아서 그녀의 처지를 동정한다.

두두는 말없이, 주안나 옆에 앉아서
　베일이나 머리를 만지작거리며
그녀를 똑바로 바라보고는, 한숨을 쉬었다.
　마치 이곳에 있는 그녀를 불쌍히 여기듯
친구나 안내자도 없는 아름다운 이방인은

모두의 시선에 부끄러워하였다.
사방에서 운 없는 이방인을 환영하였고,
그들의 태도와 얼굴에는 친절이 묻어 있었다. (VI, 45)

밤이 되어 주안나는 두두의 오다에 배정된다. 두두는 주안나를 데리고 여성의 미로을 거치고 거치면서 가는데, 그곳은 한 마디로 조용한 천둥같다(VI, 57). 구불구불한 미로 같은 곳에 갇혀 있는 후궁들의 조용한 천둥은 억압된 성의 파괴력과 위험을 한마디로 정의한 것이다. 조용한 천둥은 두두의 꿈에서 실현된다. 두두는 주안나를 데리고 자신의 오다로 간다. 자신의 오다에 도착한 두두는 주안에게 순결한 키스를 한 후, 화장을 지우고 차례차례 옷을 벗는다. 거울속으로 주안의 모습을 훔쳐 보면서 주안나가 옷 벗는 것을 도와주려는데 주안나는 극구 사양한다(VI, 60-1). 주안으로서는 깜짝 놀랄 일이다. 오다에서 두 사람의 옷 벗는 행위는 마치 사랑의 행위를 할 때 전희처럼 에로틱하다. 먼저 가벼운 키스를 나누고, 겉옷부터 속옷까지 차례차례 옷을 벗는다. 스칠 듯 말 듯한 손결의 스침이 이어진다. 이 장면은 에로틱한 언어 묘사로 이루어져 있다.

하렘의 오달리스크를 끊임없이 작동하는 관능성의 시각에서 보았을 때, 그것은 언제나 이중성을 내포하고 있으며 타자의 대리물로서 권력의 시선 아래서만 보이는 존재다.[8] 관능성은 성적인 욕망에 대한 인간의 오감을 묘사하면서 동방 전반에 대한 왜곡을 내포하고 있다. 인간의 본능과 야성, 그리고 잔인함에 대한 표현은 인간의 본성이기는 하지만, 동양에 대한 이러한 표현 자체가 배타적인 타자성에

기인한다고 볼 수 있다. 그래서 그 부작용은 조용한 천둥처럼 언제나 폭발 가능성을 지닌 채 억압되어 있는 것이다. 두두가 그러하다.

두두는 '자연의 아이'인데(VI, 60), 새장에 갇힌 새처럼, 꽃병에 갇힌 꽃처럼 감금당해 있다. 그녀를 가두는 주체는 남성 권력 중심의 사회다. 하렘은 남성 권력을 상징하는 기표다. 기표와 기의의 구분은 언어 외에 사회생활에서 차지하는 기호체계에 초점을 맞춘 일반언어학이다.[9] 하렘은 여성이 남성에게 종속되는 것을 나타내는 기의로 볼 수 있으며,[10] 그러므로 하렘의 기표는 여인들이 모여 있는 궁, 오다가 된다. 그리고 그 기표가 나타내는 기의는 남성 권력을 표상한다. 즉, 후궁의 소유는 그것을 소유하고 있는 남성 권력과 비례하는 것이다. 후궁들은 남성 권력의 틀 안에 갇힌 채 초자아가 자아를 끊임없이 억압하는 상태에 있다. 그리고 그 환부의 중심에는 불안과 욕망으로 찌들어 있는 여성성이 음습하게 똬리를 틀고 있다. 따라서 억압된 욕망은 표면적으로 거의 드러나지 않아 현실에 적응하는 것처럼 보일지 모르지만 무의식의 상태에서는 끊임없이 일탈을 꿈꾸게 된다. 성적 욕망을 충족시키려는 무의식적인 욕망은 꿈으로 나타난다. 꿈이 여성의 성이 조감되는 장소로 작용하는 것이다.

여성의 성이 조감되는 꿈은 두두의 예에서 볼 수 있다. 두두의 억압된 성이 꿈에서 재현되는데 다음에서 그녀의 에로틱한 욕망이 그 해소책을 갈망하고 있음을 알 수 있다.

> 그녀는 화들짝 깨어나 침대 주위를 둘러보았다.
> 바람에 날리는 커튼과 헝클어진 머리,

갈구하는 눈빛을 하고, 가볍지만 서두르는 발걸음,
　가슴들, 팔들, 그리고 맨발의 빛나는 발목은
마치 북극에서 생장한 유성처럼 반짝였다.
　모두들 두두가 걱정하는 원인을 찾았다.
두두는 안절부절, 얼굴을 붉히며 무서움에
눈동자가 확대되어 그 색깔이 더욱 붉어졌기 때문이다. (VI, 72)

먼저 두두는 외마디 비명을 지르며 꿈에서 깨어나는데, 그녀는 헝클어진 머리를 한 채, 갈구하는 눈빛으로 사방을 두리번거린다. 그녀의 꿈은 그녀의 무의식이 단순히 의식의 영역에 있지 않을뿐더러 재현해 보려는 본능적인 충동으로 나타난 것이다. 이와 같은 충동은 의식 안으로 들어가서 활동하려 하지만 문화의 정상적 행동의 일부로써—물론 여기서는 사회적인 체면치레가 필수적으로 따른다—받아들여질 수 없기 때문에 위장되어 꿈·농담·말의 실수 등으로 나타난다고 프로이트Sigmund Freud, 1856~1939는 진단한다.[11] 인간의 모든 행동이 보여주는 정신의 원인을 문제 삼을 때, 에너지를 생각하게 되는데 프로이트는 에너지의 근원을 '성'에 귀착시킨다.  그는 노이로제·불안·예술·종교 등이 모두 성 에너지의 변형으로 본 것이다. 그러므로 무의식의 심연에는 우리의 원망願望이 있는데, 이 원망이 모호할 뿐만 아니라 은폐되어 있어 의식할 수 없으며 억압되어 억제된 꿈으로 변형되어 나타나는 것이다. 그 예로 '몽정'이 있다.[12]

두두의 꿈은 이와 같은 임상학적 진단이 가능하다. 그녀의 꿈에 보이는 상징들은 모두 에로틱한 여성성과 밀접한 관계가 있다. 그리고 비록 그녀의 꿈이 관습적이고 공격적이며 위계적 소재를 취하고 있기는 하지만, 성과 꿈은 우연히 또는 가볍게 연결된 것이 아니라 매우 깊고 근본적인 연결고리를 가지고 있다는 인상을 준다.

> …… 이 숲은 쾌락의 열매와 잘 자란 나무들과
> 뻗어 나간 뿌리들로 가득 차 있었다. (VI, 75)

쾌락의 열매로 가득 차 있는 이 숲은 천지창조의 에덴동산과 헤스페리데스Hesperides의 정원을 연상시킨다. 헤스페리데스는 그리스 신화에서 대지의 여신 가이아Gaea가 결혼 축하로 헤라Hera에게 선물한 황금사과가 심어진 동산을 용 라돈Ladon과 함께 지킨 요정들이나 황금사과 동산을 일컫는다. 그러나 이 숲은 그 모두도 아니다. 왜냐하면 이 숲은 쾌락의 열매로 가득 차 있기 때문이다.

두두가 꾼 꿈은 단테Alighieri Dante, 1265~1321의 『연옥』*Inferno*, 1307-20과 유사한 분위기의 어두운 숲 속(VI, 75)에서 자라나는 황금사과를 따려고 애쓰는 꿈이다. 두두는 자연의 아이다(VI, 60). 자연의 아이가 자연스럽게 살지 못하고 모든 것이 억제되고 억압된 하렘에서 마치 새장 속의 새처럼 살고 있기 때문에 그 부작용이 꿈으로 표출된 것이다. 두두의 꿈 장면은 마치 에덴동산에서의 금지된 열매를 따는 이브를 연상시킨다. 그러나 그 열매가 상징하는 것은 너무 다르다. 결정적인 것은 두두의 억압된 남성에 대한 갈망이 남근을 상징하는 여러 물체로 나타난 것이다. 호사스럽지만 밀폐된 공간에 갇힌 억압된 성은 격해져서 그 출구를 찾게 된다. 하렘은 성 억압의 온상이며 두두는 그 안에 갇힌 여성성의 억압을 상징 한다.[13]

황금사과가 자라는 한 가운데,
　가장 큰 피핀 종 사과가 아주 높이
멀리 달려있었다. 두두는 그 사과를
　바라보고 있었다. 그리고 그 사과를
따려고 돌을 던지며 온갖 짓을 했지만,
　그 사과는 여전히 심술궂게 가지에
매달려 있었다. 보기에는 떨어질 듯 달랑거렸지만,
언제나 가장 도발적인 높이에 있었다. (VI, 76)

두두가 애쓴 육체의 부정은 그녀의 꿈에서 구체적인 행위로 나타난다. 그녀의 참고 참았던 육체적 욕망이, 즉 남성에 대한 욕구가 꿈에서 커다란 황금사과 한 알로 나타난 것이다. 유혹하듯 도발적인 높이에 달려 있는 큼직한 사과 한 알은 남근을 상징하며, 그 사과를 따려고 애쓰는 두두는 자신의 에로틱한 욕망을 채우려는 것과 같다. 그녀는 그 사과를 따려고 애쓰는데 공교롭게 사과가 뚝 떨어진다.

그런데 갑자기 그녀가 거의 포기했을 때
　사과가 그녀 발 앞에 저절로
떨어졌다. 그녀는 제일 먼저 몸을 숙여 사과를
　집어 속까지 깨물어 먹으려 하였다.
그녀의 어린 입술이 비밀을 간직하고 있는
　황금 열매를 향해 막 열리기 시작할 때,
벌 한 마리가 날아와 그녀의 가슴에 침을 쏘았다.
그러자 그녀는 커다랗게 비명을 지르며 화들짝 놀라 깨어났다. (VI, 77)

꿈속에서 두두는 먼저 황금사과를 따려고 갖은 노력을 다한다. 그러나 그 사과는 언제나 도발적인 높이에서 두두를 안달하게 한다. 그런데 따기를 포기하려는 순간 사과는 두두의 발 앞에 저절로 뚝 떨어진다. 두두는 마치 자신의 몸을 열기나 하듯이 막 입을 벌려 사과를 한 입 깨물어 먹으려고 하는데, 그 순간 벌 한 마리가 날아와 두두의 가슴에 침을 찔렀다. 벌침에 가슴이 쏘이는 순간 그녀는 마치 절정의 극치를 맛보듯 비명을 지르며 깨어난 것이다. 벌침이 상징하는 것은 남성의 심벌이다.[14] 사과와 벌침은 주안이 하렘에서 두두에게 베풀게 될 남성의 구실이다.[15] 두두의 억압된 성은 주안과 잠자리를 같이 함으로써 완전한 해방을 맛보고 치유된다. 그녀는 앞으로 꿈을 "손에 꼭 쥐고 자겠다"Kept in hand고 한다(VI, 82). 이것은 아주 야한 말장난으로 남성의 심벌을 손으로 꼭 잡고 자겠다는 뜻이다. 사실 그것은 남근의 주안을 의미한다.[16] 두두는 진정 '육체의 자매들' 중의 자매다. 성에 대한 이러한 노골적인 표현은 당시의 시각에서 보면 파격적인 것이다. 때문에 이 작품의 출판 당시 사악한, 저속한, 타락한, 음란한, 비종교적인 것 등등의 거센 비난을 받았다.[17]

바이런이 두두를 통해 진단했던 성의 억압과 꿈의 상관관계는 약 백 년 후 프로이트에서 입증된 점을 고려한다면 이러한 비난은 당시의 잣대로 당연할지 모른다. 특히 18세기 후반과 19세기 초 영국 사회에서 성이 얼마나 억압되어 있었는지를 고려해 볼 때, 바이런의 성에 대한 통찰은 타당할 뿐 아니라 성에 대한 솔직한 묘사는 어렵고도 많은 용기를 필요로 했을 것이다. 하지만 바이런이 받았던 비난은 여성의 육체를 신비화하고 왜곡한 결과인 점도 없지 않다. 정신 심리학의 태두 프로이트보다 한 세기 앞서 바이런이 묘사하였던 여성의 육체는 스스로를 억압하고 차별하고 있는 성적 욕망에 대한 우리의 공통된 관심사를 정확하게 예언한 것이다. 이 점에 있어서 바이런은 선각자라 할 수 있다. 철학적으로 바이런은 변치 않는 형이상학 실체를 추구해왔던 서양철학의 전통적 관점에서 벗어나 계속해서 변화하는 현상 속에서 인간의 감성이나 구체적인 삶을 해석하려 했다. 서양의 정신적·철학적 전통은 육체와 영혼을 분리한다. 영혼은 하늘에서 내려오며 마치 반항적이며 무기력한 하나의 물질에 대한 지적 능력처럼 육체에 작용한다.

하지만 플라톤이 『향연』*Symposium*에서 에로스를 논하고 있는 점에 주목할 필요가 있다. 이 에로스는 미와 선을 추구하는 철학적 염원을 발동시키는 충동, 힘으로써의 에로스다. 설사 플라톤이 이른바 추상적인 철학으로 사랑의 정신면을 강화시키려고 의도적으로 획책하지는 않았다 하더라도, 그 자신의 철학적 위치는 정신이 우선적이고 지배적이며 어느 점에서나 그것이 감독 대상이 되는 육체보다 고상하고 중요하다고 강조한다. 이와 같은 관념론적인 전통이 현대까지 서구 정신사를 지배하고 있다. 그 영향이 지극히 교묘하고 널리 퍼져 있어서 실제로 줄리아와 같이 육체적인 여성들마저 그 영향력에 놓이게 된다. 어떤 편견이든 그 정체가 확인되어야만 그것에 도전할 수 있다. 정신의 우위는 너무나 명백하고 자연스러워 육체를 억압하는 편견으로 인식되기보다는 당연히 주어진 인습으로 받아들이고 있다. 그 인습의 타파가 두두의 꿈이다.

새날이 밝았다. 술탄은 아내 술타나의 눈에는 남편일 뿐이다(V,

115). 술타나는 술탄에게 아내일 뿐이다. 술타나 걸베야즈는 술탄에게 아내의 의무를 다한다. 그녀는 시바리스Sybaris 인들이 사용하는 침대보다 더 부드럽고 장려한 침대에서 일어나 술탄의 다정함에 양심의 가책을 느낀다. 급기야 그녀는 사랑과 자존심 사이에서 갈등을 느끼면서 울음을 터트린다(VI, 89). 시바리스는 이탈리아 남부에 있었던 고대 그리스 도시로 그 부와 사치스러운 생활로 유명하여 쾌락에 빠진 방탕한 생활과 동의어가 될 정도다. 그렇다면 술타나의 생활은 부와 사치와 방탕, 특히 쾌락과 관련이 있다. 그러나 술타나는 밤새워 뒤척이며 잠을 이루지 못했다. 술탄이 깰까 봐 마음대로 몸부림치지도 못했다. 그녀는 왕후 술타나임에도 불구하고 소작인을 상대하는 갈보peasant's Quean보다 더 가련한 신세다(VI, 25). 술타나의 신세가 가련한 이유는 술탄을 사랑하지 않기 때문이며 술탄의 성적 노예이기 때문이다. 그녀는 성적 노예로서 자유와 사랑 없이 술탄을 모셔야 하므로 그 비참함은 소작인을 상대하는 갈보보다 더 비참하다. 걸베야즈의 갈등에는 이러한 자신의 처지와 주안에 대한 사랑과 자존심이 걸린 문제가 있다. 주안을 노예로 부리고자 하는 내면에는 자신이 육체의 주인이 되고자 하는 욕망도 있었다. 그리고 그것은 육체적 쾌락의 주체가 되려는 주체 의식과 관련이 있다. 걸베야즈의 주체는 이중적이다. 그것은 여성 압제와 여성성의 억압을 동시에 탐색할 수 인물이다.[18]

걸베야즈는 하렘 궁전에서 보낸 주안의 하룻밤이 궁금하다. 그녀는 주안이 어디서 어떻게 밤을 보냈는가를 가장 궁금해한다. 걸베야즈는 바바를 불러 간밤의 일을 듣고자 한다. 바바는 지난밤 두두의 오다에서 일어난 일을 아뢰기가 두려워 머뭇거린다.

> 걸베야즈는 인내의 참 모델은 아니었으며,
> 　말이나 행동에 있어 기다리는 성질도 아니었다.
> 그녀는 모든 대화 중에 빠른 대답을 좋아하여
> 　그가 대답할 때 군마처럼
> 비틀거리는 것을 보고는 새 문제로 그를 당황하게 하였다.
> 　그의 말이 더 부러진 군마처럼 되면,
> 그녀의 볼은 붉어지며 눈빛은 빛나기 시작하였는데,
> 그리고 나서 그녀의 오만에 찬 이마의 푸른 정맥이 불끈하더니 흐려졌다. (VI, 101)

여기서 그는 바바다. 걸베야즈의 시험대에 오른 바바는 당황한다. 바바의 쩔쩔매는 모습이 비틀거리는 군마에 비교되고 있다. 그의 당황하고 쩔쩔매는 모습이 생생하게 시각화된다. 바바로서는 지난 밤의 두두와 주안의 관계를 걸베야즈에게 솔직히 말할 수 없다. 당연히 바바는 걸베야즈 앞에서 당황하여 말을 제대로 하지 못한다. 이때 걸베야즈가 보여주는 반응은 그녀의 욕구불만에서 유래한다. 그녀의 욕구불만은 주안을 구매했던 목적과는 달리 주안을 노예로 부려보지 못했기 때문이다. 술탄과 함께 보낸 밤 동안 술타나 걸베야즈는 밤잠을 제대로 이루지 못했다. 그동안 주안은 자신이 누리지 못했던 성적 쾌락에 흠뻑 젖어 있었는지도 모른다. 그녀의 충격은 상상이 가는 바이다. 그녀의 자존심은 상처 입었고 분노는 정당하다.

바바는 이미 거세된 환관으로 제3의 성, 중성이다. 그럼에도 걸베야즈는 바바에게 남성을 투사하여 그를 다리가 부러진 군마로 묘사한다. 바바의 성을 상기하면 그 말은 맞다. 그는 부러진 군마다. 더듬거리는 '말'과 군마 '말'은 남성의 심벌과 그 불능의 절묘한 비유다.

> 바바는 이 징후를 보고, 자신에게 별로
> 　좋지 않을 거라는 걸 알고 그녀의 분노를
> 나무라고는 자신의 말을 처음부터 끝까지 들어보라고 애원했다.
> 　그는 자기가 관련한 일을 말하지 않을 수 없었다.
> 마침내 사실대로 주안이 두두에게
> 　배정된 일을 털어 놓았다.
> 하지만 그건 바바의 잘못이 아니라고, 그리고
> 코란 옆에서 신성한 낙타의 혹을 두고 맹세한다고 했다. (VI, 102)

바바는 두두의 꿈은 빼고 간밤에 일어난 모든 일을 걸베야즈에게 아뢴다. 그러면서 한마디 거드는 게 그건 자기의 잘못이 아니며 코란을 옆에 두고 신성한 낙타의 혹을 두고 맹세한다고 한다. 이슬람을 신봉하는 국가에서는 성경이 아니라 코란을 두고 맹세한다. 그리고 낙타는 중동 국가에서는 빼놓을 수 없는 운송수단이기 때문에 신성시한다. 바바의 말을 듣고 걸베야즈는 "노예 놈! 두 노예 연놈을 데려 오라"고 명령한다. 여기서 두 노예 연놈은 그루지야인 두두와 그의 간부paramour 주안이다. 그리고 비밀의 문 쪽에 보트를 대기시키라고 명령한다. 이런 명령을 내리는 동안 걸베야즈는 상처받은 사랑과 맹렬한 자존심에도 불구하고 목이 멘다(VI, 113). 주안을 그만큼 사랑했으며 소유하고 부리고자 했다는 뜻이다. 바바는 걸베야즈에게 이 일의 결과가 어떻게 될지 진정하라고 말한다. 걸베야즈는 "네가 사랑과 감정에 대해서 무엇을 안다고 감히, 불쌍한 것! 썩 꺼져"라고 말한다(VI, 116). 그리고 자신의 명령대로 실행하라고 소리친다. 걸베야즈는 주안으로부터 사랑에 대한 일장연설을 들은 바 있다. 여기서 그녀가 주안의 사랑에 대한 말을 그대로 반복하고 있는 점은 흥미롭다. 사랑은 육체만이 아니라 정신적 감정의 산물임을 걸베야즈는 서서히 알아가고 있는 중이다. 하지만 그녀는 몸과 마음, 정신과 육체가 조화로운 사랑을 알기에는 육체성이 지나치게 강하다.

걸베야즈의 명령을 받은 바바는 이 명령이 누구에게도 해가 되지 않기를 바라지만 그래도 자신의 목의 안전을 최우선으로 여기면서 주안을 데리러 간다.

> 명령을 받아 가면서 그는 훌륭한 터키어로,
> 　그 조건이 무엇이든 모든 여자에 대해서
> 으르렁거리고 툴툴거렸다.
> 　특히 술타나들과 그녀들 방식에 대해서,
> 그 완고함, 오만함, 그리고 우유부단함에 대해서,
> 　이틀 동안도 그녀들의 마음을 결코 알지 못함에,
> 그녀들이 일으키는 문제와 그녀들의 부도덕성은
> 그 자신의 중성을 매일의 축복으로 여기게 했다. (VI, 117)

바바는 주안과 두두를 데리러 가면서 술타나들의 결점을 터키어로 툴툴거린다. 술타나들의 완고함, 오만함, 그 우유부단함에 대해서 불평을 늘어놓는다. 바바는 네 명의 술타나들에게 꽤 시달렸던 모양이다. 그리고 압권은 바바가 자신의 중성의 성을 매일의 축복으로 여긴다는 사실이다. 시인은 이 선에서 주안의 운명을 행운에 맡기고 주안이 물고기 밥에서 탈출할 것을 믿는다며 여담으로 이동한다.

터키 편에서 주안은 낯선 경험, 노예시장의 매물이 되었고 하렘 궁전에서 여장을 하는 복장 전도를 경험하였다. '하렘 궁전'의 유일한 남자로서 두두의 병을 치유하기도 하였다. 그럼에도 술타나 걸베야즈의 욕망을 충족시켜주지 못해 주안은 자루에 담겨 바다에 던져질 운명이다. 그러나 그 운명은 불확실하다. 시인은 주안의 운명을 행운에 맡기겠다면서 칸토 VI을 마무리한다(VI, 120). 주안의 운명은 이렇게 급변한다. 그리고 그는 운명에 따라 이동해야 한다. 이번에 주안의 이동성 앞에는 어떤 모험의 세계, 크로노토프 세계가 기다리고 있을까?

# 4장 러시아 편

전쟁터

남자 후궁

## 전쟁터

칸토 VII과 VIII은 온전히 터키-러시아 전쟁, 이즈마일 전쟁터에 할애된다. 바이런은 단도직입적으로 '전쟁터' 속으로 뛰어들어 직접적으로 전쟁을 서술한다. 이 전쟁은 러시아와 터키 간의 전쟁 Russo-Turkish War, 1768-74으로 실제 역사적 전쟁이다. 러시아와 오스만 튀르크 제국과의 전쟁은 17세기에 시작해서 19세기까지 계속된다. 이 두 나라는 이즈마일을 두고 전쟁을 한다. 이즈마일은 다뉴브 킬라Kila 어구에 있는 루마니아 도시다. 이 도시는 터키, 코사크 Cossack, 슬라브Slav, 러시아 등으로부터 차례로 점령을 당했던 비극의 역사를 갖고 있다. 이 전쟁 칸토에서 그 치열함과 참혹함은 독일 표현주의 화가 오토 딕스Otto Dix, 1891~1969의 <전쟁 3부작>War Triptych, 1923-32을 연상케 한다. 이 '전쟁터'는 모든 것이 파괴되고 녹아내리는 피의 늪이다. 터키 포대는 러시아군을 타작하듯 날려버리고, 피와 천둥, 부상병, 인간 히드라, 엉긴 피바다, 잿더미, 시체더미 속에서 '크리스천/무슬림'이 치고받고 싸운다. 무슬림들의 '알라! 알라! 후!'가 주문처럼 들리고 러시아 장군은 시쳇더미 위에 발을 딛고 서 있다. 도살된 남자와 피살된 여자 시체가 산을 다룬다. 전쟁터는 인간생명이 소비되는 곳이다(VIII, 84). 마침내 러시아군이 도시와 마을을 접수한다. 러시아의 승리로 무슬림은 전멸하여 단 한 명의 생존자도 보이지 않는다. 은빛 활모양의 초승달은 지고 붉은 십자가는 전쟁터 위에서 빛난다(VIII, 122). 십자가의 승리다. 이슬람국 터키의 패배고 동방정교 러시아의 승리인 것이다. 전쟁이 끝난 전쟁터는 적막감이 압도한다. 메뚜기 떼가 농작물을 먹어치우고 대기근이 닥친다. 대기근의 소식은 왕관까지는 도착하지 않는다. 전쟁터에서 인간이 인간을 죽이는 잔인함에 비하면 곰은 문명적이고 늑대는 온순할 정도다(VIII, 126). 인간의 전쟁터를 보고 죽음이 웃는다(IX, 11). 또 죽음이 웃는다(IX, 13).

이 '전쟁터'는 권력자들의 게임판이며 지원병들에게는 놀이터다. 그들에게 살해와 약탈은 신나는 놀이, 전쟁 게임이다.

> 여러 나라에서 온, 매우 유명한
> 　외인 부대와 지원병이 있었다.
> 자기 나라나 그 왕관을 위해 싸우는 게 아니라,
> 　어느 날 여단장이 되기를 원하면서,
> 도시를 약탈하기 위해서다.
> 　그 나이의 젊은이에게는 신나는 일이다.
> 그들 사이에 골수 영국인이 있었는데,
> 열여섯 톰슨과 열아홉 스미스였다. (VII, 18)

이 전쟁터에 모인 군인들은 여러 나라에서 어떤 기회를 찾아서 모여든 외인부대 용병이다. 그들은 자기 나라나 왕을 위해서가 아니라 어느 날 부하를 거느리는 여단장이 되고 싶어 혹은 신나는 도시 약탈을 위해 모여든 어중이떠중이다. 그들 중에 뼛속까지 영국인인 열여섯 톰슨과 열아홉 스미스가 있다. 그 외 많은 영국인이 전쟁터에 모여들어 일확천금을 꿈꾼다.

'전쟁터'에서 작품은 지금까지 다루었던 사랑의 주제에서 전쟁의 주제로 이동한다. 사랑과 전쟁 모두 인간의 끝없는 욕망의 산물이다. 전쟁터에서 시인은 뜨거운 정열이나 덧없는 사랑, 감성의 허위의식을 다루는 대신 허울뿐인 명예와 영광, 그리고 영웅적 행위 이면에 감추어진 끔찍한 진상을 폭로한다. 따라서 주안의 경험은 이전까지의 여성들과의 뒤엉킨 사랑이 아니라 생전 처음으로 경험하는 생사가 뒤엉킨 전쟁이다. 이 전쟁 경험은 주안에게 이중의 부담을 준다. 환경에 따라 상반된 태도를 보여주는 주안과 여담에 대한 반응이다. 두 개의 효과를 동시에 노리는 이 문학적 기제는 바이런의 가장 큰 특징 중의 하나다.[1] 시인의 천재성은 바로 이 여담에 있으며 이 여담 때문에 바이런은 이야기꾼으로 평가된다.[2] 시인이 작품에서 구사하는 여담은 작품의 재미뿐만 아니라 그 기능 면에서도 다른 시인이 모방할 수 없는 부분이다. 여담이야말로 이야기꾼의 가치 있는 자질 중의 하나인 것이다.[3]

> 나에게 어떤 잘못이 있다면 그것은 여담이다. (III, 96)[4]

그러나 이러한 여담digression에는 결코 가볍게 다룰 수 없는 역할인 내레이터가 있다. 때문에 시인이 수시로 하는 여담은 세 겹으로 접근 가능하다. 우선 주안에 초점을 맞추는 피카레스크 식picaresque 내레이터, 허구적 인물로서 내레이터, 그리고 있음직한 시인 자신의 내레이터다.[5] 피카레스크 식 내레이터는 어느 정도 작품의 특성에 부합한다. 특히 이동성에 나타나는 주안의 근심걱정 없는 태평한 탈선 행위는 그렇게 볼 수 있다. 허구의 내레이터는 본담의 화자를 들 수 있다. 그리고 마지막으로 있음직한 내레이터는 여담에 등장하는 시인 자신으로 볼 수 있다. 바이런은 끊임없는 여담을 자유자재로 구사하면서, 사회, 정치, 사상, 자유, 사랑, 명예, 애국심, 종교 등 하늘 아래의 세상사와 인간사의 모든 주제를 담아내면서 작품은 운문과 산문을 아우르는 새로운 장르적 특성을 보여준다.[6] 따라서 이 작품에 대해서 코멘트 하는 것 자체가 위험스러운 작업이며, 다양한 주제와 유례가 없는 장르 때문에 요약할 수 없다는 고백은 정당하다.[7]

『돈 주안』은 사실 여담 때문에 하나의 통일된 이야기로 읽기가 쉽지 않다. 하지만 결코 읽기 어려운 작품은 아니다. 오히려 초서*Geoffrey Chaucer*, 1340~1400의 『캔터베리 이야기』*The Canterbury Tales*, 1386와 더불어 가장 쉽게 접근할 수 있는 작품이다. 문제는 작품의 주제 분석이 어렵고[8] 바이런을 정당하게 평가할 문학적·도덕적 어휘가 없다는 것이다.[9] 이는 바이런의 작품이 기존의 비평적 잣대를 거부하고 있음을 알 수 있다. 이제까지의 고정된 시각과 닫힌 사고로는 바이런의 『돈 주안』을 이해할 수 없다는 것을 입증한다.

『돈 주안』에서 여담과 함께 바이런은 풍자를 구사하는데, 그의 풍자는 포프Alexander Pope, 1688~1744 식의 인간의 우매함과 부조리에 미소 짓는 정격 풍자, 기포드William Gifford, 1756~1826 식의 진지하고 위엄에 찬 형식적인 풍자에서 벗어나 있다.[10] 어느 풍자 형식에도 구속되지 않는 바이런의 풍자는 그 강도를 점차 높이는 특징이 있다. 다음에 보듯이 처음에는 단순히 사랑과 영광을 호명하는 돈호법으로 시작한 풍자가 세상사 모든 것은 쇼에 지나지 않는다고 하다가 (VII, 1-2), 마침내 신의 문제까지 진폭 한다.

> '빛이 있어라! 신이 말씀하시니 빛이 생겼다!'
> 　'피 있어라!' 인간이 말하니 바다가 생겼다! (VII, 41)

신은 '빛이 있어라!'고 외치니 겨우 빛이 생겼지만 인간은 '피 있어라!'고 외치니 하나의 바다가 생겼다.[11] 이는 '피'의 '바다'로 참혹했던 이즈마일 전투를 한마디로 정의하는 핵심어다. 바이런은 인간의 피로 바다를 만드는 전쟁을 이렇게 신랄하게 풍자하는 것이다. 이 시점에서 인간은 신과 어깨를 나란히 하며 같은 표적이 된다. 여기서의 인간은 특히 여성, 캐서린 여제를 가리킨다. 이미 하이디와 걸베야즈의 예에서 보았듯이 여성성에 내재된 파괴력은 섬을 황폐화 시키고 남성을 무력화한다. 캐서린 여제의 여성성은 남성뿐만 아니라 사람을 죽여 그 피로 바다를 만들어도 채워지지 않는 무한한 욕망이다.

> 이분이 포템킨이다. 살인과 매춘이 위대하게 만든
> 　그 시절 대단한 물건.
> 별과 직함이 긴 찬사를 늘어놓을 수 있다면,

그의 영광은 그의 영지의 반이 될 것이다.
이 친구는 6피트 장신에 당시
뾰족탑을 재듯이 사람을 측정하는
러시아 신민들에게 일종의 균형 잡힌
환상을 불러일으켰을 것이다. (VII, 37)

포템킨Prince Grigory Aleksandrovich Potemkin, 1739~91은 1762년 캐서린을 도와 피터 3세Peter III를 축출하고 그녀를 여황제의 자리에 앉힌 인물이다. 그는 캐서린의 애인, 총신, 그리고 배우자였으며 러시아-터키 전쟁에서는 러시아 총사령관이었다. 캐서린이 왕자라는 지위뿐만 아니라 그에게 하사했던 궁과 봉토는 막대해서 여황제의 것과 맞먹을 정도다. 뾰족탑을 재듯이 사람을 측량하고 물량적으로 사람을 평가하는 러시아 신민들에게 그의 영광은 어떤 환상을 불러일으킬 능력이 있었다. 포템킨을 위대하게 했던 살인과 매춘은 이후에 등장하는 캐서린의 치명적 욕정을 예고한다.

주안과 존슨은 우연히 수보로프Aleksandr Vasilyevich Suvorov, 1729~1800의 캠프, 즉 캐서린의 부대에 들어가게 된다. 수보로프는 러시아 장군이다. 장군은 제2차 러시아-터키 전쟁 때 2만 병력을 이끌고 이즈마일을 공격했다. 존슨는 지금 그 장군을 만나고 있는 것이다.

'이름은?' — '내 이름은 존슨이고 내 동료의 이름은 주안,
그리고 둘은 여자고, 세 번째는
남자도 여자도 아니오.' 지휘자는
잠시 힐끗 보고 나서 말했다: '전에 당신 이름을

> 들은 적이 있소, 두 번째는 처음이오.
> 다른 셋을 이곳에 데려온 것은 이상하오,
> 그러나 그냥 넘어갑시다. 난 당신 이름을 니콜라이브
> 연대에서 들은 것 같소?' '같은 사람이오.' (VII, 60)

주안과 존슨은 터키 노예시장에서 만나 전쟁터에 함께 등장한다. 존슨은 노예시장에서 주안에게 운명의 수레바퀴는 늘 돌고 있지만 자신에게는 늘 같은 운명이라고 한탄했던 바로 그 인물이다. 그는 이미 전쟁을 경험한 인물이다. 여자 둘 중에 한 명은 두두, 다른 한 명은 누구인지 분명하지 않다. 하지만 남자도 여자도 아닌 세 번째 사람은 분명히 환관 바바로 유추해 볼 수 있다. 그들은 걸베야즈의 굴레에서 집단 탈출하여 전쟁의 한가운데 서게 되었다.

주안은 이제까지와 전혀 다른 상황, 바로 이 전쟁터에 홀연히 등장한다. 전쟁터는 주안의 크로노토프 세계, 모험의 세계다. 모험의 세계는 동시성, 우발적 사건, 기적적 일치, 순전한 우연 등이 핵심적 역할을 한다.[12] 전쟁터는 주안의 내면에 잠재되어 있던 인간적 가치가 드러나는 공간이다. 만일 주안이 자신의 도덕적 입장의 타당성에 조금이라도 의심을 가졌다면, 그리고 이 의심을 표현하고자 하였다면 전쟁의 주제야말로 가장 적절한 주제가 될 것이다. 이 전쟁터에서 주안은 자신의 우여곡절의 사랑과 파란의 인생 편력과 모험의 근거를 자유와 정의에 두고 있음을 알 수 있기 때문이다. 그러므로 전쟁터에서 주안이 당면한 문제는 여성의 욕망하는 육체가 아니라 생명과 관련한 도덕적 문제다. 자유와 정의와 관련된 인간성의 문제다. 주안 앞에 생명을 위협받고 있는 가여운 두 소녀가 있다.

한편 이 가여운 두 소녀는 눈물이 가득 고인 눈으로
　자신의 보호자들을 믿을 수 있는지 의심하듯
올려다보았다. …… (VII, 73)

눈물이 가득 고인 눈으로 보호자들을 올려다보는 두 소녀는 강한 동정심을 유발한다. 보호자들은 주안과 노예시장에서 만났던 존슨이다. 존슨은 이미 전쟁을 경험한 적이 있지만 주안은 처음이다.

비록 그것이 돈 주안의 첫 번째 전쟁터였지만
　차가운 어둠 속에서 밤 점호와
조용한 행군이었지만, 용기가 개선문 아래 서 있는 것처럼
　그렇게 열렬하지 않을 때,
아마 그를 몸서리치게 했거나, 하품 나게 했거나
　마치 한낮을 원하듯이 단조로운 구름
(전분처럼 걸쭉한 하늘)에 눈길을 던졌을지도 모른다.
그러나 이 모든 것에도 불구하고 그는 도망가지 않았다. (VIII, 21)

차가운 어둠 속에서 이루어진 밤 점호와 조용한 행군의 전쟁터였지만 주안은 임무 수행을 잘한다. 주안이 휘말리게 된 이 전쟁은 오스만제국Ottoman Empire의 영화는 거의 다하고 러시아가 역사의 전면에 등장하기 시작하던 때다. 러시아의 승리는 캐서린의 치세 동안 부쩍 증가한다(VI, 92). 터키의 술탄도 승리를 생각하고 전쟁을 일으켰을 것이다. 술탄의 오스만제국은 1453년 콘스탄티노플을 함락한 후 1922년 터키 공화국 건국까지 약 6백여 년간 전 유럽을 호령하

면서 팍스 오스마나Pax Ottomana를 구가했던 제국이었다.[13] 이제 그 영화의 끝자락에서 그 영광을 지키기 위해 안간힘을 다하고 있다. 치욕스럽게도 1770년에는 러시아에게 오스만함대가 격퇴 당하고 다른 여러 지역에서의 전투에서도 잇따라 패배하자 터키 오스만제국은 쿠츠크-카이나르지 조약Treaty of Kuchuk-Kainarji, 1774을 맺지 않을 수 없었다. 이 조약이 체결됨으로써 평화가 이루어지는데 오스만제국은 러시아가 다르다넬스 해협Dardanelles을 통해 지중해에 자유로이 접근하는 것을 허용하게 된다. 이후 중동에서 유럽 열강들 사이에 경쟁이 벌어졌고 오스만제국의 영토를 축소하고 전리품으로 분배하는 일이 잇달았다. 이를 가리켜 '오리엔트 문제'라고 한다.[14]

이러한 역사적 배경을 가진 터키와 러시아 사이에서 벌어진 전쟁 장면들이 작품에서 대서사시처럼 박진감 있게 그려진다. 특히 이즈마일 포위 전투 장면에 대한 묘사는 그 사실적인 정밀성에 있어 가히 전쟁문학의 백미로 꼽힌다. 여기에서 군인들의 무차별적으로 감행하는 살육과 호전성이 거르지 않고 묘사되기 때문에, 이 장면은 가장 생생한 그러나 가장 추악한 '전쟁의 시궁창'이다.[15] 배의 난파장면과 마찬가지로 이곳에는 살고자 하는 인간의 동물적 생존 욕구만 있다. 이처럼 전쟁의 현장과 그 환멸을 생생하게 그려내고 있기 때문에, 이 전쟁터의 현장성은 시인의 두드러진 업적으로 평가된다.[16]

전쟁터는 서로를 죽이는 폭력이 난무하는 잔인한 생명의 사냥터다. 이곳에서 주안은 한 생명을 구하는데, 그 아이 이름은 레일라다(X, 51). 그 아이의 생명을 구하려는 행동에서 주안은 물론 시인의 휴머니티를 강하게 느끼게 한다. 시인은 남성 전유물이었던 전쟁터, 즉 죽음터에서 생명을 탄생하는 여성성이 지닌 특성을 놓치지 않는다. 하이디의 동굴 이미지가 주안의 재생을 나타내는 것이었다면 여기서는 레일라가 갓 태어난 갓난아기의 이미지로 형상화되어 그 아이의 재생을 약속받는다. 그것은 피 묻은 어머니의 이미지가 죽음만이 존재할 것 같은 전쟁터에서 생명의 가능성으로 암시 되는 것이다.

> …… 이 보잘것없는
> 　피난처를 발견하자, 착한 가슴을 숙이고
> 떨고 있었다. 한편 5월처럼 어여쁜,
> 　열 살배기 여자아이가 몸을 숙여
> 팔딱이는 어린 가슴을 피투성이 속에
> 놓여있는 몸뚱이 속으로 숨기려 하였다. (VIII, 91)

살육의 현장에서 5월처럼 어여쁜 열 살배기 여자아이가 피투성이의 시체 속에서 작은 가슴을 팔딱이며 살겠다는 본능으로 몸을 숨기려고 한다. 이 여아의 모습은 생명의 본능 자체다. 피투성이 속의 몸뚱이와 열 살배기 여자아이가 병치되어 전쟁터에 삶과 죽음이 하나로 뒤엉켜 공존하고 있다. 전장은 인간 실존의 부조리한 고통이 가장 첨예하게 드러나는 현장이다. 때문에 주안과 이 아이의 만남은 크로노토프 세계에서 일어난 순전한 우연과 기적의 일치로 볼 수 있다. 아직도 따뜻한 체온이 가시지 않은 어머니의 시체 옆의 팔딱이는 어린 가슴에서 갓 출산한 여성 이미지가 겹치면서 힘찬 생명력이 감지된다. 이렇게 애처로운 모습을 본 주안은 그 아이를 구해야겠다는 일념으로 생명의 위험은 개의치 않는다(VIII, 93). 주안의 바로 이 모습 때문에 그가 바이런의 남성 인물들 중에 가장 따뜻한 인물이라는 평을 듣고 있다.[17] 주안에 대한 이러한 평에는 레일라가 중요한 역할을 한다. 레일라는 또 하나의 형이상학적인 운명으로 주안에게 긍정적으로 작용하기 때문이다. 주안에게 전쟁터는 더는 불가항력적인 상황이 아니라 스스로 상황을 통제하려는 행동적 수단의 공간이다. 전쟁터는 그 특성상 체계적이고 논리적인 행위가 발현될 수 없는 공간이며 그것은 그 자체의 원리로 작동하는 공간으로 볼 수 있다. 그러므로 전쟁터에서 주안이 상황을 통제하려는 행동적 수단의 이면에는 주안의 본능 자체 즉, 그의 타고난 도덕성과 인간성이 작용한 것으로 볼 수 있다.

여기까지 이르도록 주안은 환경과 여성의 육체에 수동적인 반응으로 일관했다. 어쩌면 그는 환경과 여성성의 피해자인지 모른다. 그러나 이 전쟁터에서 주안은 스스로 행동하고 생각하는 주체임을 보여준다. 주안은 권위와 경험이 많은 여성 앞에서 무력해지고 성격을 보여주지 않는다. 반대로 약한 여자아이 앞에서 그의 인간성이 회복되는 것을 알 수 있는데 이것은 상대 여성에 따라 그의 성격과 남성성의 변화함을 뜻한다. 그 변화는 새 생명의 탄생을 나타내는 이미지 앞에서 구체화된다.

그 아이는 싸늘했다. 그리고 그 아이의 얼굴에는
　가느다란 한 줄기의 피가 그 아이의 운명이 얼마나
동족의 운명에 가까이 갔는지 알려주었다.
　여기 놓여 있는 아이 엄마를 덮쳤던 똑같은 타격이
아이 이마에 상처를 내고 아이가 소중하게 간직하고 있는 것의 마지막 인연인 양 피비린내의 흔적을 남겼기 때문이다.
하지만 다치지 않은 그 아이는 눈을 크게 뜨고
몹시 놀라 주안을 바라보았다. (VIII, 95)

바이런은 레일라의 나이, 태도, 그리고 환경까지 가능성의 상황이 아니라 실재 장소 전쟁터에 두고 있다. 그것에 반응하는 주안의 행동도 실제적이다. 그가 스스로 행동하게 된 동기는 무방비 상태로 죽음에 노출된 가여운 아이를 보고 그 아이를 구하겠다는 일념이다. 이러한 주안의 행동은 그의 인간성이 개방적이며 열렬하고 충동적이지만 결코 경박하거나 허영심에서 우러난 것이 아님을 알게 한다. 주안은 레일라를 구하는 데 있어 한순간의 망설임도 없이 자신의 안전은 안중에도 두지 않고 즉각적으로 반응한다. 그 동기에 불순한 것이 개입될 여지가 없다.

그들의 놀라 휘둥그레진 시선이
서로에게 고정된 바로 그 순간,
주안의 모습에는, 고통, 만족, 희망, 공포가
구하려는 기쁨과 그리고 피보호자에게 어떤 불운이
닥칠까 하는 두려움으로 뒤섞여있었다. 반면에 그 아이의 모습은,
어린아이 같은 공포로 꼼짝 못 하고, 인사불성에서 깨어난 듯,
순수하고, 투명하고, 창백한, 그러나 빛나는 얼굴은
불 밝힌 설화석고 꽃병처럼 빛났다. (VIII, 96)

생명의 위험에 처한 레일라 앞에서 주안은 만감이 교차한다. 아

이를 구하려는 기쁨과 잃어버릴까 하는 두려움, 고통, 만족, 희망, 공포가 뒤섞여 있다. 여태껏 거의 성격을 보여주지 않으며 능동적 행동을 하지 않았던 주안이 스스로 한 생명을 구하려고 목숨의 위협을 무릅쓴다. 주안의 변한 모습은 그뿐만이 아니라 상대 여자아이의 모습에서도 발견된다. 그 여아는 순수하고 투명하고, 창백 하지만 빛나는 얼굴을 하고 있다. 그 아이는 순수하고 살아 있는 진주(X, 51)가 되어 생명을 탄생시키는 고통과 그 지고한 가치를 동시에 부각한다. 레일라가 발하고 있는 빛과 생명력에 주안은 자신도 모르게 끌리고 있는데, 그가 본능적으로 끌리고 있는 것은 더 높은 가치, 바로 휴머니티다. 그것은 지금은 상실한 주안의 과거에 가졌던 가치다. 이제 레일라가 그 순수했던 과거의 주안의 역할을 떠맡는다.

다음에 이어지는 주안의 말에서 과거에 그가 지녔을 강한 인간성과 높은 도덕성을 느낄 수 있다.

> 주안이 말했다, '어떤 대가를 치르더라도,
> 　그 애가 현재의 생명에서 우리보다
> 훨씬 안전하게 될 때까지 그 애를 포기하지 않으리라.'
> 　존슨이 말했다. '나도 장담할 수 없지만,
> 최소한 넌 영광스럽게 죽을 수 있지 않겠는가.'
> 　주안이 대답하였다, '적어도 어떤 고난을 감수하더라도
> 나는 견딜 것이다. 하지만 이 아이는 단념하지 않겠다.
> 이 아이는 부모 없는 아이기에 내 아이다.' (VIII, 100)

전혀 어색함 없이 진행되는 주안과 존슨의 구어체는 작품이 출

판된 이래 평자들이 인정한 바이런의 탁월함이다.[18] '어떤 대가를 치르더라도'로 시작되는 주안의 말에서 레일라를 구하고자 하는 그의 강한 의지를 읽을 수 있다. 한 생명을 구하기 위해 주안은 '나는 견딜 것이다', '이 아이를 단념하지 않겠다'고 소리친다. 이 단호한 말에서 레일라의 생명과 함께 그가 자신의 과거에 가졌던 보다 높은 가치들—생명존중, 휴머니티, 순수, 이타적 사랑—이 무엇인지 알 수 있다.

주안이 하는 말은 『포스카리 가문의 두 남자』*The Two Foscari*, 1823의 여주인공인 마리나Marina의 대사—'생명을 출산하는 데 나는 견딜 만큼 견뎌왔어요'[19]—와 비교된다. 남성들이 전쟁에서 공유하는 경험은 여성들의 출산에서 공유하는 경험이다. 두 경험 모두 육체적 폭력을 겪게 되고 죽음의 두려움과 결합되어 있다. 마리나는 생명을 출산하고 주안은 생명을 구한다.

존슨은 주안을 콘스탄티노플의 노예시장에서 만난 후 걸베야즈의 하렘 궁전을 거쳐 지금까지 생사를 같이했던 인물이다. 작품에서는 그에 대해 많은 것을 서술하지 않는다. 그는 '나도 장담할 수 없지만, 최소한 넌 영광스럽게 죽을 수 있지 않겠는가'라는 말을 남기고 사라진다. 존슨의 말은 주안이 레일라의 생명을 구하는 데 잠언 역할을 한다. 존슨은 이 장면 이후 작품에서 영영 사라지는데 그가 주안에게 했던 역할은 아버지와 같은 역할로 볼 수 있다. 이제 주안이 레일라를 입양하여 존슨이 하였던 아버지의 역할을 떠맡는다.

주안은 용기와 휴머니티를 보여주었기에

특별한 영예를 얻었다.
휴머니티는 허영심에서 생긴 포악함이
잠시 한숨 돌릴 때, 인간들이 마지막으로 좋아하는 것이다.
광란의 살육현장에서 그 아이를 구했기 때문에
그의 어린 포로가 그에게 박수갈채를 받게 했다. 그가 성 블라디미르
새 작위보다 그 아이의 안전을
더 기뻐했다고 나는 생각한다. (VIII, 140)

주안이 전쟁터에서 보여 주었던 용기와 휴머니티에는 '특별한 영예'가 주어지는데, 그것은 성 블라디미르 작위다. 하지만 주안은 성 블라디미르 작위를 받은 것보다 레일라의 생명을 구한 것을 더 기뻐한다. 이는 주안이 공허한 허영심에 도취되지 않았다는 것을 증명한다. 주안이 구한 것은 육체적 생명이었으나, 여기서 그의 정신이 강하게 작용하고 움직였다는 것을 알 수 있다. 주안은 레일라를 죽음에서 구했기 때문에 또 그 아이의 순수함 때문에 사랑한다. 따라서 그 사랑은 순수한 휴머니티의 발로였다. 레일라는 주안에게 어떤 특별한 종류의 정신적인 승리의 상징이다. 그 아이는 주안의 따뜻한 휴머니티와 남성다운 용감성을 결부시키면서 주안에게 휴머니티의 승리를 가져다 주는 역할을 한다. 명예, 영광, 명성 등 모두 바람직한 가치다. 그러나 사랑과 인류애와 결합되지 않을 때 그것들은 본질적으로 헛된 것이다.

전쟁터에서 시인은 잠시 일탈하여 동시대 영국 정치인 카슬레이를 다시 한번 소환하여 그를 해부한다.

나는 슬프고 설명할 수 없는 육식동물 없이도
　그의 말은 영원한 의혹이고
그의 행동은 매일 풀지 못하는 스핑크스 없이도
　그 괴물 같은 상형문자, 그 오랫동안
피와 물을 내뿜는, 답답한 카슬레이 없이도!
　나 자신을 해명할 수 있다.
여기서 하나의 일화를 말하겠는데,
다행히 긴 길이나 무게는 갖지 않는다. (IX, 50)

스핑크스의 수수께끼는 오이디푸스를 왕으로 만들었다. 그러나 오이디푸스에게 그 수수께끼의 해결은 독이 되어 그는 신탁대로 테베의 왕이 되었지만 어머니와 결혼하여 자식까지 낳은 몸이 된다. 따라서 그 수수께끼의 진의는 반인반수 스핑크스처럼 영원한 의혹으로 남을 수밖에 없다. 카슬레이도 그와 같은 인물이다. 시인의 눈에 그는 가장 사악한 지성이었으며 가장 전제적 각료였다.[20] 그의 영어는 불완전하여 '맬러프로피즘'malapropism으로 정의 된다.[21] 카슬레이의 영어는 상형문자처럼 해독 불가능했으며, 그의 행동은 반인반수 스핑크스처럼 피와 물이 뒤섞여 분명치 않다. 시인은 카슬레이를 유머러스하게 평가절하하면서 분노와 아이러니를 결합하여 그를 풍자한다.[22]

지금까지 주안이 보여주었던 변치 않는 특성은 환경과 상대 여성의 성격에 맞추어 유연하게 대처하는 능력이었다. 주안은 우연과 예기치 못한 모험의 크로노토프 세계에서 무성격의 몰개성적 인물이었다. 그는 주제를 전달하는 매개체로만 존재하는 꼭두각시 같다.

하지만 이것은 고도로 치밀하게 계산된 시인의 전략이다.[23] 시인은 무성격의 인물을 내세워 자신이 하고 싶은 말을 다 하고자 하는 전략을 세운 것이다. 다시 말하자면, 카슬레이의 재소환도 그의 부정확한 영어와 불분명한 행동이 많은 의혹을 야기한 것처럼 피도 아니고 물도 아닌, 피와 물이 뒤섞인 전쟁의 진정한 목적이 무엇인지 의문을 던지면서 풍자하기 위한 것이다. 그러면서도 시인은 주안에게 변치 않는 특성을 부여하는데, 그 특성은 배의 난파 장면에서, 람브로와의 대결에서, 걸베야즈의 권력을 수반한 육체적 유혹에서, 그리고 피비린내 나는 전쟁터에서 일관되게 유지하고 있는 높은 도덕적 가치에 바탕을 둔 휴머니티다. 주안을 사로잡은 고귀한 정신은 용기·지혜·정의 등이었으며 무엇보다도 죽음의 전쟁터에서 한 생명을 구한 휴머니티였다.

> …… 주안은 눈을 돌려 그 살육의 현장에서 구한
> 　그 예쁜 아이를 보았다. 얼마나 멋진 트로피인가!
> 오 기념비를 세운 그대들은, 엉긴 핏덩이로
> 　더럽히는구나, …… (IX, 33)

주안이 레일라를 구한 행위는 도덕적 승리이고 레일라는 승리의 상징인 살아있는 트로피다. 무명의 용사가 행한 행위는 기념비가 없는 무관의 행위다. 누구도 그들을 기억하거나 증명하며 조망하지 않는다. 반면 영웅들의 행위는 그것을 찬양하기 위한 거대한 기념비를 세운다. 그 아래에는 수많은 무명의 용사들이 흘린 핏덩이로 더럽혀져 있다. 기념비의 이면에는 전쟁이 있고, 그것은 무고한 많은 사람들의 피 위에 세워진다. 바이런은 이를 통해서 전쟁의 무익성과 기념비의 허구성을 폭로한다. 시인이 말하고자 하는 것은 우리가 알지 못하고 보지 못하는 전쟁의 허구성, 진실의 이면이다. 그럴 경우 명예는 소음일 뿐이다(IX, 34). 주안은 명예와 영광을 위해 싸우지 않았기 때문에 무슬림 고아는 살아있는 승리의 상징이다. 주안은 트로피처럼 레일라를 데리고 다닌다.

> 무슬림 고아는 가정도, 집도, 의지할 곳도 없었기에
> 　보호자와 함께 갔다. 그 아이의
> 모든 친구들은 슬픈 헥토르 가문처럼,
> 　전쟁터에서 혹은 성벽 옆에서 사라졌다.
> 그 아이 출생지는 유령일 뿐이었다.
> 　기도를 알리는 무에진의 소리는 더 이상
> 들리지 않는다. 주안은 울면서
> 그 아이의 보호를 맹세했다. 그리고 지켰다. (VIII, 141)

주안은 레일라를 지키기로 맹세한다. 왜냐하면 레일라는 호머의 『일리아드』에 나오는 아킬레스의 칼에 죽은 트로이 전쟁의 영웅 헥토르Hector와 그 가문처럼 이 전쟁에서 멸족했기 때문이다. 그래서 주안은 레일라를 끝까지 지키겠다고 하는데, 이는 끝까지 고귀한 인간적 가치를 고수하겠다는 뜻과도 상통한다. 더구나 그 아이는 무슬림으로 이슬람을 신봉하여 끝까지 그리스도교로 개종하기를 거부한다(X, 55-6). 무에진Muezzin은 이슬람 지역에서 이른 새벽에 크고 청아한 목소리로 기도 시간을 알려 주는 사람이다. 무에진의 기도 시간

을 알리는 소리가 더이상 들리지 않는 것은 무슬림의 완패를 뜻한다. 이것은 무자비한 크리스천과 용감한 오스만 터키 무슬림의 방어를 대조한 것이다.[24] 레일라는 무에진의 기도소리도 들리지 않는 그리스도교가 지배하고 있는 곳에서도 자신의 종교적 신념을 지키는 데는 꿋꿋하다. 레일라의 개종 거부는 그리스도교가 일으킨 수많은 성전聖戰의 모순성을 고발하는 동시에 종교 일반에 대한 시인의 종교적 관용이다.

> 가엽고 어린 것! 그녀는 유순한 만큼 예뻤고
> 　그 유순함 때문에, 진지한 성품,
> 위대한 퀴비에! 그대의 곰팡내 나는 매머드화석 더미에서
> 　인류 화석만큼이나 희귀한 살아 있는 존재였다. (X, 52)

퀴비에George Cuvier, 1769~1832는 격변설로 유명한 프랑스 고생물 학자다. 그는 지층조사를 통해 지구의 역사를 밝히면서 노아의 홍수 이전에도 지각대변동이 여러 번 있었다고 주장했다. 바이런은 고생물학을 비롯한 지질학, 천문학, 우주기원론 등에 대해서 상당한 관심을 가졌다.[25] 여기서 유순하고 어여쁜 레일라를  곰팡내 나는 매머드의 화석 더미 속의 살아있는 인류 화석처럼 드문 존재로 묘사함으로써 그 아이의 가치를 높인다. '가엽고 어린 것!'은 바이런의 딸 알레그라Allegra를 상기시킨다.[26] 알레그라는 셸리의 이복 처제 클레어 클레먼트Claire Clairmont, 1798~1879 사이에 태어난 딸이다. 클레어는 셸리 부부와 이탈리아 여행 중에 바이런과 함께 지낸 여성인데 알레그라가 태어난 후 바이런은 그녀를 두 번 다시 만나지 않았다. 알레

그라를 방패삼아 자신을 찾아 온 그녀를 바이런은 '악령 들린 엄마'라고 표현했다.[27] 그러나 그녀와의 사이에 태어난 알레그라에 대한 애정은 각별하여, 국외자로서 이곳에서 저곳으로 떠돌던 바이런은 자신의 처지 때문에 라벤나Ravenna에 두고 온 그 아이를 돌볼 수 없는 처지를 한탄하곤 하였다. 레일라에 대한 주안의 사랑과 책임감은 바이런의 알레그라에 대한 부정父情과 책임감의 표현이었을까?

전쟁터에서 주안의 크로노토프 세계를 한 생명을 구하는 긍정적 행위로 마감하면서 시인은 그 답을 대신한다.

## 남자 후궁

주안은 피가 강물같이 흐르는 전쟁터에서 무공을 세우고 특사로 황제의 궁에 파견된다. 주안은 여러 곳으로 이동하고 많은 낯선 모험을 한 후, 이제 캐서린의 궁전에 입궐한다. 주안은 무성격의 인물로 오직 시간과 공간에서만 존재하였다. 그의 세계는 크로노토프 세계이며 그는 환경과 조건에 매우 융통성 있는 적응력만 보여줄 뿐이었다. 그러나 주안에게 결코 성격이 없는 것은 아니다. 그의 성격은 위기 시 발휘되는 휴머니티다. 전쟁터에서 주안은 레일라를 구하는 휴머니티를 보여주는데, 이것은 이후에 전개될 그와 캐서린과의 생활이 데카당트하다는 것을 폭로하는 것이다.[1] 주안의 정신적 가치는 레일라가 상징하며, 그의 육체적 욕망은 캐서린이 상징한다. 이처럼 주안의 정신과 육체는 분리된 채 캐서린 여제의 궁전에 들어간다.

캐서린, 그녀는 모든 것을 좋아하였는데 (궁으로 돌아간
　그녀의 남편을 제외하고) 그리고
(고상한 귀부인들이 혐오하는) 큰 신사를
　숭배하는 것으로 알려졌다. 하지만

다정다감한 면이 있었다. 그녀가 가장 총애한 남자는
　고인이 된 란스코이였는데, 그는 그녀에게
많은 눈물을 흘리게 한 애인이었다.
하지만 이류의 근위병 정도의 그런 애인이었다. (IX, 54)

역사상으로 실존했던 인물인 캐서린은 자신의 정치적 영향력뿐만 아니라 다른 남성 권력자들과 마찬가지로 자신의 권력에 걸맞게 많은 남성 애인들과의 스캔들로도 유명하다.[2] 여황제로서 캐서린은 모든 남자를 다 좋아하였는데, 특히 '큰 신사' 즉, 큰 사내를 좋아하였다. 이러한 캐서린은 '육체의 자매들' 중 최고의 자리에 올릴 수 있는 여성이다. 왜냐하면 캐서린은 전제 군주의 정점에 있는 아름다운 여 차르The fair Tsarina's autocratic crest이기 때문이다(X, 49). 그리고 여 차르의 여성성에는 살육과 욕정이 밀접하게 연결되어 있기 때문이다.

폭력, 전쟁, 파괴, 힘, 권력 등의 단어들은 남성들의 전유물이다. 페미니즘의 이론에 따르면 이 세상은 온통 남자들을 위한 세상인 것 같다. 그러나 이 이론을 전복시키는 예가 캐서린이다. 걸베야즈의 예에서 보았듯이 권력을 가진 여성은 남성만큼 전제적이다. 캐서린의 경우는 그 정도가 심해 피에 굶주려 있다. 그녀는 전쟁과 욕정의 기술(VIII, 92)을 함께 가지고 있으며, 바로 이점 때문에 그녀에게 사랑은 인간을 구원하고 타락시키는 요인이 된다. 또 황홀과 비탄의 원인이고 전쟁과 평화의 원인이 된다. 사랑으로 인해 타락하고 사랑으로 인해 구원받는 것이 인간이다. 하지만 캐서린이 보여주는 사랑은 욕정이며 끔직한 전쟁의 원인이다. 그 사랑의 문맥을 관통하고 있는 탐욕과 좌절—성적이든 아니든—이 인간 갈등의 원인이 된다. 이 갈등은 인간 존재에 필연적이며 인간에 대한 관용과 용서의 기능을 의미한다.[3]

그렇다면 시인은 왜 여성의 육체를, 특히 성적인 육체를 전쟁과 연관하여 묘사하고 있는 것일까? 권력을 가진 여성의 욕망하는 육체는 어떤 모습으로 나타나는 것일까? 그 대답으로 여성의 욕망이 자연스러운 것으로 인정받지 못해 왔음을 인정하고 그 병폐가 여성성에 내재된 가공할 폭력성 때문이라는 견해를 기대할 수 있다. 일반적으로 전쟁은 남성의 세계로 파괴적이고 비창조적이다. 반대로 여성은 사랑의 세계로 생산적이고 창조적이다. 캐서린은 두 세계를 결합하는 긴장을 의미하며,[4] 여성의 육체가 지니는 이중성을 상징한다.

> 오 그대 모든 전쟁 중의 최악의 원인—
> 　그대는 삶과 죽음의 관문—묘사할 수 없구나!
> 그곳에 우리의 출구와 우리의 입구가 있다. 잠시 멈춰서
> 　생각해야겠다. 어떻게 모든 영혼이 마르지 않는 영원한 샘에
> 빠졌는지, 어떻게 인간이 타락했는지,
> 　난 모른다. 이브가 첫 열매의 가지를 따고
> 지식을 알았지만, 어떻게 인간이 하강하고 상승하는지
> 그대의 것은 모든 추측을 초월하기 때문이다. (IX, 55)

전쟁 중의 최악의 원인*teterrima causa of* all *belli*은 호라스Horace에서 인용한 것으로 바로 여성성을 가리킨다.[5] 트로이 전쟁의 원인 헬렌Helen 이전부터 여성은 전쟁의 최악의 원인이었다. 그리고 여성은 의

심의 여지 없이 삶과 죽음의 관문이다. 이때의 여성성은 리비도의 환유적 의미다.[6] 리비도는 성적 에너지를 의미하는 심리학적 용어다. 여기서 리비도의 환유적 의미는 캐서린의 성이 가지는 삶과 죽음이다. 그리고 이것은 여성의 생식능력의 직접적인 암시로 볼 수 있지만, '하강'fall과 '상승'rise에서 보듯 삶과 죽음의 관문은 바로 성행위 시의 남성을 암시한다. 이것은 분명히 여성 육체에 대한 노골적인 말장난으로 남성은 여성의 육체에서 삶과 죽음을 동시에 경험하게 된다.

이렇게 야한 성적 표현 때문에 『블랙우드 매거진』은 우선 『돈 주안』과 바이런의 모든 시를 편안함, 힘, 즐거움, 그리고 진지함의 혼합이라고 극찬한 후, 이어서 바이런의 마음속에는 저속한 열정만 있다고 독설을 퍼부었다.[7] 그러나 이것은 바이런이 묘사하고자하는 여성성의 한 면만 보는 것이다. 여성의 성이 오직 육체적 사랑만 의미할까? 오직 생식의 문제만 있을까? 그것은 애정, 소유욕, 분노, 살인도 마다하지 않을 정도의 증오를 포함하는 문제이기 때문에 성의 규제는 사회가 존재하기 위해서 뺄 수 없는 조건이다. 바이런은 그 문제까지를 고려하여야만, 그나마 여성성의 진면목을 알 수 있다고 본 것이 아니었을까.

캐서린은 성과 전쟁, 지배권과 여성성, 삶과 죽음 등이 가장 극명한 방법으로 혼재된 인물이다. 이곳뿐만 아니라 그녀를 다루는 장에서는 성적인 말장난이 계속해서 이어지고 있다.[8] 여성성이 안고 있는 폭발적 에너지는 두두의 예처럼 여성을 하렘화 하는 데에만 있는 것이 아니다. 그것은 여성이 권력의 주체가 되었을 때 여성성이 가진 파괴력의 위력은 더욱 가공할 만한 것이 된다. 전쟁의 두 책임자인 술탄과 캐서린이 그들의 진정한 관심을 알았더라면 캐서린은 많은 애인을, 술탄은 후궁으로 채워진 하렘을 소유하지 않았을 것이다 (VI, 95). 인간은 진정한 영웅도 못 알아보고, '진정한 관심'도 모르는 채 허위의식 속에서 살고 있는지도 모른다.

'폭군'과 '노예' '착취자'와 '피착취자' '지배'와 '종속'으로 이분하는 것이나 지배계급이 악을 독점하고 자유를 원하는 종속계급은 미덕을 가진다는 주장은 잘못이다. 문제는 지위의 상하에 따라 권력의 변화에 따라 피억압자들도 억압의 주체가 되는 데 있다.[9] 이것은 젠더의 문제가 아니라 오히려 여성성을 다루는 방법과 그 해소책에 달린 문제로 볼 수 있다. 캐서린의 예에서 볼 수 있듯이 성에 함축된 의미가 그렇게 단순하지 않음은 그 방법과 해소의 차이에서 오는 갈등이 전쟁처럼 첨예하기 때문이다.

캐서린에게서 보이는 여성성의 가치는 그녀가 성을 도구로 이용하였기에 그것은 철저한 타락으로 구원의 가능성이 없어 보인다. 그러나 그녀에게서 보이는 여성성의 이중적 가치는 결코 간과할 수 없는 요소다. 타락이 있음으로써 구원이 있다면 악의 갈등은 한편으로 선한 갈등의 표상이 될 수 있기 때문이다. 바이런의 이와 같은 균형감, 냉정함, 도덕성이 어떤 점에서 비 관습적인 것 같지만 아주 인습적일 뿐만 아니라 다른 점에서 참으로 고전적인 것으로 증명된다.[10] 때문에 바이런의 문학적 전략은 성을 도덕성으로 위장하기보다는 이렇게 적나라하게 묘사할 때 오히려 그 병폐를 진단하고 치유할 수 있다고 본 것이다.

캐서린, 그녀는 전쟁이나 평화,
　그것이 무엇이든, 위대한 원인이었고,
위대한 축소판이었다 (그것은 모든 것을 가능하기에,
　당신은 이것이든 저것이든 선택할 수 있다)—
캐서린은 말하자면 핸섬한 전령관을 보고는
　매우 기뻐하였다. 그의 깃털 위에는
승리가 앉아 있었다. 그녀는 전령을 가지고 무릎 꿇는 그를 보고는
봉함 뜯는 걸 잊어버렸다. (IX, 57)

캐서린은 한 나라의 군주로서 나라를 다스리는 동시에 전쟁을 선포할 수 있는 권력을 가졌다. 그녀는 전쟁, 평화, 우리가 생각할 수 있는 모든 것의 축소판이다. 그녀는 신부이자 어머니, 창조자이자 파괴자, 에로스의 원천이다.[11] 이러한 그녀의 여성성은 대극적 요소를 아우르는 역설이다. 그녀의 권력은 모든 것을 할 수 있다. 전쟁뿐 아니라 평화도 가능하게 한다. 그렇다면 전쟁을 일으킨 캐서린은 자신의 권력을 잘못 사용한 것이다. 그 잘못된 권력 앞에 주안은 전령을 가지고 무릎을 꿇고 있다. 캐서린은 그런 주안을 쳐다보느라 전보의 봉함을 뜯는 것조차 잊어버린다. 그녀의 관심은 온통 핸섬한 전령관에 쏠려있다.

그리곤 전제적 여황제임을 상기하고,
　여자임을 잊지 않고 (그건 적어도 위대한 전체의
세 부분으로 이루어져 있었다) 그녀는
　궁정을 당황케하는 태도로

편지를 찢었는데, 신하들은 그녀가 짓는 표정을
　지켜 보았다. 마침내 여황제의 미소가 드디어
화창한 날씨로 밝혀졌다. 비록 그녀의 얼굴은 넓었지만,
기품이 있었고, 그녀의 눈은 아름다웠고, 입은 우아했다. (IX, 58)

캐서린 여제의 궁정에서는 남성과 여성의 전통적 성의 역할이 뒤바뀌어 조정의 전 관심이 오직 여황제의 표정에 쏠리고 있다. 여황제의 행동 하나하나에 모든 조정 대신들의 관심이 집중된다. 그녀의 일거수일투족이 조정 대신의 기분을 좌우하고 있다. 캐서린 여제와 그 궁정을 통해서 남녀 성의 양분화보다는 권력의 주체를 구별하는 것이 더욱 바람직할 것이다. 걸베야즈의 예에서 보았듯이 캐서린의 경우에도 여자가 권력을 가졌을 때, 여자도 남자만큼 압제적이라는 사실이 밝혀진다. 특히 캐서린의 경우는 그 도가 지나쳐 피에 굶주려 있다.[12] 그녀의 사랑은 욕망으로 뒤틀려서 변질되었을 뿐만 아니라 그녀의 충족을 모르는 욕정은 흡혈귀보다 훨씬 더 피에 굶주려 있다.

대단한 즐거움이 아니 오히려 즐거움들이, 그녀의 것이었다.
　첫째는 점령한 도시—3만의 살육이었다.
영광과 승리감이 마치 대양 위의 동인도의 일출처럼
　그녀 표정 위에 활짝 퍼졌다.
이것은 잠시 그녀의 야심에 찬 갈증을 만족시켰으나,
　아라비아 사막이 여름비를 들이키는 것 같았다.
헛되다! 이슬방울이 식을 줄 모르는 모래 위로 떨어지듯,
피는 야망에 찬 손을 겨우 씻게 할 뿐이다. (IX, 59)

캐서린의 욕망은 피, 관능, 죽음 등 감각의 도취와 이성이 곡예하는 전쟁과 직접적으로 연결되어 있다. 그녀의 욕망은 3만의 살육 조차도 겨우 야심에 찬 갈증을 가시게 할 정도이며 야망에 찬 손을 겨우 씻게 할 뿐이다. 그녀가 상징하는 여성성의 깊이와 폭과 넓이는 가늠할 수 없다. 시인은 캐서린의 욕망을 통해서 여성성을 충족되는 동시에 고갈되는 욕정의 속성으로 묘사했다. 이것은 어리석고 허망하며 그러나 위험한 캐서린의 욕정에 대한 경고로 볼 수 있다. 캐서린은 걸베야즈와 마찬가지로 욕망에 있어서 그녀의 전제적 권력만큼 압제적이다. 캐서린에 대해 이렇게 묘사하는 시인의 목적은 왕실 기둥서방에 대해서 말하고자 하기 위함이다.[13] 기둥서방은 여자에게 빌붙어 사는 기생충 같은 존재다. 전제적 권력을 가진 캐서린은 기둥서방이 필요할지는 모르지만 남편은 필요하지 않다.

캐서린의 지칠 줄 모르는 에로틱한 욕망은 전쟁과 마찬가지로 파괴적이고 황폐하다. 이러한 그녀의 성욕은 완전한 만족이 불가능하다. 그녀는 전 민족을 과부로 만들지라도 모든 남자를 한 남자처럼 좋아하였으며(IX, 63) 모든 생명의 원천(눈물을 제외하고)까지 말려버리기 때문이다(IX, 67). 그녀의 만족을 모르는 욕정과 살육에 대한 잔혹성 때문에 그녀는 현대판 아마존이고 갈보다.[14] 아마존은 그녀의 잔혹한 호전성을 상징하고 갈보는 그녀의 저속한 욕망을 상징한다. 인간을 살과 정신의 소유자로 볼 때, 그녀는 살덩어리로 이루어진 육체적 존재다. 그녀는 갈보들 중의 여왕(VI, 96)으로 바로 색정광으로 정리된다.[15] 앞서 걸베야즈를 소작인을 상대하는 갈보보다 불쌍한 여성으로 정의했다. 여기서 캐서린은 갈보들 중의 여왕으로 저속한 여성성의 최고봉에 선다.

페미니즘의 주장을 간단히 말하면 여성도 힘을 갖자는 것이다. 그러나 문제는 캐서린의 경우에서 보듯이 여성이 권력과 힘을 가졌을 때 그 충족을 위한 욕망 또한 결코 멈추지 않는다는 데 있다.[16] 캐서린은 그칠줄 모르는 남성에 대한 욕망을 충족하기 위해 자신의 권력으로 계속해서 많은 남성을 갈아치운다. 이는 자신의 성적 욕망을 위해 권력을 남용한 예로 역사에 남아 있을 뿐 아니라, 그것은 여황제라는 권력이 있었기에 가능했다. 캐서린의 살육에 대한 냉혹성과 식을 줄 모르는 욕정은 그녀의 남성 편력과 동일 선상에서 이해해야 한다. 이것은 바이런이 서양 담론에서 다루듯 과도한 여성성을 저속한 동물 수준으로 격하하는 것이 아니라 여성이 가질 수 있는 성적 특징 중에 하나인 지나친 성욕을 예시하고 있는 것이다. 역설적이게도 캐서린의 지나친 육체적 욕망은 파괴적인만큼 창조적이다.

> 그녀의 다음 번 즐거움은 더욱 환상적이었는데,
> 　그녀는 미친 수보로프의 압운에 미소 지었으며, 그의
> 러시아식 이행 연구는 그가 죽였던 수천 명의 이름이
> 　실린 모든 신문을 다소 무미건조하게 만들었다.
> 그녀의 세 번째는 군주들은 죽이는 게
> 　최선이라 하고, 장군들은 농담으로 여길 때
> 우리 혈관을 훑고 지나는
> 몸서리를 가시게 할 정도로 여성다웠다. (IX, 60)

수보로프는 러시아, 타타르, 영국, 프랑스, 코사크 캠프 위에 가

스등처럼 빛나는 무공을 세운 러시아 장군이다(VII, 46). 지금 그가 여황제에게 지어 보낸 2행 연시聯詩는 이 전쟁에 대한 것이다. 수보로프가 여황제에게 바치는 연시는 폭군 군주의 비위를 맞추기 위해서 이미 자아 검열을 마쳤을 것이다. 이러한 그의 2행 연시는 그가 죽였던 수천 명의 이름이 실린 모든 신문기사를 무미 건조하게 만든다. 그 참상의 오싹함에 군주들은 죽이는 게 최선이라 하고 장군들은 농담으로 돌리는데, 캐서린은 그 몸서리를 가시게 할 정도로 여성스러웠다. 여성성의 이면에 감추어져 있는 냉혹함은 잔혹한 전쟁의 살육보다 더욱 두려운 것이다. 시에서조차 여황제가 좋아할 일, 그녀를 즐겁게 해 줄 일이라면 사람을 죽이는 일쯤이야 아무렇지도 않다. 시에서는 운만 맞으면 그만인 것이다. 캐서린을 위한 일이라면 시에서조차도 인간의 목숨이 놀이가 되며, 살고 죽는 것이 한 권력자의 손아귀에서 좌지우지되는 것을 볼 수 있다. 캐서린의 잔인함은 수천 명의 죽음에 미소로 답하는 것이다. 이처럼 캐서린은 모든 것의 '위대한 축소판'이다.

오 캐서린! (모든 감탄사 중에서
　그대에게는 오! 아! 둘 모두가 사랑과 전쟁에
속하기 때문이다.) 인간 생각들의 관계는
　얼마나 이상한가, 도망가면서 밀치다니!
당신들의 생각은 이제 다른 곳으로 제쳐놓았다.
　우선 이즈마일의 포로들은 여러분의 기호를 충족시켰고,
다음은 새 기사들, 새파랗게 젊고 영광스러운 햇병아리들,
그리고 세 번째는 당신에게 급송 공문서를 가져온 그였다. (IX, 65)

감탄사 ‘오! 와!’에 주목하자. 둘 모두는 사랑의 행위를 할 때 또 경악과 공포를 나타낼 때 나오는 자연적 발화다. ‘사랑’과 ‘전쟁’은 전혀 상반된 것 같지만 그 본질에 있어서는 맥락을 같이 한다. 이즈마일의 전투에서 코사크 병들이 상대 병사를 끝까지 추적하여 죽이고 필사의 도주를 하는 여자와 어린아이까지 뒤따라가 죽이는 잔인성은 성애의 극치를 맛보려는 인간의 본능적 욕망과 일맥상통하는 것으로 볼 수 있다. 캐서린의 사랑은 전쟁과 같은 맥락으로 욕망의 극치를 원하며 그것은 죽음과 동일하다. 그녀의 사랑은 끊임없이 솟아오르는 샘물 같은 피를 요구한다.

이제 고전적 상투어가 된 밀레트의 ‘성의 정치학’처럼 우리 문화에 가장 깊숙이 만연한 이데올로기는 권력의 가장 근본적인 개념이 성의 영역이라는 점이다.[17] 성은 언제나 정치적이다.[18] 캐서린은 성의 정치학 전형을 나타낸다. 그녀의 여성성은 정치와 결합하여 가공할 위력을 지닌다. 동시에 그녀의 정치적 권력으로 인해 그녀의 여성성은 한층 강화되는데 그녀의 왜곡된 여성성—폭력, 추행, 폭행, 강간—은 전쟁을 수반할 때 가장 분명히 드러난다. 캐서린의 성은 단순히 행위의 문제가 아니라 정치적 권력에 종속되기 때문에 그 파괴력은 더욱 강력하다는 특징이 있다.

캐서린과 주안의 관계는 권력과 육체관계에서 엄격한 지배 종속 관계다. 캐서린에게 종속된 주안은 그녀의 총애를 받아 갑작스러운 신분상승을 경험하는데 이 때문에 그가 허영심을 갖게 된다. 허영심이란 일종의 존재론적 병 아닌가! 천성적으로 관대하고 순수한 심성의 소유자가 유혹에 의해 어떻게 변하는지 다음에서 볼 수 있다.

그는, 한편, 사랑에 빠지지 않았다 하더라도,
　적지 않은 오만한 열정, 자기애에
빠졌다.…… (IX, 68)

이미 살펴 보았듯이 캐서린의 사랑에는 광란적 욕망이 있었을 뿐이다. 그녀의 욕망이 한 열등한 사람을 사로 잡았을 경우 그 욕망은 재산·선물·입신 출세 등 일반적으로 비난 받는 열등한 것들이다. 캐서린의 궁정에 입궐 전까지 주안은 상대 여성에 따라 행동이 변하는 모습을 보여주었다. 열정에는 열정으로 순수에는 순수로 굴종에는 봉사로 위험한 생명에는 구원자로 행동했다. 지금의 주안은 캐서린의 총애를 받으면서 '오만한 열정'에 사로잡혀 자만심이 넘친다. 그렇게 자신이 특별한 사람인 줄 아는 착각에 빠져 있다. 캐서린의 권력에 맞춰 거만하게 행동한다. 그의 오만한 열정과 자기애에 빠진 모습에서 레일라를 구하던 때의 순수한 휴머니티는 흔적도 찾아볼 수 없다. 그건 주안의 생활 모두가 육체와 물질로 이루어졌음을 강하게 암시한다. 바로 여성과 성생활의 상징인 캐서린의 투사인[19] 것이다.

캐서린은 주안을 보자 갑자기 섬광처럼 사랑에 빠진다. 캐서린은 주안에게 포대장 계급을 내리고 신하들에게 그를 잘 보살펴 주라고 명령한다(IX, 84). 주안은 캐서린의 총애의 정점에 있다(X, 5). 그리고 그것은 기분 좋은 일이다(X, 22). 이 모습을 보고 시인은 인간과 여자에 대해 명상을 시작하는데, 여기에 사랑의 단어는 보이지 않는다. 다만 인간과 여자에 대한 알 수 없는 그 무엇, 이해할 수 없는 그 무엇, 불가해한 그 무엇으로 설명하고자 한다.

> 인간은 얼마나 이상한가! 여자란 얼마나
> 　더 이상한가! 그녀의 머릿속에는 어떤 선풍이 휘몰아치는가,
> 얼마나 깊고 위험이 가득한 소용돌이가
> 　그녀를 둘러싸고 있는가! 유부녀건 과부건,
> 처녀건 어머니건 여자의 마음은 바람처럼
> 　변덕이 심하다.…… (IX, 64)

인간은 이상한 존재다. 그러나 그보다 더 이상한 존재는 여자다. 여자의 머릿속에서 회오리치는 소용돌이는 위험한 심연, 아무도 그것을 헤아릴 수 없고, 알 수 없다. 결혼을 했건 하지 않았건, 성녀건 창녀건, 처녀건 어머니건, 여자의 마음은 바람처럼 갈피를 잡을 수 없고 변덕이 심하다. 시인은 인간 일반을 이야기하다가 그 성을 구분해서 여자를 이야기한다. 여자는 훨씬 이상한 존재일 뿐만 아니라, 갈피를 알 수 없는 바람처럼 변덕이 심한 존재다.

남성 중심적 사유와 제도의 틀 안에서 여성은 남성에 비해 정신적 결핍성은 물론 육체적 열등성이 두드러졌던 것은 사실이다. 그러나 캐서린을 봤을 때 과연 여성이 육체적 존재로서 또 정신적 존재로서 남성보다 열등하고 결핍된 존재인가, 의문이 생긴다. 여성의 육체는 도구화된 대상으로 전유되어 언제나 선택당하는 입장이었다. 그러나 캐서린은 여성으로서 남성을 선택할 수 있는 절대 권력을 가진 여황제다. 캐서린의 예에서 '남성 우월/여성 열등'이라는 상하 구조가 전복되어 남성이 여성에게 선택되기를 원하고 있다. 그렇다면 남

녀 우열의 여부는 남녀 성의 문제가 아니라 권력의 문제가 아닐까? 캐서린과 주안에서 그 해답을 본다.

> 여왕 폐하는 내려다보았고, 젊은이는 우러러보았다.
> 　그들은 그렇게 사랑에 빠졌다. 그녀는 그의 얼굴,
> 그의 우아함, 신만이 아시는 무엇 때문에, 큐피드의 잔은
> 　처음 한 모금으로 빨리 취하기 때문이다.
> 아편의 정수나 '검은 방울'은
> 　한 번에 한 잔씩 마셔야 하는데, 술잔을
> 가득 채워 마시지 않고도, 사랑에 빠지는 눈빛은
> 생명의 샘을 (눈물 외에는) 마르도록 마시기 때문이다. (IX, 67)

권력의 상하 관계에서 그 우위에 있는 여왕 폐하는 어전에 앉아서 신하를 내려다본다. 신하는 여왕 폐하를 올려다본다. 그 순간에 큐피드의 잔을 마심으로써 여황제는 사랑에 빠진다. 캐서린 같은 여성에게 사랑은 마시고 또 마셔도 채워지지 않는 갈증과 같은 것이다. 그녀에게 사랑은 아편의 정수나 검은 방울처럼 쉽게 취하게 하는 것이다. 그러나 그 사랑은 생명의 샘이 마르도록 마셔야하기 때문에 매우 위험하다. 그녀의 사랑은 사랑이 아니라 권력욕이며 육체적 욕망이다. 따라서 그것은 절대 채워지지 않고 채울 수 없는 무한한 욕망이다.

캐서린의 사랑은 육체적 사랑이며 그것은 그녀 권력 행사의 일부이다. 그리고 그녀의 사랑은 생명의 샘을 메마르게 하는 육체적 욕망이다.

캐서린은 (우리 대부분은 캐서린에 대해서 이런 말을 많이 한다)
　대담하고 잔인하지만, 일시적 열정은
상당히 우쭐거리는 그런 종류였다.
　왜냐 하면 모든 애인들이 이른바 왕을 바라보았고,
연애의 양식에 따르려 했기 때문이다.
　여왕의 남편은 반지를 제외하고 그 모든 점에 있어,
결혼의 가장 빌어먹을 것이 되어
꿀을 남기려고 침을 빼버리는 것처럼 보였다. (IX, 70)

여황제 캐서린은 대담하고 잔인하다. 그럼에도 많은 남성 애인들은 여황제의 구애를 기다리는 판이다. 반지는 결혼을 약속하는 징표다. 결혼이 반지라는 약속의 틀 안에 구속될 때 그것은 달콤한 꿀에 있는 벌침처럼 귀찮은 것이다. 결혼에는 남편과 아내로서 서로에 대한 책임과 의무가 따르기 때문이다. 캐서린과 그녀의 남편 피터 3세의 결혼은 정략적이었다. 캐서린은 피터 3세를 사랑하지 않았고 서로의 정치적 필요성 때문에 결혼하였다. 그리고 그 필요성이 끝났을 때 남편 피터 3세를 암살하는 것도 서슴지 않았다. 그러한 예는 새삼스럽지 않은 것으로 고대에도 그 사례가 보인다.

그녀의 달콤한 미소와 당당한 풍채,
　통통함과 황제다운 오만은
더 큰 남자보다 사내애를 좋아하는 그녀의 선호는
　(메살리나 자신이 연금을 주게 될 친구들)
그녀 생의 절정에서, 이제 물이 물씬 오른 정력,

아주 특별한 것과 함께, 언급할 필요는 없지만—
이 모든 것 아니면 그 중의 하나라도
풋내기를 아주 허영심으로 채우기에 충분하였다. (IX, 72)

메살리나Messalina는 1세기 로마 황제 클라디우스 1세Cladius I의 세 번째 아내였는데 아주 음란한 것으로 유명했다. 캐서린의 욕정은 메살리나의 음란에 버금간다. 캐서린은 시의 묘사에서처럼 실제로 통통했다. 그녀는 알 것을 다 알고 있는 여성이다. 또한 권력의 달콤한 맛을 즐기는 여황제다. 생의 절정에서, 권력의 정점에서, 그녀가 탐닉하는 것은 육체적 쾌락이다. 사내애 주안은 캐서린 여제의 총신이 되어 귀여움을 받는다. 그리고 풋내기 주안은 캐서린의 총애를 받고 허영심에 차있다. 주안은 이 사실을 스페인에 있는 어머니 아이네즈에게 알리고 자랑한다. 아이네즈는 답장에서 두 번째 결혼에서 주안의 남동생을 보았다며 여제의 어머니 같은 사랑을 찬미한다. 그리고 승진을 위해 주안에게 가톨릭임을 숨기고 동방정교를 받아들이라고 충고한다. 그리고 아이네즈가 무엇보다 기뻐한 것은 주안의 은행계좌를 자신이 관리할 수 있다는 점이다(X, 31-2). 그 모두는 주안이 받은 캐서린의 총애 덕분이다.

캐서린은 모든 부류의 숙녀들이 그랬듯이 관대하였다.
사랑, 마음과 모든 방법의 위대한 오프너,
그 길이 가깝든, 멀든, 위든, 아래든, 유료 고속도로가 넓든 좁든
그곳에 이르게 하는 모든 길—

사랑이다 (비록 그녀가 전쟁에 대한 저주받을 취향을 갖고 있고
　최고의 아내는 아니었지만, 우리가 클라이템네스트라로
부르지 않는다면, 아마도 두 사람이 족쇄를 질질 끌기보다는
한 사람이 죽는 게 더 좋지 않겠는가)—(IX, 80)

캐서린과 클라이템네스트라Clytemnestra, 이 두 여성 모두 남편을 살해한 혐의를 받고 있다. 그리스 신화 속의 클라이템네스트라는 아가멤논Agamemnon의 아내로서 남편이 집을 비운 사이 에이기스투수Aegisthus와 정을 통하고 그와 공모하여 귀국한 남편을 죽인다. 캐서린의 남편 피터 3세는 1762년 왕위에서 축출된 후 일주일 만에 의문의 죽음을 당하는데, 배후의 인물로 캐서린이 의심을 받는다. 그러나 피터 3세의 죽음에 대한 의문과 범인은 공식적으로 밝혀지지 않은 채 여전히 미스터리로 남아있으며 캐서린이 피터 3세 암살의 배후 인물이라는 사실은 공공연한 비밀로 전해진다. 바이런은 이처럼 역사상 실존 인물을 상정하여 '픽션'과 '논픽션'을 넘나들며 사실과 허구를 접목하여 『돈 주안』을 시인의 천재성이 정점에 이른 걸작으로 만들었다.[20]

평자들은 『돈 주안』의 주제에 대하여 많은 논제를 제시하는데, 그중에 주요한 두 주제는 인간의 '타락'과 '사랑'이다. 인간의 타락과 사랑의 주제가 시 전체를 관통하고 있는데 문제는 그 사랑이 욕정, 기만, 성적인 유기, 질투, 모함, 그리고 관습 등으로 얽매어 있다는 것이다.[21] 바이런이 고발하는 왜곡되고 굴절된 사랑은 타락한 감정이 아니라 인간관계를 '성교'로 저속화하고 기계화하는 것이다. 이로

인해 인간에게 내재된 본성이 기계화되는 데 문제가 있다. 열정은 감출 성질이 아니며, 감추려고 애쓸수록 더욱 뜨겁게 타오르게 되어있다. 그리고 그 열정의 왜곡된 표출의 하나가 캐서린의 경우 전쟁으로 볼 수 있기 때문이다.

주안은 가족도, 개인적인 문제도 책임질 것이 없으며, 그러한 문제에 전혀 고민하지 않는 그저 상황에 따라 움직일 뿐이다. 그는 고정된 정체성으로 성격적 변화나 성장은 하지 않는 채 철저하게 상황에 따라 움직이는 적응력이 뛰어난 인물이다. 적응력이 뛰어난 주안의 약점은 스스로 생각하고 분석할 능력이 없다는 점이다. 그런 그는 캐서린의 총신 역할이 가장 안성맞춤일 수 있다.

> 주안은, 영문도 모르는 채, 자신이
> 　총체적 관심의 대상이 된 것을 알고
> 마치 대신의 통상을 위해 태어났듯이
> 　아주 우아한 절로 자신의 인사를 대신하였다.
> 겸손하지만, 침착한 그의 이마에는 자연스럽게
> 　'젠틀맨'이라 쓰여 있었다. 그는 일부러
> 말을 적절히 아껴서 하였다. 그의 매너는 깃발처럼
> 그의 위에서 우아하게 나부끼고 있었다. (IX, 83)

이제 주안은 자신을 위선으로 위장하는 기술을 터득했다. 그는 아주 우아하게 절을 하고 포장된 '젠틀맨'으로 행동한다. 특히 의식적으로 말을 아껴하는 그는 침묵의 가치를 아는 듯하다. 그의 위장된 그러나 세련된 매너는 깃발처럼 우아하게 나부낀다.

캐서린 궁정에서 주안은 언제나처럼 여성으로부터 구애를 받았다. 캐서린의 구애를 받은 주안은 그녀의 팔에 안김으로써 캐서린의 소유물이 된다.[22] 이로써 주안은 그 스스로 주체가 되지 못하고 객체로 전락하여 하나의 물건처럼 다루어진다. 여황제 캐서린의 구애는 선택자의 특권이며, 선택된 주안의 역할은 남자 후궁으로 여황제의 수청을 드는 것이다. 수청을 들기 전에 주안은 궁녀로부터 남성의 성적 무용을 검사 받는다(IX, 84-5). 터키 편 하렘 궁전에서 주안은 여자옷을 입고 주안나가 된 적이 있었다. 그때 이미 주안은 하렘 궁전의 후궁의 한 명으로 역할 함으로써 캐서린 여제의 남자 후궁이 될 운명을 점지 받은 셈이다. 캐서린의 궁에서 주안은 캐서린의 첩이며 고급 남창이다.[23] 하지만 이 구애는 주안도 기대하고 있던 바이다. 많은 여성이 성적 대상으로 취급됐던 것처럼 남성도 성적 대상이 될 수 있음을 캐서린과 주안의 관계에서 보게 된다. 이 때문에 주안은 오직 육체로만 평가되는 존재적 단계에 들어서게 되는 동시에 전락을 경험하면서 생애 최저의 구렁텅이에 빠지는 계기를 맞는다.

주안은 사랑과 영광을 찾아서, 사랑과 영광 그 둘 모두를 가진 캐서린에게 자신의 관심을 집중시킨다. 앞서 주안은 걸베야즈의 육체적 욕망을 거부하며 사랑은 자유라고 외쳤는데, 이제 전제 폭군 캐서린의 품 안에서 안식처를 찾게 된 것은 그의 인생에 있어서 크나큰 아이러니다. 여기까지 오느라 생사의 고비를 여러 번 넘겼던 그로서는 이제 인생의 부침과 그 쓴 맛을 알 때도 되었건만 인생의 교훈은 커녕 여전히 수동적 자세로 일관한다. 주안의 무반응은 여황제에 대한 복종을 함께 하며 그 뻔뻔스러운 위선과 주위 사람들과의 조화를 거부하는 태도를 용인한다.

주안은 이제는 더는 걸베야즈를 만났을 때처럼 목숨의 위험을 무릅쓰고 그녀의 육체적 공세를 거절하였던 그가 아니다. 술타나 걸베야즈의 음란한 환상에 봉사할 수 없다고 외쳤던 그가 아니다. 주안은 캐서린의 구애를 당연하게 받아들인다. 그는 세련된 러시아인으로 변신하여, 무도회, 아가씨, 축하 파티, 돈이 넘치는 흥청망청 방탕한 삶을 산다(X, 21). 그것은 남자 후궁으로서 당연한 보상이다. 주안은 캐서린과의 관계에서 어떤 도덕적 갈등을 보여주지 않기 때문에 주안은 타락의 길을 걷게 된다.

> 주안은, 궁정에 구애하는 대신, 구애를 받았는데,
> 　그런 일은 흔치 않은 일이다. 이것은 그의 젊음 덕과
> 보고된 그의 무공 덕택을 톡톡히 본 것이다.
> 　그가 보여준 경주마 같은 혈통 덕분이고,
> 그가 뽐내는 복장 덕택이기도 하였는데,
> 　그 옷을 입으면 그의 아름다움은 돋보였고, 태양 주위에
> 테를 두르는 자주색 구름처럼 빛났다. 그러나
> 늙은 여자와 그의 지위 덕이 가장 컸다. (X, 29)

주안이 캐서린의 궁에 입궐하여 그녀로부터 구애를 받은 이유는 여러 가지다. 그중 가장 주목되는 이유는 주안의 경주마 같은 혈통 때문이다. 경주마는 강한 남성미와 남성의 성적 역할을 상징한다. 하지만 주안의 모든 조건에도 불구하고 그가 선택된 것은 늙은 여자, 여황제 캐서린의 덕이다. 그가 누리는 사치와 화려한 삶도 캐서린의

덕이다. 권력이 주안을 선택한 것이고 주안은 선택받은 것이다.

'남자 후궁'으로 캐서린에게 선택받은 주안의 역할은 그녀에게 수청을 드는 것이다. 캐서린이 주안에게 요구하는 사랑은 육체적이며 그의 육체적 역할 뿐이다. 캐서린이 요구한 그 육체적 사랑이 지나쳐 주안은 병을 얻게 되는데, 그 병의 원인은 밝혀지지 않고 주안은 그냥 시름시름 앓으며 기진맥진한다(X, 38). 갖은 처방과 백약이 무효다. 과도한 육체관계에서 오는 병일지도 모른다. 그것은 주안의 병이지만 캐서린의 불모의 여성성을 상징한다.[24] 캐서린의 불모의 여성성은 그 죽음을 상징한다고 볼 수 있다. 육체적으로 허약한 경주마는 캐서린에게 무용지물이다. 캐서린은 병든 주안을 하루도 지나지 않아 다른 남자 후궁으로 대체해 버린다. 주안은 육체로만 존재했고 캐서린은 자신의 욕망을 위해서 주안의 육체만 필요했다는 사실이 증명된다. 그녀의 경우 사랑에 있어서도 육체는 사실이고, 정신은 희망일 뿐이다.[25]

> 위로자인 시간은 제일 마지막에 올 것이다.
> 　하지만 위로자 시간은 스물 네 시간 안에
> 그 수 두 배의 대체자를 대기시켰다.
> 　다음날 밤 캐서린의 기호는 충족되어 편안히 잠들게 되었다.
> 그녀는 신속하게 그 자리를 다시 채우라는 뜻이 아니었으나
> 　그 수가 거추장스럽지 않다는 것을 알았다.
> 그러나 언제나 심사숙고한 선택은
> 그 자리를 경쟁자들에게 열린 채 두는 것이었다. (X, 48)

캐서린은 주안의 육체만을 노골적으로 사랑했기 때문에 그녀는 짧은 순간 병든 주안을 아쉬워하지만 금방 그 후계자를 찾는다. 폐경기를 앞둔 캐서린은 사그라지는 자신의 젊음을 보상하기 위해 주안의 젊은 후임을 빨리 선택해야 한다. 그리고 그 후계자의 자리는 항상 열린 채로 둬야 한다(X, 51).

선택하는 캐서린과 선택받은 주안의 관계가 사랑일까? 그것은 정신과 육체가 조화롭게 갖추어진 사랑이라 할 수 없다. 육체만이 그 사랑을 대신한다. 사랑의 이름이 수많은 다른 이름으로 변형되고 미화된다. 경주마로서 육체적 역할에만 몰입했던 주안의 남자 후궁 역할은 그 능력이 다했을 때 끝장날 수밖에 없다. 캐서린은 주안의 봉사에 후한 상을 내리고 러시아 밀사로 영국에 보낸다(X, 45-6). 주안이 살아있는 진주, 순수한 레일라를 데리고 영국을 향해 출발하는 것으로(X, 51) 러시아 편은 막을 내린다.

19세기 초 영국은 사랑과 욕정을 노골적으로 묘사하는 이 작품에 분개하였다.[26] 그러나 바이런은 사랑과 욕정(IX, 77)에는 육체와 함께 해야 되기 때문에 그 둘의 경계는 모호하며 분명한 선을 긋는다는 것은 불가능하다고 주장했다. 뿐만 아니라 오히려 애써 그 선을 긋는 데서 많은 부작용이 생긴다고 보았다. 비교적 악평을 가했던 초기 비평들도 『돈 주안』에 묘사된 이러한 성적 요인을 읽어냄으로써 이해하기 힘든 인간의 본성과 그 원인을 알 수 있다고 한다.[27] 이것은 바이런이 그만큼 여성 육체의 속성에 근접했다는 증거다. 그 속성은 걸베야즈와 캐서린에서 충분히 묘사되었다. 걸베야즈와 캐서린 경우 둘 다 자신의 권력을 육체의 만족을 위해 남용하였다. 걸베야즈의 육체가 노예시장과 맞물리면서 성의 노예화와 상품화가 암시되어 있었다면 캐서린의 육체는 전쟁과 대조되면서 그 파괴력과 끊임없는 욕망은 바로 죽음과 같이 치명적인 것임을 암시한다.

러시아 편에서 주안의 크로노토프 세계는 전쟁터에서 발휘한 남성다운 무공으로 캐서린의 총애를 받는 것으로 시작해 실총 하는 남자 후궁이라는 새로운 경험으로 끝난다. 주안은 새로운 모험을 향해 움직여야 한다. 그것이 그에게 주어진 역할이다.

# 5장 영국 편

상류사회

육체의 자매들

# 상류사회

주안은 레일라와 함께 러시아의 페테르부르크Petersburgh에서 출발하여 폴란드, 프러시아 본토, 베를린, 드레스덴, 퀼른, 본, 홀란드를 거쳐 마침내 바이런이 사랑했던 조국, 영국에 도착하여 그곳 '상류사회'에 등장한다. 앨비온Albion의 아름다운 하얀 절벽이 그를 맞이한다(X, 49-65). 도버 해협을 건널 즈음의 주안은 더이상 스페인을 떠날 때의 솜털 난 애송이가 아니다. 스무 살의 장부, 갖은 모험을 하면서 세상 물정을 두루 경험하였으며 여러 여성과 애정 편력을 벌인 뒤였다. 수치스럽게 불륜 현장이 발각된 유부녀의 침실, 생을 포기해야만 하는 난파, 몸을 담보하는 노예시장, 사람을 죽여야 하는 전쟁터를 거치면서 이 순간까지 살아남았다. 주안이 경험했던 모험과 사랑의 세계는 우연과 필연이 작용하는 크로노토프 세계였다.

이제 도버 해변에 도착한 주안이 내뱉은 첫 일성은 사뭇 정치적이다.

'그리고 이곳이,' 그가 소리쳤다, '자유가 선택한 주둔지
 이곳에서 사람의 목소리는 고문대 위에서,

감옥에서, 심문으로 매장당하지 않을 것이다.
　부활은 새 회합이나 선거를 기다릴 것이다. (XI, 9)

주안은 영국 땅이 '자유가 선택한 주둔지'라고 소리침으로써 역으로 압제의 가능성 유무를 암시한다. 고문대, 감옥, 심문 등은 인간을 억압하는 장치들인데, 이곳에는 그것들이 사람의 목소리를 매장하지 않는다고 한다. 이 모두는 영국에서 볼 수 없다는 말이 오히려 이 모두가 영국에 있다는 방증이다. 수많은 사람이 죽어간 악명 높은 런던탑이 그 좋은 예다. 따라서 부활의 모습은 오히려 시인이 소망하는 조국 영국의 이상적인 모습들이다.

'이곳은 정숙한 아내들, 순수한 삶이 있는 곳,
　이곳은 사람들이 원하는 대로 지불하는 곳,
물건이 비싸면, 연봉이 얼만지 보여주려고,
　기꺼이 현금을 던져버리는 곳이다.
이곳은 법이 잘 지켜지는 곳, 여행객에게
　덫을 놓지 않는 곳, 모든 신작로가 깨끗한 곳이다.
이곳은'—칼이 그를 막으며
'벌어먹을 눈깔! 돈 내놔 아니면 목숨을!' (XI, 10)

영국의 모습에 찬탄하는 바로 그 순간 주안의 감탄은 칼 앞에 멈춘다. 이곳은 정숙한 아내들, 순수한 삶, 사람들이 원하는 대로 지불하고 물건이 비싸면 현금을 던져버리는 곳이다. 압권은 바로 다음에 온다. 여행객에게 덫을 놓지 않는 곳, 신작로가 깨끗한 곳이라고 말하는 순간 노상강도가 주안의 입을 칼로 막은 것이다. 극적 아이러니가 최고조에 달하는 순간이다. 줄리아의 침실에 뛰어든 알폰소, 하이디의 악몽과 함께 등장한 람브로, 그리고 걸베야즈와 주안의 갈등이 최고조에 달하는 순간 궁에 납시는 술탄은 모두 장면의 극적 효과를 극대화한다. 죽음이 난무하는 전쟁터의 피의 웅덩이 속에서 죽어 있는 엄마 옆에 있던 레일라를 구한 것도 극적인 순간으로 기록될 것이다.

노상강도의 칼에 말이 막힌 주안은 그의 칼에 맞서 피스톨을 꺼내 노상강도들을 향해 발사한다. 그중 한 명이 피스톨에 맞아 숨을 거둔다.

> 자신들의 경건한 임무를 채 수행하기도 전에
> 　강도 하나가 죽어가면서 외쳤다. '잠깐! 나 총 맞았어!
> 오 한잔의 진을 위해서! 우린 전리품을 놓쳤어.
> 　난 여기서 죽을 거야!' 그의 심장에서 생의 연료가
> 줄어들면서, 치명적 상처에서
> 　진하게 그을린 핏방울이 떨어졌다.
> 그는 마지막 약한 숨을 몰아쉬고는 부은 목에서
> 스카프를 풀어 '이걸 샐에게 전해줘!'라고 외치고 죽었다. (XI, 16)

주안이 휘두른 피스톨에 맞아 노상강도 톰이 죽는다. 그는 목에 감고 있던 스카프를 풀어 '이걸 샐에게 전해줘!'라고 외치며 죽는다. 샐Sal은 사라Sarah의 애칭이다. 그는 왜 죽어가면서 자신의 목에 감고 있던 스카프를 풀어서 샐에게 전해달라고 했을까? 그건 자유의 깃발을 상징할까, 아니면 줄리아의 손수건처럼 어떤 문제의 해결을 위한

실마리일까? 이어지는 스탠자에서 시인은 스카프의 의미가 무엇인지, 톰이 죽으면서 샐에게 던진 이별의 말의 의미가 무엇인지 모른다고 한다(XI, 17). 다만 톰에게는 샐이라는 이름의 연인이 있었으며 그녀에게 톰은 자신의 유품인 스카프를 물려주고 싶다는 것밖에 없다. 죽어가는 노상강도는 많은 것을 요구하지 않았다. 그는 한 잔의 진이 필요했고 그 한 잔을 위해서 자신의 목숨을 잃은 것이다. 이러한 나라는 결코 주안의 일성대로 '자유' 국가가 아닐 것이다. 한 잔의 진을 위해서 강도질을 했다면, 그 사회는 부가 공정하게 분배되지 않았을 것이다. 총맞은 강도의 몸에서 흘러나오는 피는 진한 그을음 같다. 연기에 그을은 숯 같은 그의 피에서 그의 직업을 노동자로 추측 할 수 있다.

주안은 영국 해안에 도착한 지 12시간이 채 못 되는 시간에 비록 자기방어라고 하지만 사람을 죽인다. 그러면서 시인은 '영웅'은 죽어야만 한다고 비튼다(XI, 20). 노상강도가 영웅의 반열에 든 것이다. 이 풍자에는 동시대 영국 사회의 어두운 이면에 관한 아이러니가 감추어져 있다. 주안의 예상치 못한 살해는 영국의 모험이 순조롭지만은 않을 것을, 그리고 표면상 정의로운 나라의 이면에는 소외와 억압으로 고통을 받고 있는 피지배계층이 있음을 암시한다. 이 암시는 시골 밀렵 처녀에서 반복된다.

노상강도를 죽이고도 이동은 계속되어야만 했기에 주안은 캔터베리 대성당에서 흑태자 에드워드Edward the Black Prince, 1330~1376의 투구와 토마스 아 베케트Thomas À Becket, 1118~70가 살해당하면서 흘린 핏자국이 묻은 바닥 돌을 보고 런던에 도착한다

(X, 73). 흑태자는 프랑스와의 백년전쟁 중 '포아티에 전투'Battle of Poitiers, 1356에서 영국을 대승리로 이끈 인물이다. 항상 까만 갑주를 입고 전투에 참여했기 때문에 흑태자로 불린다. 베케트는 헨리 2세Henry II와 사사건건 반목하다 1170년 캔터베리 대성당 안에서 자객들에게 살해되었다. 그는 1173년 시성 되어 가톨릭 성인의 반열에 오른다. 베케트의 살해를 소재로 엘리엇T. S. Eliot, 1888~1965은 시극 『대성당의 살해』*Murder in the Cathedral,* 1935를 창작했다. 에드워드는 프랑스와의 백년전쟁의 영국 영웅이며, 베케트는 왕의 권력에 맞선 인물이다. 시인은 이 두 인물의 사례를 작품에 인용하여 그 업적이 지니는 가치를 재조명 한다.

주안은 템스 강, 웨스트민스터, 피커딜리, 차링 크로스, 팰 멜 가를 지나면서 런던에 입성한다. 주안은 바이런이 너무 잘 알고 너무 사랑했던, 그러나 가장 경멸했던 영국의 호사스러운 상류사회에 등장한다. 주안이 영국 상류 세계에 첫발을 내딛자 모든 여성의 관심이 그에게 집중된다. 주안은 그의 세련된 옷차림과 독신이라는 점 때문에 모든 여성으로부터 관심의 표적이 된다(XI, 46). 주안은 모모 경과 모모 부인을 만나고 많은 아가씨를 만난다(XI, 79). 상류사회의 대표적 인물은 헨리 아문데빌 경과 그의 부인 아데라인 아문데빌이다. 그들은 런던에 맨션을 갖고 있다.

모모 스퀘어에 있는 헨리의 맨션에
　주안은 엄선된 환영받는 손님,
다른 많은 귀족 명문처럼,

그들의 문장을 위한 어떤 재능이 있는 사람처럼,
혹은 어디에서나 통용되는 패스포트인 부,
혹은 단지 패션, 그건 정말
최고의 추천서, 잘 차려입는 것은 종종
다른 사람을 압도하리라. (XIII, 28)

주안은 헨리 경과 교우하면서 상류사회에 진입한다. 헨리 경의 맨션은 주소 상 번지가 없는 모모 스퀘어Blank Blank Square에 있다. 매우 특권적 위치인 듯하다. 이 맨션의 출입증은 명문 가문의 문장, 부, 멋진 패션이다. 주안은 다른 명문 귀족처럼 헨리의 맨션에 엄선된 환영받는 손님이다. 헨리 경과 그의 부인 아데라인은 여름 한 철 런던에서 지내고 가을이 되면 노만 애비로 돌아간다. 노만 애비는 아주 오래된 수도원으로 그 역사는 노르만 정복Norman Conquest, 1066까지 거슬러 올라간다. 이 수도원은 왕이 직접 하사한 부동산이다(XVI, 60). 수도원의 사유화 이면에는 수도원 대약탈이 있었다. 수도원 대약탈은 헨리 8세Henry VIII에 의해서 자행된 영국 종교개혁의 일환이었다. 헨리 경 조상은 그 당시 왕으로부터 수도원을 하사받아 노만 애비를 헨리 아문데빌 가문의 부동산으로 만들었다. 이곳에서 헨리 경과 아데라인이 파티를 열면 신문에 날 정도다.

노만 애비로 귀족 부부는 선풍을 일으키며 돌아갔다.
한때 오래, 오래된 수도원, 그리고 지금은
더 오래된 부유하고 진귀한 맨션
고딕과 혼합된, 예술가들이

비교할 표본을 허락하지 않지만 우리에게
　비교하도록 한 곳이다. 그 수도원은 몽크들이 바람을 피하고
자신들을 봉헌하기 위해,
뒤편에 언덕이 있는 것을 좋아하여
조금 낮게 자리 잡고 있는 것 같았다. (XIII, 55)

노만 애비는 아주 오래된 수도원이며, 지금은 더 오래된 고딕과 혼합된 고풍스러운 건물이다. 그것은 행복의 계곡에 자리 잡고 있으며 숲에 둘러싸여 있다. 드루이드교 참나무가 폭포처럼 서 있으며, 앞쪽에는 맑고, 투명한 깊은 연못이 있다(XIII, 56). 휘장이 우아하게 걸려있는 배경에는 티치아노Titian, 1485?~1576, 로랭Claude Lorrain, 1600~82의 풍경화, 명암대조법의 렘브란트Rembrandt van Rijn, 1606~69, 카라바조Michelangelo da Caravaggio, 1573~1610, 플랑드르 화가 테니어D. Tenier, 1610~90 등과 같은 예술품이 채워져 있다(XIII, 71-2). 이 화가들은 바로크 최고의 화가들로 종교화, 풍경화, 인물화 등으로 미술사에서 한 자리를 차지하고 있는 인물들이다. 이처럼 노만 애비는 긴 역사와 예술적 분위기에 싸여 있다.

노만 애비의 안주인 아데라인은 여성 중에서 단연코 돋보이는데, 그녀는 상류사회 위선의 표본이다. 시인은 아데라인의 겉과 속, 안과 밖, 정신과 육체의 모순을 통해서 상류사회의 뿌리 깊은 위선과 가식을 고발한다.

　상냥한 아데라인, 세상의 명랑한 속삭임 속에서,
여왕벌이었고, 모든 미녀의 거울,

그녀의 미모에 남자들로 입을 벌렸고 여자들은 입을 다물었다. (XIII, 13)

아데라인은 영국 편에서 제일 먼저 등장하는 상류사회 부인이다. 그녀는 노만 애비의 안주인으로 상류사회를 대표한다. 그녀의 아름다움에 모든 남성은 입을 벌렸으며 여성들은 입을 다물었다. 그녀는 권력의 중심에 있는 여왕벌이다. 여왕벌답게 그녀는 군림하는 자세로 모두에게 골고루 관심을 보인다. 그런 그녀는 보스 기질을 가지고 있다.[1] 그녀의 보스 같은 기질은 『베포』의 로라에서 이미 예고된 바 있다.

로라는 즐거워하는 군중을 따라 움직이고 있다.
눈에는 미소를 띠고 입술에는 선웃음을 머금고,
어떤 사람에게는 속삭이고 다른 사람에게는 크게 말하고
어떤 사람에게는 무릎을 굽히고 어떤 사람에게는 살짝만 굽히면서.[2]

로라는 상대에 따라 몸을 굽히는 정도가 다르다. 그녀는 미소와 선웃음을 번갈아 지으면서 즐거워하는 군중을 헤치며 나아간다. 로라는 파티에 참석한 모든 사람에게 적당한 관심과 적절한 환대를 한다. 다음에서 묘사되는 아데라인도 로라와 유사한 매너를 보여준다. 그녀는 아주 사교적이다.

모든 사람에게 그녀는 과시하지 않고 공손하였다.

어떤 사람에게는 아침 같은
관심을 보였고, 그러나 그 아첨은 아내나 정부답지 못한
흔적을 남기지 않는 그런 종류의,
친절하고, 상냥한 마음속의 호의를
전달하는 것이었다. (XIII, 32)

아데라인의 손님 접대는 세련되고 계산된 도회풍의 매너다. 그녀는 페티코트 영향력을 상징한다(XIV, 26). 이러한 아데라인에서 주안은 새로운 위선의 망토가 더 불쾌한 여성 정치체gynocracy의 실체임을 깨닫는다(XII, 66; XVI, 52). 여성 정치체는 걸베야즈, 캐서린, 그리고 이제 아데라인까지 이어진다. 아데라인은 페티코트 영향력을 발휘하면서 노만 애비를 정치의 중심지로 만든다. 그녀의 손님 접대에는 치밀한 정치적 계산이 따른다. 그것은 남편 헨리 경도 마찬가지다. 헨리 경의 관심은 온통 정치에 집중되어 있어 선거운동에만 열을 올리는 인물이다. 그는 대단한 선거 운동가여서 마치 쥐나 토끼처럼 지역구를 뒤지고 다닌다(XVI, 70).

헨리 경과 아데라인이 초대한 노만 애비의 디너파티 테이블은 귀신을 유혹하여 저승의 삼도 스틱스 강을 건널 정도다(XIII, 99). 스틱스 강을 건널 정도의 큰 테이블은 '낙원의 섬'에서 하이디와 주안의 테이블이기도 하다. 지하세계 하데스Hades에는 다섯 개의 강이 있다. 다섯 개의 강은 각각 고유한 이름의 의미를 갖고 있는데, 그중에 스틱스 강은 '증오의 강'the River of Hate이다.[3] 증오의 강은 이 테이블에 모이는 인물들에게는 사랑이 부재하다는 것을 의미한다. 온갖 산해진미를 쌓아둔 큰 테이블을 둘러싸고 모여 있는 상류사회 인

물들에게서 사랑이나 연민의 감정은 보이지 않는다. 그들은 자랑할 수 없는 것을 자랑하는 위선적 허풍쟁이다. 그것은 어리석음의 가면이다. 그들은 시간을 주체할 수 없어 지루해 하면서도 생산적인 일은 하지 않는다. 그들은 나태하다. 화려한 디너파티도 파티 참가자에게는 큰 즐거움을 주지 못한다. 파티에 참석한 노인네들은 도서관을 어슬렁거리거나, 책에 걸려 넘어지거나, 그림을 평하거나, 처량하게 정원을 거닐거나 한다. 눈은 시계에 고정한 채 시간이 빨리 가기를 바란다(XIII, 102). 젠틀맨은 사냥을 하고, 당구를 치고, 카드를 하고, 물이 있으며 보트를 띄우고, 얼음이 얼면 스케이트를 탄다. 심한 서리는 향기로운 날을 망치기도 한다(XIII, 106). 상류사회는 시간 채우기에 급급하다. 이 사회에는 생산적인 일을 하는 모습은 하나도 보이지 않는다. 이러한 상류사회를 규정짓는 말은 한마디로 '권태'ennui다. 그것은 상류사회에 깊게 뿌리내리고 있다(XIII, 101). 권태는 나태며 생산적 노동의 결여다. 상류사회는 사랑이 아니라 현금이 지배하는 사회다(XII, 12). 현금은 상류사회에서 청춘이 시들고 정부와 아첨꾼이 싫증 날 때도 변함없는 유일한 즐거움, 불로불사의 신의 음식ambrosial이다(XIII, 100). 이러한 상류사회는 자본과 밀접한 관계가 있다.[4] 하지만 여기에 풍요와 나태 속에서 권태로운 시간을 떼우는 상류사회와 선명하게 대비되는 하층계급이 있다.

> 두 명의 밀렵꾼이 강철 올가미에 갇혀서
> 　그들의 요양장소, 감옥을 기다리고 있었다.
> 한 시골 처녀는 옹색한 모자와 주홍색 망토를

입고 있었다 (난 그걸 보는 게 싫다—왜—
왜—왜냐하면—나도 어릴 적 그 같은 슬픈 불운을 겪었기에,
하지만 다행히도 나는 교구세를 몇 푼 내지 않았다)
그 주홍색 망토는, 슬프게도, 단단히 여미지 않아,
두 자리 수의 문제를 드러내고 있었다. (XVI, 61)

두 명의 밀렵꾼이 잡혀서 강철 올가미 속에 갇힌 채 감옥갈 준비를 하고 있다. 감옥이 그들의 요양장소가 된다면, 감옥이 더 편안하다는 뜻일 것이다. 주홍색 망토를 입은 시골 처녀는, 망토를 단단히 여미지 않아 두 자리 수의 문제를 드러내고 있는데, 그것은 아마 그녀의 젖가슴일 것이다. 시골 처녀는 매우 창백한 얼굴에 크고 검은 눈에서 눈물이 흐르는 걸 애써 참고 있다(XVI, 65).

밀렵꾼과 시골 처녀는 영국에 도착할 당시 주안이 외쳤던 영국에 대한 찬양을 재차 무효화한다. 주안의 피스톨에 맞아 죽은 노상강도 톰은 한 잔의 진이 필요해서 강도짓을 했다. 여기의 밀렵꾼과 시골 처녀는 먹을 것을 구하려고 밀렵을 했다. 상류사회에서 권태의 시간을 때우기 위해 여러 가지 오락 중에 사냥이 포함된 것을 떠올려보면 이 같은 대비는 아주 불공평하고 불공정한 것이다. 상류사회의 스틱스 강 크기의 파티 테이블을 상기하면 영국사회의 불공평과 불공정은 더욱 심하다. 밀렵꾼과 시골 처녀를 재판하러 온 치안판사 자격의 헨리 경에서 일말의 연민의 감정도 볼 수 없다. 밀렵꾼과 시골 처녀는 물질이 넘치는 상류사회와 극단적 대비를 이루는데 그것은 죄의 폐허 위에 앉아있는 상류사회의 은유이다(XII, 78). 상류사회는 권태로운 사회, 메마른 불모의 사회다.[5] 아데라인과 그녀의 남편 헨

리 경이 개최한 초대 파티에서 묘사하고 있는 인간의 내면 심리와 사회적 허위성, 부조리, 기만 등은 부조리하고 불공정한 상류사회 면면에 대한 시인의 신랄한 풍자가 숨어 있다

노만 애비는 바이런의 '뉴스테드 애비'Newstead Abbey의 다른 이름이다. 바이런 가문의 이 애비는 노르만 정복 때까지 거슬러 올라가는 천 년에 가까운 역사를 가진 옛 수도원이다. 바이런은 제6대 남작으로 뉴스테드 애비에 관한 여러 편의 시 소품을 남기고 있다. 하층계급과 상류사회의 극명한 대비의 모습을 투시할 수 있는 것은 바이런이 이 사회에 너무나 익숙했기 때문이다.

노만 애비의 안주인 아데라인은 열여섯 살에 사교계에 첫발을 내디딘 후 완벽하게 사교 매너를 습득하였다(XIV, 55). 그녀의 상류사회 매너는 몸에 밴 매너이며 규칙과 규격에 따라 움직이는 사회를 대표한다. 그러므로 그녀는 위선에 있어 예외가 될 수 없는 인물이다. 그녀의 완벽한 매너는 더욱더 철저하게 위장되어 있어 교양인의 척도처럼 비쳐진다.

그러나 아데라인이 그런 방패를 막을
　기회는 적지 않았는데, 그건 정당한 미덕에 혹은
훌륭한 교육에 조금도 이점을 남기지 않았다.
　그녀의 주요 원천은 자신의 고상한 정신력이었으며,
그 정신은 사람마다 적절한 평가를 하는 것이었다.
　예교란 것을 그녀는 걸치기를 무시하였다.
선망의 보장은, 그 인상이란 것도
일상의 소유물처럼, 희미했다. (XIII, 31)

아데라인의 모습을 그려내면서 시인이 강조하는 것은 그녀의 고상한 정신력이다. 아데라인이 훌륭한 상류사회의 교양인으로서 행세할 수 있는 배경은 그 정신력이다. 지금까지 강조되던 여성의 육체가 아니라 여성의 정신이 강조되고 있다. 이 때문에 그녀는 영국 상류사회 전반에 걸친 위선과는 먼 존재처럼 보인다. 아데라인의 아름다운 미모를 소개한 후 이제 바이런은 아데라인의 정신을 들먹이고 있다. 아데라인을 외모에서 교육의 정도까지 꼼꼼하게 다루고 있는 것이 예사롭지 않다. 하지만 그녀의 인상에 대한 편견들이 노골적으로 노출되기 시작한다.

물론 아데라인에게는 조용한
　로마 귀족 같은 품위가 있었다.
그 품위에는 자연이 표현할 수 있는
　어떤 주야평분선을 넘지 않았다.
아무런 좋은 점을 찾지 못하는 만다린처럼—
　적어도 그의 매너는 그가 어떤 것을
좋아하는지 추측 못하도록 한다.
아마도 우리는 이것을 중국에서 빌려왔을 것이다. (XIII, 34)

여성으로 갖추어야 할 아데라인의 교양이 강조되면서 로마 귀족 같은 품위와 절제된 행동으로 인해 그녀는 복잡하고 지적인 여성으로 보인다.[6] 아데라인의 외모와 매너에서 우아하고 미덕으로 가득 찬 완벽한 상류사회 여성의 전형을 볼 수 있다. 그녀의 품위는 결코 주야평분선을 넘은 적이 없어 그 참모습은 가늠할 수 없다. 그것은 넘치지도 모자라지도 않는 완벽한 균형이다. 이런 점은 그녀가 자신의 본성을 드러내지 않고 가면을 쓴 채, 철저하게 계산하고 위장하여, 만다린mandarin처럼 그 진심을 알 수 없게 한다. 만다린은 중국인을 의미한다. 영국인에게 중국인은 그 속을 알 수 없다는 뜻이다. 이런 아데라인은 영국 여성의 허위의식을 나타내는 전형이다.[7] 그녀와 상류사회의 허위의식은 속내를 알 수 없는 중국인과 결부되어 더욱 강조된다. 여기서 시인의 어조는 날카롭고 긴박하다.[8] 상류사회의 성공이란 어느 정도 자기 억압의 결과이며 그녀의 가장된 행동 이면에는 거짓과 위선이 존재한다. 극히 절제된 매너로 상류사회의 중심에 있는 아문데빌 부부의 노만 애비에 귀족손님들이 모여들어 그들만의 고유하고 배타적인 사회를 만든다.

> 애비에 모인 귀족손님들에게
> 　—성性에 우선권을 주면—
> 피츠 펄크 공작부인, 크래비 백작부인,
> 　실리 부인, 비지 부인, 미스 에클라
> 미스 봄바진, 미스 맥스테이, 미스 오태비,
> 　그리고 미시스 랍비, 부유한 은행가의 부인으로 이루어져 있었다.
> 또한 명예로운 슬립 부인은
> 흰 양처럼 보이지만, 검은 양이었다. (XIII, 79)

여기에 등장하는 여성 인물의 이름은 모두 말장난으로 볼 수 있다. 피츠 펄크Fitz-Fulk는 작품의 주에서 실제 여성의 모델이라고 하지만 'Fulke'에서 'fuck'과의 발음의 유사성을 연상하지 않을 수 없다.[9]

크래비Crabbey는 할퀴는, 실리Scilly는 어리석은, 비지Busey는 바쁜, 에클라Eclat는 대찬양, 봄바진Bombazeen은 천 이름 등을 상기시킨다.[10] 상류사회에 모인 귀족들 중에 여성에 우선권을 주어 여성 이름을 호명하는데, 이것은 여성 유형을 암시한다고 볼 수 있다. 여러 유형의 상류 여성들이 모여 흰 양 슬립Sleep 부인을 검은 양black sheep, 왕따로 만든다. 슬립 부인은 흰 양 같지만 검은 양으로 그녀 자신은 겉과 속이 다른 위선적 인물과 모든 사람이 경원시하는 왕따를 함께 상징 한다. 주안이 레일라의 교육을 맡긴 가정교사 이름은 핀치 벡Pinchbeck 부인이다(XII, 42). 그 이름의 의미는 가짜라는 뜻이다. 이와 같은 유형의 이름은 부정적인 상류사회에 대한 풍자다. 그것은 또한 여성의 본성이 가질 수 있는 허위의식의 다양한 유형에 대한 적나라한 해부다.

상류사회에는 여러 유형의 여성들이 모여 앉아 가장한 순결(XI, 10)로 정숙한 체하며, 정열의 정신화(XI, 34)를 꾀함으로써 자신의 욕망을 억누르고, 성적인 냉담(XII, 63)으로 무장한다. 나아가 상류사회 여성들은 맹목적인 유행(XI, 33)을 좇으며 서로를 험담하고 헐뜯으며 공허한 가십(XII, 43)으로 하루를 보낸다. 그녀들의 삶은 나태하며 공허하다. 이러한 유형의 여성들에 둘러싸여 있는 아데라인은 포장된 상류사회 표상이다. 그녀는 절제되고 세련된 매너로 손님을 접대하는 상류사회의 완벽한 여주인이다. 그녀의 모든 언행은 오랜 연습으로 포장한 위장술이다. 하지만 외면상 완벽해 보이는 그녀에게는 본래 나약한 점이 있다. 채워지지 않는 정신적 공허감이 그것이다. 정신적 공허함은 그녀에게 치명적인 결함이 되어 완벽한 외모와 불

완전한 정신 상태를 보이는데, 그래서 그녀는 불행할 뿐 아니라 보기에도 불안한 인물로 만든다.

> 우리의 상냥한 아데라인에게도 한 가지 결함이 있으니,
> 　비록 멋진 대저택에 살고 있지만, 그녀의 가슴은 공허하였고,
> 그녀의 태도는 완벽할 정도로 정확하였는데,
> 　자기 가슴이 부푸는 것을 용납하지 못하는 듯했다.
> 흔들리는 정신은 쉽게 무너질 수 있어,
> 　그것은 지조 있는 정신보다 더 허약하기 때문이다.
> 그러나 후자가 무너지기 시작하면,
> 그 내심의 갈등이란 지진의 폐허와 같다. (XIV, 85)

완벽한 태도와 흔들리는 정신의 결합에서 보여주듯이 아데라인에게는 일관성, 통일성, 무엇보다도 지조가 모자란다. 헨리 경과 아데라인의 결혼생활은 조용하고 고상하지만 차갑게 포장되어 있다(XIV, 86). 사회에 보여주기 위한 결혼, 사랑하지 않으면서 사랑하는 척, 행복하지 않으면서 행복한 척을 가장해야 하는 결혼생활의 불행과 피해를 주안의 부모인 돈 호세와 도나 아이네즈, 그리고 줄리아의 예에서 충분히 보았다. 그런데 줄리아는 아데라인에 비하면 오히려 솔직한 편이었다. 아데라인은 악마가 잠복해 있는 이중적 성격의 소유자다(XIV, 89). 훌륭한 대저택과 대비된 그녀의 정신은 더욱 공허해 보인다. 그녀의 불행은 정신적 공허와 채우지 못한 육체, 바로 이곳에서 유래한다. 그녀가 남편 헨리 경을 사랑하는 데는 시시포스Sisyphus가 산 위에서 굴러 내리는 바위를 끊임없이 되 굴리듯 슬프고

반복적인 힘든 노력이 필요하다(XV, 57). 아데라인은 가장 최신의 위선의 망토를 쓰고는(XVI, 52), 자신의 정신과 육체 모두를 위선으로 포장하고 있다. 그녀와 남편 헨리 경과는 나이 차는 별로 없지만, 성격 차이는 엄청나다. 그들은 교양인답게 결코 서로 부딪히지는 않는다. 다만 별자리 궤도처럼 연합되어 움직일 뿐이다(XIV, 87). 그들의 결혼생활은 돈 호세와 도나 아이네즈의 주안의 교육이라는 한 가지 목적을 향해 움직이는 결혼생활을 떠올리게 한다.

아데라인의 미는 억제되고 위장된 차가운 대리석 같다. 그 아름다움은 따뜻함이 느껴지지 않는 온기가 없는 것이다. 주안의 눈에 비친 아데라인은 완벽한 위장술의 여성이다. 아데라인은 끝까지 냉정함과 침착함으로 무장하고 있다. 그녀가 덮고 있는 위선의 망토는 밀랍과 같아서 그 참과 거짓을 구분할 수 없다. 그것은 그녀의 완전하지 못한 교육 탓일 수 있다. 설익은 과일은 쓰고 반쯤 배운 지식은 위험하다(XV, 57).

바이런은 모든 면에서 반대를 위해 태어난 것 같다(XV, 22). 그는 시대의 반항아였고 이단자였다.[11] 그를 이단으로 치부하는 것은 종교에 있어서 서구의 전통적 종교를 반대했기 때문이 아니다. 그의 이단은 인간의 자유를 방해하는 기존의 억압적인 제도와 폭정을 반대한 이단이다.[12] 같은 맥락에서 바이런은 인간의 허위의식을 신랄하게 풍자하면서 영국 편 도처에 상류사회를 위선(X, 34; XI, 86)으로 포장된 사회로 그려낸다. 위선에서는 여성도 예외일 수 없을 뿐 아니라, 오히려 더욱 그 위선의 모습이 강조된다.

> 그녀 역시 먹물이 약간 든 '블루'였기에,
> 　글쓰기보다는 시를 짓고 작곡을 할 수 있었다.
> 모두 그래야만 했듯이
> 　때때로 친구들을 위해 풍자시를 지었다.
> 그러나 그녀는 그 숭고한 푸른빛이,
> 　현재 색깔에서 훨씬 더 멀어져
> 포프를 위대한 시인으로 여길 정도로 희미해졌으며
> 설상가상으로 그 먹물을 보여주는 걸 부끄러워 하지 않았다. (XVI, 47)

아데라인의 교육 정도는 완전하지 못하고 먹물만 약간 든 정도인 '블루'다. 그런데 그녀는 그 숭고한 푸른빛에서 점점 멀어지다 이제 그 먹물마저 희미해져서 그것을 보여주는 데 부끄러움이 없을 정도다. 부끄러움 자체를 모르는 지식은 매우 위험하다. 스페인 편에서 주안의 어머니 아이네즈의 예에서 보았듯이 반쯤의 설익은 지식은 매우 위험하다.

바이런은 여성 인물 아데라인의 묘사를 통해서 상류사회의 허위의식을 환경에 따라 변하는 카멜레온에 비유한다. 영국, 영국 사회, 영국인에 대한 이러한 묘사는 사랑, 결혼, 여행, 교육, 전쟁, 특히 동시대의 영국 사회와 도덕성과 연결하여 신랄하게 풍자하려는 것이 시인의 의도다.[13]

> 그녀는 모든 점과 모든 사소한 부분에서
> 　번갈아 가면서 명랑한 융통성으로 행동하여

많은 사람의 마음을 허전하게 하였다.
　이동성을 기술상의 문제가 아니라,
기질상의 문제라 한 것은 잘못이다.
　비록 그렇게 보일지라도 그 예상된 솜씨로 해서
참을 통해 거짓처럼 보일지라도, 가장 비슷하게 행동하는
사람이 가장 진실하기 때문이다. (XVI, 97)

이동성은 명랑한 융통성의 맥락에서도 이해할 수 있다. 주안의 이동성과 끊임없이 리듬을 이루는 것은 여성과의 애정행각이다. 주안이 걸어왔던 길을 되돌아보고 주안이 경험했던 사랑을 떠올려 보면 그의 이동성에는 뛰어난 융통성이 있었음을 알 수 있다. 대륙을 횡단하면서 영국까지 도착할 수 있었던 주안의 능력은 이동성이다. 이동성은 주안에게 더없이 적합한 말이다. 그의 끊임없는 이동성에는 탁월한 적응력이 한몫하였다. 주안은 탁월한 적응력을 발휘하여 가톨릭 줄리아의 침실에서, 그리스 정교의 람브로의 해적 소굴에서, 이슬람의 터키 걸베야즈의 하렘 궁전에서, 동방정교의 러시아 캐서린의 궁전에서 살아남았고, 이제는 성공회의 영국 장원에서도 살아남을 것이다. 이와 같이 환경에 따라 변하는 그의 적응력은 카멜레온 같다.[14] 주안의 카멜레온 같은 적응력은 그의 이동성에서 보여주었듯이 쉽게 잊어버리고 현실적 상황에 바로 적응하는 능력일 것이다.

시인은 위선으로 포장된 상류사회의 허구와 병리 현상을 면면히 보여주면서 도덕성 상실에 경종을 울리고 있다. 오만(XIII, 19)으로 무장한 정치인들의 이중성과 뻔뻔한 거짓말(XI, 36)은 상류사회의 뿌리 깊은 병폐다. 영국은 위장된 자유(XI, 9)로 포장된 유럽에서

의 자본주의의 힘과 부의 위험성(XII, 5-14)이 만연한 나라다. 이러한 상류사회의 위선은 여전한 현재성의 울림을 주고 있다. 작품의 내레이터도 영국 편에서는 여담과 암시의 어조를 벗어 던지고 직접적으로 상류사회를 비웃고 해부한다. 상류사회는 권태에 뿌리박혀 있는 위선의 허울을 뒤집어쓴 일종의 유령 같은 사회다. 유령 같은 사회는 노만 애비에 출몰하는 '검은 탁발승'Black Friar 유령에서 구체화 된다.

주안의 모험과 애정행각의 층위에서 만났던 줄리아, 하이디, 걸베야즈, 두두, 캐서린 등은 모두 뜨거운 피와 살을 가진 여성들이었다. 심지어 주안의 어머니 아이네즈도 이 반열에 포함할 수 있다. 이들 여성 인물의 형상화는 그 다양하고 생생한 모습 때문에 셰익스피어의 여성 인물과 동급으로 평가된다.[1] 이 여성들은 '몸'이라는 공통의 실에 꿰어져 있는 '육체의 자매들'이다. 상류사회 위선의 전형인 아데라인은 육체를 부정하지만, 그녀의 살 아래는 뜨거운 피가 흐르고 있다. 그녀는 자신에게 갇혀 있는 여성성을 부정하고, 자신의 육체성을 솔직하게 인정하지 못했기 때문에 그녀의 '살' 아래에는 억압된 성적 욕망이 놓여 있다. 그녀의 절제된 행동은 극도의 성적 긴장 상태에서 이루어지기 때문에 그것은 엄청난 파괴력을 지닌 활화산 같다. 여러 면에서 『베포』에 나타나는 성적 이미지와 비슷하지만, 아데라인에게서 나타나는 성적 은유는 바이런이 '이상적 미' *beau ideal* 라고 하는 직접적이고 자연적 리얼리티를 강조하고 있기 때문에 중요하다.[2] 이 주장을 인정한다면 아데라인은 성적 육체에 무관심할 수 없으며 갑작스럽고 극단적인 경우에는 글자 그대로 화산 같은 폭발력을 지니게 된다.

> 그러나 아데라인은 무관심하지 않았다. 왜냐하면
> (지금은 진부한 것이지만)—눈 아래의
> 화산이 더 격렬한 용암을 지닌
> 것처럼, 기타 등등…… (XIII, 36)

차가운 눈雪과 뜨거운 화산의 은유는 상류사회의 위선의 밀랍을 쓰고 있었던 아데라인의 외모와 격렬한 용암 같은 뜨거운 욕망과 극명한 대조를 이룬다. 이것은 그녀의 여성성이 지닌 잠재적 힘이 그녀의 지성 뒤에 교묘하게 감추어져 있는 것을 뜻한다.[3] 또한 그녀는 여성의 억압된 정열을 상징하고 있다.[4] 그런 그녀는 영국판 줄리아다. 하지만 아데라인은 여성성을 더욱 억압하는 경우다.[5] 따라서 오히려 차갑고 정교하며 예의 바른 그녀의 행동 내면에 감추어진 육체적 욕망을 논의하지 않을 수 없게 한다. 그녀의 여성성은 격렬한 용암 같아서, 그것이 폭발했을 때의 갑작스러운 지축의 변동을 수반하는 물리적 충격은 엄청날 것이다. 이와 같은 묘사는 그녀가 지닌 여성성의 파괴력을 짐작하게 하는 것이다. 이 모든 것은 그녀의 육체가 가지는 이중성이다. 그녀의 모습 가운데 어느 것이 그녀의 참모습인지 정확하게 판단하기 위해서 가능한 모든 묘사, 즉 그녀의 신체, 정신, 교육, 심지어 성적 욕구까지 활용된다. 그런데도 그녀 육체는 아직 덜 익은 쓴맛 나는 풋과일이다.

아데라인이 무르익으려면 아직 멀어,
　그녀의 원숙함이란 기껏해야 쓰디쓸 뿐이다.
오히려 그녀의 경험이 그녀를 현명하게 하였는데,
그녀는 세상을 알았고, 또 그 시험을 견뎌냈기 때문이다. (XIV, 54)

세상을 두루 알고, 그 시험을 통과한 아데라인도 육체적으로 무르익으려면 아직 멀었다. 그렇다면 그녀의 육체는 아직 성에 눈을 뜨지 못하고 있다는 뜻이다. 아데라인의 여성성을 통해 시인은 여성성에 내재한 미묘하고 섬세한 부분까지 놓치지 않고 있다. 그것은 또한 바이런이 여성성을 이해했기 때문에 가능한 것이다. 나아가 시인은 다양하게 위장하고 있는 인간의 참모습을 끄집어낼 수 있는 것이 성이라 보았으며, 동시에 가장 억압당하는 것도 바로 성으로 파악한 것이다.

하지만 크로노토프 세계에서 주안이 우연히 만나는 여성 인물이 '육체의 자매들' 뿐이었다면 이 작품은 여성과 여성성에 대한 시인의 편향된 시각의 산물로 볼 수 있을 것이다. 그래서 시인은 육체성에 치우친 '육체의 자매들'과 다른 마음과 정신이 강조되는 여성 인물을 창조함으로써 육체성이 강조되는 여성 인물에 수정을 가하고자 한다. 그  여성 인물은 오로라 래비다. 오로라는 북극광, 새벽의 여신이다. 시인은 오로라와 같은 이상적인 존재의 탄생을 이미 '그리스 편'의 하이디에서 암시하였다. 하이디는 주안과 서로 사랑했지만, 그 사랑이 깨어지자 주안과의 사이에서 생긴 아이를 가진 채 죽은 여성이다. 하이디의 육체는 자연이었다. 그녀는 철저히 자신의 자연성에 따라 행동하였으며, 그것이 제재를 받자 육체적 죽음을 택하였다. 하이디는 인간의 세상에 살기에 너무 순수했기 때문에 이 타락한 세상에서 물리적 죽임을 당했다.[6] 그러나 그녀는 생명의 분위기(III, 74)를 남기고 죽음으로써 새 생명에 대한 가능성을 배제하지 않았다. 하이디는 그녀의 임신에서 보듯이 인간의 생명도 자연처럼 끊임없이 순환하고 있음을 암시한다. 하이디의 죽음은 '영국 편'에서 오로라 래비의 생명으로 순환한 것이다.

하이디가 남겼던 아름답고도 죄의 죄 없는 아이를 선한 순수함의 씨앗으로 해석해 주기를 바라는 듯 그녀는 죽었지만, 그녀가 남긴 가치들은 주안의 나머지 생과 함께 한다. 그러면서도 시인은 하이디의 사랑이 왜 실패해야만 했는지 그녀가 왜 그렇게 모질게 죽어야만 했는지 끝내 명쾌한 해답을 말하지 않는다. 그녀의 모진 성격을 탓하거나 순수한 자연 같은 여성성을 탓하기에는 주안과 하이디의 사랑은 너무 순수하고 무조건적이지 않았던가! 그렇기에 그 하이디는 죽었으나 죽지 않고 주안의 마음속 깊이 살아있음이 틀림없다.

절벽 아래에서 섬 처녀가 왔다.
　동굴이 가까워지자 그녀는 발걸음도 가볍게 서둘렀다.
태양의 첫 광선이 그녀에게 미소를 띠고 있는 동안
　어린 오로라가 그녀에게 이슬 맺은
입술로 입맞춤하는 동안 그 둘을 보게 되면
　너무나 똑같아서 실수할 것이다.
사람이지만, 신선하고 아름다워서
공기가 아닌 모든 장점을 가졌기 때문이다. (II, 142)

그리스 편의 하이디는 영국 편의 오로라를 점지한 여성이다. 하이디는 북극광 어린 오로라와 자매였기 때문에 그 오로라 빛이 구체화하여 영국 편에서 하이디의 자매로 다시 살아난 것이다. 오로라는 영국에서 다시 태어난 하이디의 화신이며[7] 하이디의 변형이다.[8] 나아가 자연의 신부 하이디를 문명화한 상대역이다.[9] 이처럼 평자들은 한목소리로 하이디와 오로라의 유사성을 지적한다. 그렇다면 시인은 그리스 섬의 하이디를 노만 애비의 오로라로 재생시켰다고 볼 수 있다. 하이디는 더욱 완벽하고 흠 없는 인물 오로라가 되어 영국 편에 등장함으로써 그녀의 죽음은 충분한 보상을 받은 셈이다. 시인은 하이디의 죽음을 헛되게 하지 않고 구원의 가능성을 열어놓았는데, 그것이 오로라의 등장으로 확인된다.

> …… ㅡ그곳에는
> 상류사회의 아름다운 미녀, 그녀의 계급보다 더 훌륭한
> 　참으로 아름다운 미녀,
> 오로라 래비, 생명에 빛을 내리는 어린 별,
> 　거울에게는 너무 상냥하고 아름다운 이미지,
> 균형이나 틀이 겨우 잡힐 듯하는, 사랑스러운 존재,
> 가장 아름다운 잎을 감추고 있는 장미가 있었다. (XV, 43)

상류사회에서 아데라인 계급보다 더 훌륭한 참으로 아름다운 미녀는 오로라 래비다. 아데라인과 달리 그녀는 자신을 드러내려고 하지 않는다. 오로라가 암시하듯 그녀는 생명에 빛을 내리는 어린 별 같은 존재다. 그녀는 새벽의 극광처럼 순수하고 세상에 살기에 너

무 아름답다. 그녀의 이름 오로라가 암시하듯 그녀는 별처럼 먼 이상적인 존재다. 그러나 해가 뜨면 사라지는 별이다. 오로라가 순수의 상징일지라도, 아주 이상적으로 묘사될지라도 그녀는 결코 낭만적이지 않다.[10] 따라서 그녀의 모습은 낭만주의 시에서 볼 수 있는 워즈워스의 자연화한 '도로시'Dorothy, 콜리지의 신비화한 '크리스타벨'Christabel, 셸리의 이상화한 '에밀리'Emily, 그리고 키츠John Keats, 1795~1821의 초자연적이고 괴기스러운 '귀부인'La Belle Dame 같은 그런 여성 인물의 버전이 아니다.

바이런의 작품 속에서 살아난 여성들은 뜨거운 피와 살을 가진 인간이다. 이 점이 바이런을 동시대 다른 낭만주의 시인들과 차별화하는 것이다. 영국의 도덕가인 척하는 낭만주의 시인들은 육체성을 인정하기를 달가워하지 않았다. 그들에게 사우디Robert Southey, 1774~1843와 워즈워스는 도덕성에 대한 시적 등가물이다. 그러므로 그들 역시 육체성의 특성을 놓치는 잘못에 빠진다. 육체성의 특성을 배제하고 정신을 육체에서 분리할 때 결과적으로 무질서가 발생할 수 있다는 말은 의미심장하다.[11]

'오로라'의 별의 비유는 오로라를 초월적 존재, 즉 정신적 존재로 여기게 한다. 그러나 오로라가 하이디의 새 버전으로 본다면 그녀는 결코 초월적이고 정신적인 존재는 아니다. 오로라가 사는 곳은 비현실적인 세상이 아니라 이곳 진토의 현실이기 때문이다. 그녀는 하이디의 고립되고 외롭고 먼 낙원 같은 섬이 아니라, 오히려 구체적이고 실제적인 이 땅에 뿌리를 내리고 있다. 더욱 중요한 것은 오로라의 주위를 에워싸고 있는 것에는 타락의 분위기와 죽음의 암시가 전

혀 없다는 점이다.[12]

오로라는 깊고 다층적이며 많은 해석의 여지를 남기는 여성 인물이다.

> 부자였고, 고상하였지만, 보호자의
>   선하고 친절한 보살핌에 맡겨진 고아였다.
> 그러나 아직도 그녀의 모습은 너무나 외로워 보였다! (XV, 44)

오로라는 부자이고 고상하다. 그러나 그녀는 선하고 친절한 보살핌에 맡겨진 고아다. 그래서 그녀의 모습은 너무나 외로워 보인다. 오로라는 이 작품에서 레일라와 더불어 고아다. 레일라가 무슬림이라면 그녀는 주안과 함께 가톨릭이다. 가톨릭 고아 오로라는 권태의 상류사회에서 벗어나 별처럼 초연해 보인다. 이 때문에 오로라는 바이런의 작품 중에서 가장 진지한 인물이라는 평을 받는다.[13] '진지함'은 정신적인 가치의 영역이다. 이것은 그녀를 평가할 적당한 어휘가 없었기 때문이다. 이상적이거나 아름다운 여성이 아니라 가장 진지한 인물이란 표현으로 그녀를 평하고 있는 것으로 미루어 그녀의 존재가치는 지금까지의 어떤 여성 인물과도 같지 않다는 것이 분명하다.

> 그녀의 모습에서 어리지만, 더 어린이 같은,
>   그녀의 눈빛에서는 슬프게 빛나는
> 마치 치품천사熾品天使의 빛처럼 숭고한 뭔가가 서려 있었다.
>   젊지만 모든 시간의 양상을 초월한,

빛나고 진중한, 마치 인류의 타락을 가여워하고,
　슬퍼하는, 하지만 또 다른 범죄를 슬퍼하는,
그녀는 에덴의 문 옆에 서서,
이제는 돌아오지 못하는 이들을 위해 비탄에 젖어 있는 듯이 보였다. (XV, 45)

오로라는 어리지만 더 어린 순진무구한 모습을 하고 있다. 그녀의 눈빛에는 슬픈 치품천사Seraph의 빛처럼 숭고한 무엇이 있었다. 치품천사는 9품계 천사 중 가장 높은 품계의 천사다. 치품천사는 신을 보좌하는 천상적 존재다. 오로라는 지상에 있으며서도 여전히 천상의 숨결을 간직한 치품천사의 자태다. 하이디의 무분별하고 성급했던 육체적 사랑과 비교하면 오로라를 하이디의 버전으로 보기에는 너무 초연하고 육체를 모른다. 그녀도 하이디만큼 어리지만 결코 무분별하지 않다. 하이디는 열일곱 오로라는 열여섯이다. 주안이 스페인을 떠나올 때 나이다. 하지만 그녀는 오히려 세상의 고뇌를 다 알고 있는 것처럼 시간의 양상을 초월한 그러나 빛나고 진중한 표정을 짓고 있다. 그 표정은 세상을 긍휼히 여기는 듯한 미소다. 그래서 그녀는 종교적 아이디어에 더욱 가깝다.[14] 하이디는 또 다른 에덴에 살고 있었기 때문에 그녀의 섬은 폐허로 변하였다. 반면에 오로라는 에덴의 문 옆에 있다(XV, 45). 시인은 오로라를 에덴의 문 옆에 세움으로써 인류를 구원으로 인도하려는 것일까? 그럴 수 있다. 그런데 문제는 오로라의 다층적 모습이다. 그녀는 성스러운 존재도 그렇다고 세속적인 존재도 아니다. 육체와 정신 사이, 몸과 마음 사이, 하늘과 땅 사이, 에덴에 완전히 들지 못하고 에덴의 문 옆에 있는 신비한 존재다.

…… 혼자
꽃이 자라듯, 그렇게 조용하게 그녀는 성장하였고
그녀는 가슴 안에 마음의 평화를 간직하고 있었다.
그녀가 받는 존경에는 경이가 있었다.
그녀의 영혼은 주위 세계에서 멀리 떨어져
그 자체의 강한 힘으로 옥좌에
앉아있는 것처럼 보였는데, 그렇게 어리다는 것이 가장 이상했다.
(XV, 47)

이제까지 주안이 만났던 여성들은 어떤 여성이든지 육체적 욕망을 발산하거나 극도로 억압하여 그 욕망으로 파멸하는 성향을 보여주었다. 그러나 오로라에게서는 하이디에서처럼 파멸적 육체성은 조금도 보이지 않는다. 그녀에게서는 인간적 결점도 보이지 않는다. 그녀는 경이로운 존재다. 여러 여성 가운데 자신만의 고유한 영역을 만들어 그 안에 존재하는 그녀의 정신은 모든 사람의 위 옥좌에 앉아 있다. 이처럼 오로라의 전 존재는 고귀한 정신 영역에 속한다. 그런데도 그녀는 초월적인 존재이기보다는 만인에게 빛 같은 존재다. 어떤 행동도 성격도 보이지 않는 참으로 역설적 존재다.

바이런은 여성성의 실체를 반-영웅 주안을 내세워 체험하게 하였다. 주안은 여성의 에로틱한 육체성에 수동적 반응으로 일관했다. 시인의 이 같은 여성 육체성의 강조는 역설적으로 정신과 육체가 서로 분리될 수 없다는 철학이 깔려 있다. 동시대인들이 바이런의 감성

결핍을 탓하였다면 우리는 바이런의 이성 결핍을 탓해야 할 것이다. 그러나 바이런은 감성과 이성 둘 모두를 가지고 있었으며 둘 모두를 사용했다는 점을 이해해야 할 필요가 있다.[15] 따라서 인간을 몸과 마음, 육체와 정신의 통합체로서 인정할 때 그 접점과 분기점은 있을 수 없다. 바이런에게 있어 육체의 일회성과 영혼의 영원성이 모두 똑같이 바람직하다. 시인은 양가적 가치에서 그 어떤 것에도 절대적 지지를 하지 않았으며 그것이 신앙이라도 양가적 입장을 취한다.[16] 바이런은 선과 악, 빛과 그림자, 긍정과 부정의 대립 쌍을 동시에 견지하는 것이 일생의 숙제였다. 육체와 정신, 몸과 마음 둘 사이에서 머뭇거리면서 아무것도 필요하지 않은 석상石像이 되고자 한 것이다.[17] 그러므로 어느 한쪽을 배제할 것이 아니라 육체와 정신이 서로를 보완하는 불가분의 관계를 인정해야 할 것이다.

오로라는 육체도 정신도 완전히 발현되지 않은 에덴의 문 옆에서 있는 역설적인 여성 인물이다. 문은 안과 밖의 경계를 짓는다. 오로라는 에덴과 진토를 경계 짓은 영역에 있는 여성이다. 에덴의 문 안에 있다면 오로라는 이미 초월적 존재로 '육체의 자매들'에 포함되지 않는다. 반면 에덴 문 바깥에 있다면 그녀는 에덴에서 배제된 존재로 육체의 자매들에 포함된다. 그녀는 에덴의 문 옆에 서 있는 존재로서 마치 천국의 문에서 그 열쇠를 쥐고 있는 베드로처럼 사람의 드나듦을 관장하는 인물이다.

…… 그녀는 그곳에 손님으로 와 있었고,
계급과 젊음에 있어, 나머지들보다 더 순수하였지만

반짝이는 물마루 위로 시간이 한순간 발하듯
광선속에서 잠시 흘러내린 찬란한 시내의
아름다운 파문이었다.
그녀가 이 사실을 알았더라도, 그녀는 조용히 미소 지었을 것이다.
그녀는 너무 어리거나, 어리지 않는 아이였다. (XV, 55)

아데라인의 노만 애비에 모인 손님들 중에서 오로라는 아름다운 파문이다. 그녀가 일으킬 파문은 물마루에서 발하는 광선처럼 그렇게 순수하고 아름다운 것이다. 오로라는 자신이 아름다운 파문이라는 사실을 알았더라도 조용한 미소로 답할 여성이다. 이 같은 오로라의 모습은 희망을 상징한다.[18] 그러면 그 희망은 무엇일까? 구원에 대한 희망일까? 인간에 대한 희망일까? 아니면 사랑에 대한 희망일까? 그녀에게서 우리가 구할 수 있는 희망은 그 모든 것이다. 희망은 사랑, 추억, 고향, 순수, 자유 등과 연결되기 때문에 이러한 것이 없는 과거는 회상할 수 없고 미래라는 것도 황무지에 지나지 않는다.

완벽한 여성의 표본처럼 묘사되었던 아데라인도 오로라의 눈 부신 빛 앞에서 빛을 잃고 모든 재능은 무색해진다.

저돌적이고 오만한 태도의 아데라인도
그녀에게는 강압적이지 못했다. 그녀는 따뜻하게 빛나는 불빛같이
그녀에게서 눈부신 빛을 보았는데,
그 빛은 더 높이서 광휘를 발하는 별로 변했다. (XV, 56)

줄리아, 하이디, 걸베야즈, 두두, 캐서린은 하나같이 육체성이 부각된 '육체의 자매들'이었다. 육체성의 부각은 인간을 연약하고

유한한 존재로 끌어내린다. 그러나 오로라에게서 묘사되고 있는 것은 연약하고 유한한 육체성을 초월한 그 무엇이다. 그녀가 등장하기 전까지 정신이 강조되던 유일한 인물은 레일라였다. 시쳇더미 속에서 발견된 빛나는 얼굴의 그 여자아이는 정신적으로 주안을 강하게 끌어당겼다. 그때의 빛나던 레일라의 얼굴은 광휘에 해당된다. 여기의 오로라는 그 광휘에 휩싸여 있다. 그 광휘가 더 높은 곳에서 별로 변하면서 이 작품에서 어느 여성도 할 수 없었던 역할을 이제 오로라가 떠맡는다.

오로라는 주안이 이제까지 한 번도 경험해보지 못한 성격과 분위기를 가진 여성이다. 그녀 앞에서 주안은 잃어버린 하이디를 떠올리며 그녀와 비교해본다.

> 주안은 그녀와 같은 인물을 보지 못했으며,
> 　고상하여, 그가 잃어버렸던 하이디와 닮지 않았다.
> 그러나 저마다 자신의 고유한 영역에서 빛나고 있었다.
> 　섬 아가씨는 외로운 바다에서 자라,
> 더 따뜻했으며, 사랑스러운 만큼, 적지 않게 진실하여,
> 　자연의 모든 것이었다. 오로라는 그렇지 않았으며
> 그럴 수도 없었다. 그들의 차이점은
> 꽃과 보석의 그런 차이였다. (XV, 58)

하이디와 오로라의 차이는 꽃과 보석의 차이다. 꽃은 식물의 결정체라면 보석은 광물의 결정체다. 꽃은 자연이고 보석은 정교하게 다듬어진 문명이다. 꽃은 시들고 보석은 영원하다. 오로라는 하이디

와 짝을 이루는 영국 여성으로 상정되었다. 그러나 그녀는 하이디의 비극적 운명을 완전히 의식하고 있다.[19] 왜냐하면 앞에서 이미 살펴보았듯이 그녀는 세상을 슬프게 내려다보고 있기 때문이다. 그리고 그 이름이 암시하듯 오로라는 새벽이며 새로운 날의 시작이다. 이와 반대로 하이디는 순수와 경험, 정교도와 이교도, 생명의 수호자와 집행자, 어머니와 딸, 아내와 정부, 공주와 범죄자 역할을 망라하였다. 이 같은 하이디의 역할은 죽어서 예술적 객체로 승화되어, 마침내 오로라의 광휘로 빛나면서 작품의 나머지 부분을 밝게 비춘다. 만약 하이디가 창조되지 않았더라면 순수 자연과 순수 이상이 결합한 오로라는 창조될 수 없었을 것이다.

오로라가 보여주는 가치들에 주안은 반응하고 생각하며 심지어 그 가치를 분석하기까지 한다. 전복된 영웅 주안, 카사노바와 함께 치명적 유혹의 아이콘이었던[20] 그는 이상적 여성 인물에 대한 기준을 상당히 높게 잡고 있다. 그런 주안은 결코 성격이 없는 인물이 아니다. 주안은 오로라의 무관심에 관심이 쏠리면서 그녀의 무관심에 불쾌감마저 느낀다.

> 오로라는 마땅히 그렇게 해야되는 것처럼,
> 　용감한 기사를 화나게 하는 그런 무관심으로 앉아있었다.
> 모든 불쾌감 중에서 가장 불쾌한 무관심,
> 　그건 당신이 일고의 가치가 없다는 것을 의미한다.
> 이제 주안은, 겉치레로 멋쟁인 척 하지는 않지만,
> 　그런 대접은 엄밀히 말해서 기분 좋은 것은 아니었다.
> 그것은 멋진 배가 빙산에 갇히거나,

훌륭한 충고를 많이 듣고 난 뒤의 기분 같았다. (XV, 77)

주안이 스페인을 떠난 후 오랜 시간이 흘렀다. 그는 시간의 흐름과 함께 여러 가지 말할 수 없는 풍상을 겪으면서 많은 낯선 경험을 했다. 그의 이동성에는 자연만이 유일한 안내자였다.[21] 그는 본성에 따라 움직였으며, 여기까지 독자들도 함께했다. 주안은 여성들의 주도권과 선택에만 의지하여 살아왔다. 주안은 생각 없이 행동하는 반-영웅적 인물의 전형이었다. 그러나 오로라 앞에서 그는 이제까지와 다른 새로운 감정을 갖는다. 주안은 생각하고 있으며 오로라의 무관심에 심히 불쾌해한다. 무관심은 불쾌감 중 가장 불쾌한 것이다. 그것은 당신이 일고의 가치가 없다는 것을 의미하며 멋진 배가 빙산에 갇힌 것처럼 답답하고 훌륭한 충고를 많이 듣고 난 뒤의 기분처럼 씁쓸한 것이다. 이러한 오로라의 무관심에 주안은 자석처럼 끌리는 자신을 본다.

주안은 오로라 앞에서 자신이 스페인을 떠날 때 두고 온 뭔가가 되살아나는 느낌이 든다. 그것은 이상적이고 신성한 느낌, 그 무엇이다.

그는 아무것도 즐겁지 않았다. 아무런 응답도 받지 못했다.
　아니면 아무것도 아닌 도회지 풍의 뭔가를 받았다.
오로라는 거의 옆을 보지 않았다. 심지어
　허영심을 채울 미소도 짓지 않았다.
악마가 그 아가씨 속에 있었다! 그건 자존심인가,

겸손일까, 방심일까, 우둔함일까?
누가 알겠는가! …… (XV, 78)

오로라는 시종일관 앞만 보고 있다. 이렇게 낯설고 새로운 유형의 여성 앞에서 주안은 당황한다. 여성의 육체에 맹목적으로 반응했던 그가 육체적 유혹의 기미가 없을 뿐 아니라 알 수 없는 오로라의 성격 앞에서 당황하고 있다. 역설적이게도 주안은 오로라의 무반응에 반응한다. 오로라의 무관심해 보이는 속마음을 헤아리기 위해 오만과 겸손 등 적합한 단어를 생각해 본다. 오로라는 비록 그것이 겉치레일지라도 허영심 같은 미소도 짓지 않는다. 오로라는 역설적으로 무반응과 무관심으로 주안을 생각하게 한다.

표면상으로 육체적 유혹과 반응은 분명하다. 그것은 자연의 일부로 몸이 반응하는 대로 움직이면 된다. 그러나 우리의 마음속에서 일어나는 정신적 반응은 보이지 않는다. 오로라는 정신적 인물로 그녀의 파악하기 힘든 성격과 흥미로운 역할[22] 때문에 주안은 다른 어떤 여성들보다 그녀에게 끌리고 있는 자신을 발견한다(XV, 80). 이 점에서 오로라는 이 작품에 나타나는 여성의 육체성을 논할 때 매우 중요한 위치를 차지한다.

시인은 '육체의 자매들'을 통해서 여성의 심리를 매우 섬세하게 파악하고 그것을 솔직하게 표현하고 있다. 이는 시인의 작품이 재평가되는 가치이기도 하다.[23] 시인은 불가해한 성격의 여성 인물 오로라 등장시킴으로써 육체의 자매들에게 가했던 여성성에 대한 새로운 평가를 시작한다. 노만 애비에서 만난 오로라로부터 아무런 관심을 얻지 못한 채, 즐거운 하루가 김빠진 샴페인처럼 증발해버리고 주안은 잠자리에 든다. 아침이 되어 애비의 손님들은 아침 식사를 위해 모두 살롱으로 모인다.

> 그녀는 주안이 창백한 것을 보고 그녀 자신이
> 　창백해졌다. 그리고 나서 급히 아래를 내려다보고는
> 뭔가 중얼거렸지만 내 이야기에서는 말하지 않은 것이다.
> 　헨리 경은 머핀에 버터가 잘못 발렸다고 말한다.
> 피츠 펄크 공작부인은 베일을 만지작거리면서
> 　주안을 쳐다보았으나 아무 말도 하지 않았다.
> 오로라 래비는 그 크고 검은 눈으로
> 조용한 놀라움으로 그를 살펴보았다. (XVI, 31)

노만 애비의 손님들은 모여서 아침을 먹고 또다시 지루한 하루를 보내야 한다. 오늘 아침에는 주안의 안색이 문제가 된다. 여기서 그녀는 아데라인이다. 그녀는 주안의 창백함에 자신이 창백해지고, 피츠 펄크 공작부인은 베일을 만지작거리면서 아무 말도 하지 않는다. 심지어 오로라 래비도 놀라 크고 검은 눈으로 주안을 살펴본다. 그녀의 크고 검은 눈에서 줄리아와 하이디 같은 잠재된 뜨거운 욕망을 읽을 수 있다. 그러나 그 욕망은 오로라의 정신과 결합된 보다 완벽한 여성성일 것이다.

노만 애비의 아침 식사에서 주안의 창백한 안색이 화젯거리가 되는데, 그 까닭은 주안이 간밤에 보았던 유령 때문으로 밝혀진다. 유령이란 말을 듣고 헨리 경은 주안에게 검은 탁발승 유령을 보았냐

고 물으며 그 실체를 설명한다. 헨리 경의 말에서 검은 탁발승은 마치 터줏대감처럼 노만 애비를 맴도는 유령임을 알 수 있다.

'오, 검은 탁발승, 이 벽의 혼령을
　들어본 적이 없단 말이오?' '정말 들어본 적 없습니다.'
'왜 소문은—소문이란 때로는 거짓말인 줄 알지만—
　나중에는 이상한 이야기가 되지 않소.
시간이 지나면서 유령은 더 소심해지거나
　우리 조상들이 그런 광경에 더 재능있는
안목을 가지던가 하지요. 비록 이야기는 반쯤 믿어지지만
최근에는 탁발승이 자주 나타나지 않는구려.' (XVI, 36)

노만 애비에 출몰하는 탁발승은 헨리 경의 재산증식과 나중에 등장하는 몽크 유령 모습의 피츠 펄크 공작부인과 연결됨으로써 영국 편 후반을 지배한다. 헨리 경은 아데라인에게 '검은 탁발승' 노래를 불러 달라고 부탁한다. 아데라인은 망설이다가 노래를 부른다.

*1*
*조심하세요! 검은 탁발승을 조심하세요!*
*노만 바위 옆에 앉아있는,*
*한밤중에 그는 자신의 기도를 음송하기 때문에*
*그의 매일 미사곡은 사라졌어요.*
*언덕의 군주, 아문데빌은 노만 교회를*
*자신의 전리품으로 만들어*
*탁발승들을 쫓아냈는데, 한 탁발승은*

*아직도 좇아내지 못했어요.*

*……*

*6*
*그가 홀을 걸어 다닐 때 그에게 말하지 마세요.*
*그러면 그도 당신에게 말하지 않을 거예요.*
*그는 음울한 장막을 쓸고 가요.*
*마치 풀 위의 이슬처럼,*
*검은 탁발승에게 행운을, 하늘이여*
*그에게 축복을 내리소서! 좋든 나쁘든,*
*그의 기도가 무엇이든,*
*우리의 기도가 그의 영혼을 위한 기도가 되게 하소서.*[24]

아데라인은 상기된 채 '검은 탁발승' 유령 노래를 부른다. 그녀의 노래에서 노만 애비는 검은 탁발승의 수도원이었음을 알 수 있다. 아문데빌 가문은 수도원에 살고 있었던 모든 탁발승을 쫓아내고 수도원을 가문의 재산으로 만들었지만 한 탁발승만은 쫓아내지 못했다. 아데라인은 아직도 쫓겨나지 않고 노만 애비에 머무는 탁발승의 기도가 무엇이든 자신의 기도가 그의 영혼을 위한 기도가 되기를 노래한다. 아데라인이 불렀던 '검은 탁발승'의 기도 노래는 에덴의 문 옆에 있는 오로라가 구현하려는 기도 같은 느낌을 준다.

오로라에서 시인은 여성의 육체에 대한 자신의 견해에 약간의 수정을 가하면서 정신적인 여성상을 제시하고자 한다. 제도권 안의 줄리아의 육체, 자연 속의 하이디의 육체, 권력과 욕정이 함께 한 걸베야즈의 육체, 권력과 전쟁과 욕정으로 뭉쳐진 캐서린의 육체 등에서는 여성의 육체가 진정한 사랑을 변형시켜 오직 욕망하는 여성성만이 상정되었다. 그들의 사랑은, 그 불타는 정열은 적극적이며 뜨겁고 격렬했다. 그러면서도 무모하고 변하기 쉬우며 끊임없이 동요하는 불꽃이었다. 타오르기 쉬운 만큼 꺼져버리기 쉬운 열병과도 같은 불꽃이었다. 그것은 한마디로 에로스다. 오로라를 이러한 열정적 사랑과 욕망하는 여성성과 같은 맥락에 놓고 보면 그녀를 더 잘 이해할 수 있다. 오로라의 여성성은 절제되고 한결같으며, 안정되고 매우 부드러운, 조금의 고통도 주지 않을 것 같은 따뜻함이다. 나아가 오로라에게서 단순한 이상적 여성상 이상의 요소들을 발견할 수 있는데, 그것은 이 잔인한 진토의 세상을 사랑과 관용으로 수용하는 구원의 역할이다. 그녀에게서는 육체적 욕구나 정신적 갈등이 전혀 없어 보인다. 굳이 찾아보자면 깊은 연민의 모습이 보일뿐이다.

> 이 세상의 뒤얽힌 황무지 너머의 세상에는
> 　그녀의 존재보다 더 많은 것이 있었다. 왜냐하면 그녀에게는
> 가없고, 깊은, 그러나 우주처럼 조용한 생각을
> 　포옹할 감정의 깊이가 있었기 때문이다. (XVI, 48)

여기서 이 세상의 뒤얽힌 황무지는 물론 상류사회를 상징하는 노만 애비다. 오로라는 황무지 같은 노만 애비의 일상사와 진토 같은 이 세상을 초월해서 존재하고 있다. 시인은 공허한 가십과 뒤끓은 여성의 욕망하는 육체, 정치적 모략과 위선이 난무하는, 권태에 뿌리박혀 있는 노만 애비 위에 여성의 정숙과 모성의 환영으로 오로라를 내

세우고 있다. 오로라의 가없는 깊이와 우주처럼 조용한 생각을 포옹할 감정의 깊이는 인류를 깊이 연민하는 성모 마리아 이미지다.[25] 그런데도 그녀는 신비화나 이상화된 인물이 아니다. 그녀의 정숙과 이상적인 특징에도 불구하고 오로라는 현실적 인물이다. 왜냐하면 돌처럼 차가운 대리석으로 서 있는 마리아상이 상실된 신앙을 표상하고 있다면,[26] 그녀는 진실하고 금욕적인 가톨릭이기 때문이다(XV, 46). 그 점에서 그녀는 열정적 섬 처녀 하이디와 완전히 다를 뿐만 아니라 아데라인이 보여주는 상류사회, 즉 희롱, 연애, 위선, 사악한 소문들로 이루어진 사회와도 거리가 멀다. 이러한 오로라와 아데라인, 그리고 곧 등장할 피츠 펄크 공작부인은 영국 여성 삶의 3단계를 나타낸다. 순진한 이상주의, 자아억압, 그리고 명백한 위선이 각각 그것이다.[27]

오로라 앞에서 주안은 변하는 자신을 발견한다. 주안은 여러 다른 공간에서 다양한 개성의 여성들과 모험을 하는 동안 상실하였던 고상한 감정들이 오로라의 순수와 아름다움 앞에서 되살아나는 느낌을 받는다. 주안은 레일라를 만났을 때 그의 도덕적 가치들이 긍정적으로 반응하였으며, 걸베야즈와 캐서린, 그리고 영국 편의 여성들을 만났을 때는 부정적으로 반응하였다.[28] 주안은 상대 여성에 따라 타락과 구원을 경험하는 셈이다.

이제 주안은 오로라 앞에서 환경에 적응하기보다는 그 환경을 지배하려는 의지를 보인다. 여성에게 유혹당하기보다 스스로 여성의 관심을 끌려고 한다.

오로라의 시선이 자신에게 꽂히면서
　그녀의 볼에 어떤 미소가 어리는 것을 보았다.
그는 그것을 정말 잘못 짚었다.
　잘 미소 짓지 않는 사람에게서 미소는
외부의 동기를 설명하는 것이다.
　오로라의 미소에는 감정을 상하게 하거나
희망이나 사랑 같은
숙녀들의 미소에서 찾을 수 있는 어떤 간계도 없었다. (XVI, 92)

오로라의 순수한 미소가 자신에게 꽂히는 것을 느낀 주안은 그 의미를 몰라 어쩔 줄 모른다. 오로라의 미소에는 감정을 상하게 하는 것이나 희망이나 사랑 같은 것뿐만 아니라 숙녀들의 미소에서 느낄 수 있는 가식적인 간계의 흔적도 없다. 그것은 오로라가 사랑과 지식의 상징, 인류의 역사적 범죄, 치품천사 같은 초월적 상징, 새 이브의 상징이기 때문이다.[29] 오로라에 대한 이 같은 정의는 그녀를 인류를 영원한 타락과 죄의 구렁텅이로 떨어뜨린 이브와 달리 인류를 구원으로 이끌 인물로 만든다.

그것은 다만 조용한 명상의 미소,
　놀람과 연민을 암시하는 미소였다.
주안은 적어도 그녀의 관심을 끌었기 때문에,
　안절부절 얼굴이 붉어졌는데
그건 현명하지 못하고 재치는 더욱 아니었다. (XVI, 93)

오로라는 조용한 명상의 미소, 놀람과 연민의 미소를 짓고 있는데, 그것은 인간 타락에 대한 깊은 통찰과 사랑에서 우러난 것이다. 오로라는 오로지 침묵으로 일관하고 있는데, 사실 침묵은 가장 강력한 육체적 표현의 수단이다. 또한 침묵은 벌과 자책의 표시다.[30] 이 침묵 때문에 작품 속의 어떤 여성도 오로라와 비슷하지 않다는 것이 다시 강조된다. 조용한 명상의 미소를 짓고 있는 오로라의 관점에서 보면 이 작품 전체를 관통해서 흐르고 있는 '타락'의 원인 중 하나는 '말'이다. 알폰소에게 자신의 불륜 현장이 들켰을 때 줄리아의 쉴 새 없이 쏟아내던 말, 그 장황했던 말은 타락을 상징한다. 악몽과 함께 등장한 아버지 람브로를 향해 횡설수설하던 하이디의 말은 그녀와 주안의 신방을 풍비박산으로 만들고 섬 전체를 폐허로 만들었다. 이도 일종의 타락이다.

지금 오로라의 침묵은 무엇을 의미하는 것일까? 인류의 타락을 슬퍼하는 것일까? 그녀의 침묵은 주안으로 하여금 침묵하게 만드는 힘이 있다.

> 사실 주안은 오로라의 눈길에서 자신의 침묵을
>   그녀가 인정하는 것을 알아차렸다. 그녀는 아마도
> 그 동기를 우리가 신세 진 자비를
>   부재자에게는 좀처럼 갚지 않거나
> 더이상 쳐다보지도 않는 것으로 여기는 듯했다. 당연하든 않든 간에
> 그랬다.
>   그러나 주안은 구석진 곳에서 조용히 앉아,
> 공상에 잠겨 거의 보지 못했지만,

그 정도는 보았고, 그걸 보아서 기뻤다. (XVI, 106)

주안의 행동이 상대 여성에 따라 달라지는 상대적 특징을 갖는 것은 이미 보았던 사실이다. 그것은 상대 여성들이 주안의 영혼 상태를 나타내기 때문이다.[31] 그런데 오로라 앞에서 주안은 자신의 인생과 사랑에 있어서 오랫동안 상실하였던 자신감을 회복하는 모습을 보여준다.[32] 이는 오로라가 나타내는 가치들이 긍정적인 것을 의미한다. 그렇다면 주안의 성격도 오로라의 긍정적인 가치에 걸맞게 발전할 수 있을 것이다.

오로라의 등장은 정신적 문제와 연결되는데, 여기서 바이런이 강조한 것이 과연 여성의 육체뿐인가 하는 물음이다. 오로라를 보면 그렇지 않다는 것을 알 수 있다. '영혼은 영원하다'고 바이런은 일지에 적고 있다.[33] 신체적 행동과는 달리 정신적 작용은 타인의 눈에 보이지 않는다. 정신적 사건은 우리가 마음이라고 일컫는 공간에서 일어난다.[34] 그것의 작용은 개별적이고 사적이며 의식적 작용과정이다. 여기서 오로라와 주안이 교류하고 있는 수단은 순전히 정신적 영역으로 그것은 침묵이다. 침묵은 영혼과 대화하는 유일한 언어다.

가장 값진 것에서 그는 존경을 받았다.
그리고 확실히 오로라는 그가 최근에 상실하였던
어떤 느낌들이 되살아나게 하였다.
아니 강화하였다. 아마도, 그 감정들은, 이상적인,
아주 신성하여 실제라고 여겨지는 그 무엇이리라. (XVI, 107)

이제 작품에서 시인이 추구하는 궁극적 목표가 보이는 것 같다. 시인은 계속해서 강조하던 여성의 육체에서 벗어나 이상적이고 아주 신성한 그 무엇을, 정신적 가치의 소중한 그 무엇을 말하고자 한다. 오로라에서 보듯이 바이런은 사랑의 본질은 신성해야 하고 어떤 면에서 신학적 경건함이 있어야 한다고 정의한다.[35] 신학적 경건함과 어우러진 오로라는 이상의 가능성 땅 위에서 가장 완벽한 사랑이 되는 것이다.[36] 결국 시인이 던지는 메시지는 이상적 여성 오로라를 통한 주안의 구원으로 모아지는 것이다. 주안이 오로라와 육체적 사랑에 빠지지 못하는 것은 주안을 타락에서 구원하고자 하는 시인의 의도가 아니었을까 추측해 볼 수 있다. 바이런은 '희망이 없다면 미래가 어디 있겠는가?'[37]라고 했다. 그렇다면 이 작품에서 오로라가 암시하는 희망은 구원의 희망을 약속하는 미래상이다. 그래서 영국편은 지상천국과 그 희망의 변주곡이 된다.[38]

여기서 잠시 바이런이 생각하는 육체와 그리스도교적 육체가 갖는 의미를 주목해 볼 필요가 있다. 그리스도교의 경우 보편적 진리에 의한 완전한 자유를 달성하기 위해 육체로부터 영혼을 분리하고자 한다. 동시대인들은 영혼과 육체, 정신과 몸, 이 둘을 별개로 다루었다. 하지만 바이런이 제시하는 육체는 적당한 통제를 통한 완전한 자유에 이르고자 하는 것이다. 그러므로 바이런의 육체는 영혼과 분리되는 것이 아니라 영혼과 공존하는 것이다.

바이런은 자신 안에 햄릿Hamlet과 폴스태프Falstaff가 공존하는 인물이다.[39] 이 점이 바이런의 가장 큰 특징 중의 하나로 양가성인 것이다. 정신과 육체, 이성과 감정, 선과 악 등은 이성이 지배하던 서구의 정신사에서 뚜렷한 이분법을 보여 주지만 바이런은 결코 그 어느 한 편에 치우치지 않고 끝까지 두 개의 가치를 동시에 표현하려 하였고 두 개의 세계에서 갈등하였다. 바이런은 정신과 육체, 영원과 순간이라는 양날 위에서 균형을 유지하는데 그것은 인간 심리의 양면성을 묘사하는 것이다.[40] 그리고 이 문제의 핵심은 바이런의 태도는 결코 어느 편도 절대적으로 지지하지 않는 데 있다.[41]

그렇기 때문에 시인은 오로라를 내세워 그녀가 주안에게 하나의 획기적 역할을 할 가능성을 보여주었다. 하지만 주안은 오로라의 경건성과 결합하지 못하고 다시 피츠 펄크 공작부인과 육체적 사랑에 연루됨으로써 양가적 가치에서 균형을 이루지 못하는 한계를 보여준다. 이것은 육체와 정신의 모순인 동시에 유혹에 약한 주안과 인간 일반의 한계이기도 하다. 주안은 곧 만나게 될 피츠 펄크 공작부인의 유혹에 휘말려 들어간다. 그녀는 피가 뜨겁게 흐르는 육체를 몽크 의상으로 감추고 있다. 피츠 펄크 공작부인은 육체적으로 솔직한 인물로 주안에게 적극적 육체적 공세를 퍼붓는 '육체의 자매들' 중의 하나다. 그녀는 희롱하고 남을 이간질하기를 좋아하는 상류사회의 악덕을 가지고 있다. 그녀가 주안을 다루는 솜씨는 노련할지는 모르나 진실성의 결여는 분명하다.

> 피츠 펄크 공작부인은 이간질하길 좋아하여,
> 약간의 희롱으로 그를 다루기 시작하였다. (XIV, 41)[42]

피츠 펄크 공작부인은 요염하며 에로틱한 매력의 여성이다. 그녀는 하렘 궁전에서 보았던 두두의 버전이다. 하지만 두두와 다른 점은 피츠 펄크 공작부인은 자신의 여성성을 자유롭게 해방시키려고 하는 점이다. 그 자유로움은 죽음의 오염으로부터도 자유로운 것이다.[43] 여기서 죽음의 의미는 무엇일까? 육체적 죽음일까, 정신적 죽음일까? 그 죽음은 억압된 욕망의 주체, 여성성의 죽음을 의미한다. 왜냐하면 피츠 펄크 공작부인에게서 여성성의 죽음이 자유로운 해방으로 나타나기 때문이다. 그리고 그녀에게서 여성성의 자유로운 해방과 가부장제도의 권위와 질서에 도전하고 상류사회의 위선을 풍자하는 주체적 여성의 이미지를 볼 수 있기 때문이다. 그녀는 더욱 철저하게 에로틱하여 부동의 '육체의 자매들' 전형이다. 그녀는 성욕과 의지의 인물이다.[44] 주안이 하렘에서 두두에게 보여주었던 남성성을 이제 피츠 펄크 공작부인에게 베풀고자 한다. 피츠 펄크 공작부인에게서 성은 억압되고 음울하고 죄의식을 유발하는 것이 아님을 보게 된다. 여성 육체를 억압하는 요소를 던져버린 성은 오히려 아름답고 쾌활하여 불결한 흔적은 조금도 없다. 피츠 펄크 공작부인을 통해 바이런은 성도덕의 가치관을 우울한 것에서 즐거운 것으로, 신랄한 풍자에서 안락한 현실로, 통명함에서 상냥함으로, 그리고 가장 세련된 감성으로 이끈다.[45]

……

완숙한 헤베의 여신 피츠 펄크, 그녀의 마음은
만일 그녀가 마음을 가졌다면 얼굴에 나타나는 것이었다.
그리고 그것은 매혹적인 것이었다.

얼굴에는 또한 장난기가
　조금 보였지만, 그렇게 많이 보이지는 않았다. (XV, 49)

헤베Hebe는 그리스 신화에서 청춘과 봄의 여신이다. 피츠 펄크 공작부인은 청춘과 봄의 여신처럼 활기차고 생명력이 넘친다. 그녀는 마음을 가졌다면 그것은 얼굴에 나타나는 것이다. 마음이 얼굴에 나타나는 것은 정신과 육체가 일치를 이루기 때문이다. 그녀는 솔직한 인물이다. 피츠 펄크 공작부인은 솔직한 인물임에도 불구하고 캐서린 여황제와 함께 색정광으로 평가된다.[46] 하지만 피츠 펄크 공작부인는 결코 색정광으로만 볼 수 없는 자유롭고 생명력에 찬 건강한 여성성을 발산하는 인물이다.

유령, 만약 그것이 유령이었다면, 영원히
　성 두건 아래 숨어있던 상냥한 영혼 같았다.
보조개 파인 턱과 상아 같은 목으로
　살과 피같은 무엇이 흘러 들어갔다.
검은 담비 프록과 음울한 두건은 뒤에 늘어져
　슬프게도 그것들이 다 드러나지 않은
요염한, 아담한 체구의
장난기어린 우아함의 유령—피츠 펄크였다! (XVI, 123)

여기의 유령은 두건 아래 따뜻한 살과 피를 가진 피츠 펄크 공작부인이다. 그녀의 두건은 사랑의 가면을 쓴 욕정이다. 그녀의 몽크 유령 복장은 이중역할을 한다. 몽크 유령 복장이 암시하는 것은 육체에 관한 우리의 뇌리에서 떠나지 않는 신비를 상징한다면, 그 상징은 장난기어린 우아함의 유령으로 바뀌어 영국 사회를 지배하고 있던 신화를 해체한다. 그것은 교회 전통과 그 죽음을 상징한다. 시인은 영국의 가치들, 특히 사회 전반을 짓누르고 있던 신앙의 허상을 파헤치고 비웃으며 모든 위선적 도식의 허구성을 강하게 암시한다.[47] 이것은 바이런이 영국 문화권에 도전장을 던지며 그 위선과 허위의식을 벗어던지라는 명령이다.

피츠 펄크 공작부인의 보조개 턱과 상아 같은 목에는 '살과 피' 같은 무언가가 흐르고 있다. 그녀의 몸에서는 따뜻한 온기가 느껴져 순전히 에로틱한 본질을 상징하며,[48] 바로 이런 묘사에서 여성성과 에로틱한 매력의 여성 이미지를 볼 수 있다.[49] 바이런의 에로스는 불신, 위선, 부도덕, 전쟁, 폭정, 인간의 본성을 왜곡하게 하는 그 모든 제도에 반대한다. 바이런이 좋아하였던 아나크레온은 "에로스만이 시들지 않는 도금양이다"(XVI, 109)라고 했다. 아나크레온은 사모스 섬의 폴리크라테스Polycrates 휘하의 궁정시인이었다. 그는 에로스를 찬미한 것으로 유명한데, 도금양은 불멸의 사랑, 인간과 신의 즐거움, 생명의 비너스를 상징한다. 에로스를 부정할 때, 그것은 에로스의 억압으로 나타난다. 그것은 사랑, 즐거움, 생명의 부정이다.

> 최선은 유령이든 아니든 조우하는 것,
> 　말하기는 어렵지만 주안은
> 고딕 창문으로 들어오는 빛을
> 　견디지 못하는 눈으로 파리하고 지쳐서

마치 한 사람 이상과 결투를 한 것 같았다.
뭔가 책망하는 자세의 그녀의 우아함 역시
창백하고 오싹해 보였다. 마치 그녀가
불침번을 섰거나 잠을 잔 게 아니라 꿈을 꾼 것처럼 보였다. (XVII, 14)

위의 인용은 작품의 마지막 장면이다. 작품은 칸토XVII, 스탠자 14, 바로 여기에서 불시에 끝난다. 주안은 검은 탁발승 같은 유령 모습의 피츠 펄크 공작부인을 바라본다. 그녀는 우아하지만 책망하는 자세로 주안을 보는 듯하다. 탁발승 같은 유령 모습에 주안은 오싹함을 느낀다. 유령은 살아 있지만 이제는 죽은 존재다. 영혼은 유령과 다른 존재다. 영혼은 다른 세계, 가멸의 인간과 다른 영역에 존재한다. 허구와 마음의 존재는 영혼보다는 유령에 더 가깝다. 유령과 사자死者의 영역은 허구이며, 그렇다고 해서 그것이 진실이나 실제가 아니라고 하지 못한다.[50] 모호한 유령 모습의 피츠 펄크 공작부인의 사랑은 허구와 실제가 아닌 것처럼 구체성이 없다.

바이런은 왜곡된 사랑의 모습을 제시하면서 끊임없이 인간성의 상실을 환기한다.[51] 그렇게 함으로써 시인이 진정으로 추구하고자 했던 것은 완전한 사랑의 경험은 육체와 정신 그리고 영혼이 결합된 것이며 그것이 최종 목표였다고 본다.[52] 이는 당연한 결과다. 그러므로 우리에게 가장 바람직한 여성이란 육체와 영혼, 몸과 마음을 조화시킨 여성이다. 사실 바이런은 일생 동안 그것이 사회적이든 개인적이든 서로 상반된 가치를 자신의 작품 속에 재구축하였다.[53] 하지만 작품은 주안이 피츠 펄크 공작부인과의 육체적 사랑에 연루될 가능성을 보여주는 바로 이 시점에서 끝났기 때문에 미완의 유작이 되었다. 그러므로 결말은 유보적이다. 이제 주안은 어떻게 되는가? 주안의 모험은 어떻게 전개되는가? 주안은 결혼하는가? 결혼하면 누구와 하는가? 오로라는 어떻게 되는가? 레일라는? 이 작품이 나온 1824년부터 미완의 부분을 보충하는 논문들이 발표되고 있으나 시인의 의도는 물론이고 작품이 어떤 결말로 향해 나아갈지 아무도 알 수 없다.[54]

바이런의 죽음으로 작품은 미완의 유작으로 남았다. 시인은 자비를 들여 자신의 혁명적 신념을 지키기 위해 그리스 독립운동에 참여하던 중, 1824년 미솔롱기Missolonghi에서 세상을 떠났다.[55] 그는 머리에 포도 잎을 꽂고 생을 마감했다고 전해진다.[56] 시인의 삶과 죽음 자체가 낭만주의 전형을 보여준 셈이다. 바이런의 갑작스러운 죽음으로 작품은 미완으로 끝났기 때문에 그 결말과 여성 인물, 여성성에 대한 시인의 진정한 메시지가 무엇인지, 또한 여성 육체성의 해결점은 무엇인지 알 수 없다. 그러나 역설적이게도 모든 독자는 자신만의 독자적인 결말을 추측하고 예측할 수 있다.

『돈 주안』의 전신으로 손꼽히는 『베포』가 결론 없이 끝난 열린 작품이다.[57] 열린 결말을 특징으로 꼽는 포스트모더니즘처럼 바이런은 이미 독자의 자유로운 해석과 개입을 유도하였던 셈이다. 『베포』가 바이런의 시적 매너의 전조였다면 그의 시적 매너가 완성된 것은 『돈 주안』에서였다.[58] 이것에 비추어 보면 작품은 미완으로 남아도 그 결과는 별 차이가 없을 것이다. 미완은 구조상의 문제이지 주제상의 문제가 아니다.[59] 포괄성[60]이 『돈 주안』의 가장 분명한 특징이며 또 그것은 더하고 뺄 것 없는 우리의 인생과 같이 모든 것을 담고 있는 구조를 가지고 있다.[61] 예기치 못하게 종결되는 우리 인생처럼 끝나는 시점이 곧 작품의 완성이 된다.

## 글을 마치며

바이런은 『차일드 해럴드의 순례』*Childe Harold's Pilgrimage* I, 1812를 발표함으로써 '어느 날 아침 깨어나니 유명해져 있었던' 인물이다. 시인은 작품에서 전통적인 사회적 규약들과 종교적 신앙에 대한 태도에 있어서 오만하게 도전적인 반항아이며 궁극적인 진리를 열망하는 유형자 또는 추방자라는 하나의 유형적 인물, 바이런 히어로Byronic Hero를 창조했다. 많은 여성들이 바이런 히어로를 시인 바이런과 동일시하여 시인을 광적으로 사랑하였다. 이러한 여성들의 인물 유형들이 의식적이든 무의식적이든 『돈 주안』에 형상화되어 있다.

『돈 주안』은 작품 자체가 기존의 잣대로 평가할 수 없는 새로운 장르, 다양하고 다채로운 주제, 무시로의 여담으로 독자를 혼란스럽게 하는 것은 사실이다. 그러나 작품은 새 영웅 돈 주안을 전도된 옴므 파탈로 만듦으로써 여성과 여성성을 해부하고자 한 점은 분명하다. 그것은 여성성을 이해하고 인정하고자 한 것이다. 이는 동시에 정신의 우월성을 강조하는 서구 정신사를 해체하고 풍자하는 것이다.

'육체의 자매들'은 가부장제도의 권위를 해체하고 자신의 억압된 육체성을 해방시켜 솔직하게 표현하고자 하였다. 도나 아이네즈에서부터 줄리아, 하이디, 걸베야즈, 두두, 캐서린, 아데라인, 마지막으로 피츠 펄크 공작부인에 이르기까지 그들의 몸에는 비록 그것이 육체적일지라도 사랑이 강물처럼 흐르고 있었다. 그 사랑이 때로는 욕정, 속임수, 성적 유기, 남용, 질투, 모함, 위선, 전쟁, 습관 등으로 변질되어 나타난다. 이것은 인간성의 결핍과 가치관의 혼란으로 타락한 사랑의 모습들이다. '육체의 자매들'과의 주안의 사랑은 그의 무개성, 고정된 정체성, 반-영웅적 특성 때문에 여성 인물의 육체성은 해방되어 더욱 활발히 표현될 수 있었다고 본다.

스페인 편에서 주안은 오렌지와 햇빛으로 유명한 정열의 나라, 선배 옴므 파탈 '돈 주안'의 나라 스페인에서 태어난다. 주안의 아버지는 스페인 귀족 가문 히달고, 어머니는 순수혈통 아라곤 가문 출신이다. 주안은 순수하지 않은 무어 혈통인 유부녀 줄리아와 '첫사랑'을 경험한다. 주안의 첫사랑은 기혼녀 줄리아에게는 불륜이다. 줄리아의 침실에 나이 많은 줄리아의 남편 알폰소가 뛰어들면서 그들의 불륜 현장은 한 편의 막간극 '침실 소극'으로 변한다. 줄리아는 가부장 사회의 결혼제도에 속하는 인물이다. 그녀의 불륜에서 시인은 결혼제도 자체에는 부정적인 측면이 있지만 제도 자체에 반대하는 것이 반드시 자유롭고 근대적인 형태의 삶을 보장할 수 있다고 본 것은 아니다. 어떤 제도이든 그 자체가 갖는 긍정적인 측면도 균형 있게 보아야 하는 것이다. 줄리아는 그녀만이 갖는 주관적인 가치관의 결여로 스스로 불행에 빠지는 인물이다. 구습 사회의 편협한 도덕률이나 인습적인 결혼제도 및 가부장적 사회질서에 대한 반항이나 반감이 정당한 것이 되려면 그 대안에 대한 탐색이 무엇보다 중요하며 자유와 해방을 추구하는 과정에서 여성도 왜곡하기 쉬운 면모는 경계해야 할 것이다. 줄리아의 수녀원으로의 도피는 주체적 욕망이 다시 억압적 제도 속으로 회귀하는 아이러니다.

그리스 편으로 이동 중 주안은 폭풍우를 만나 조난을 당한다. 이때 주안에게 보내는 줄리아의 심금을 울리는 이별 편지는 인육을 먹기 위한 제비뽑기의 재료가 된다. 조각조각 찢겨진 줄리아의 편지는 주안의 첫사랑을 패러디한다. 육체적 사랑은 그 기쁨이나 슬픔이 아무리 심각한 것이라도 그 자체의 영역에 한정된 것이기 때문에, 인간의 인격 전체에 영향을 미치는 것이 아니다. '난파선'에서 주안은 인육을 먹지 않고 그리스 어느 섬에 표류하여 구조된다. 이 '낙원의 섬'에서 주안은 자연의 아이 하이디와 순수한 사랑을 한다. 그 사랑은 두 연인 모두에게 목숨을 건 사랑이었으나 실패로 끝난다. 하이디의 주안에 대한 사랑은 철저한 자연적 현상이었다. 여성성에 내재한 자연적 현상은 배를 난파시킨 폭풍우처럼 공포스럽고 두려움을 자아내는 가차 없는 자연의 폭력성과 같다. 낙원 같은 섬에서 하이디와의 격렬하고 짧은 사랑을 뒤로 하고 주안은 다시 모험의 세계에 뛰어들어야 했다.

터키 편에서 주안은 낯설 뿐 아니라 상상하지도 못한 공간, '노예시장'의 매물로 등장한다. 노예시장은 육체성만 부각 되는 인간 시장이다. '하렘 궁전'의 술타나 걸베야즈의 흑인 환관 바바는 주안을 구매하여 그에게 여자 옷을 입혀 하렘으로 들여보낸다. 이로써 주안은 여장 남자라는 초유의 성전환을 경험한다. 그의 복장 전도는 여성성의 풍자이며 권력자 걸베야즈와의 성역할의 전도를 암시한다. 걸베야즈의 성적 노예 역할을 완성하지 못한 채 주안은 '하렘 궁전'의 후궁 두두의 억압된 여성성을 해방시킨다. 많은 후궁 중에 두두는 억압된 성으로 신경쇠약 증상을 보이는 여성이다. 주안은 걸베야즈의 성적 노예 역할에는 실패했지만 하렘에서 남성성으로 여성성을 치유하는 치유자의 역할에는 성공한다. 걸베야즈는 여성이지만 남성 권력자를 모방하는 인물이다. 그녀는 주안을 타자화하는 권력 때문에 전통적이고 고유한 여성상에서는 멀어 보인다.

러시아 편에서 주안은 홀연히 죽음의 현장 '전쟁터'에 나타난다. 이곳에서 주안은 제법 성격을 가진 인물로 비쳐진다. 죽고 죽이는, 쫓고 쫓기는 전쟁터에서 주안은 한 생명, 고아 아이 레일라의 생명을 구한다. 전쟁터에서 그가 보여주는 용맹성과 휴머니티는 주안의 잠재된 성격으로 부상한다. 전쟁터에서 혁혁한 공을 세운 주안은 젊음과 핸섬한 외모로 캐서린 여제의 총신 즉, '남자 후궁'으로 선택된다. 후궁의 자격은 왕의 총애가 우선이며 왕에게 수청을 드는 것이 그 임무다. 왕의 수청을 더 이상 들 수 없으면, 그것은 실총을 의미하며 실총하면 그 역할은 끝장이다. 여기에는 물리적 육체가 가장 중요한 매개체임은 재론의 여지가 없다. 주안은 병으로 후궁의 의무를 다하지 못해 캐서린의 총애를 잃고 러시아 대사로 영국에 파견된다. 캐서린은 육체성만 강조되는 여성이다. 그녀는 정신적 가치가 지극히 결핍된 여성으로 그녀의 육체성은 전쟁이라는 살육 현장과 밀접한 관계를 가진다.

주안은 이동의 마지막 행선지 영국에 이르러 영국 편을 완성한다. 러시아 대사 자격의 주안은 영국에 도착하여 젊음과 핸섬한 외모와 매력으로 '상류사회'의 주목을 한 몸에 받는다. 영국 상류사회는 위선과 가식으로 위장된 공허한 곳이다. 상류사회의 가장 큰 특징은 사회 전반에 뿌리 깊게 박혀 있는 '권태'다. 그곳은 순결, 정숙, 공손, 얌전, 교양 등으로 곱게 화장한 여성처럼 포장된 사회이다. 시인은 헨리 경의 노만 애비를 중심으로 펼쳐지는 상류사회의 위선을 재현한다. 또 여성 인물 아데라인을 등장시켜 그녀의 여성성을 해부하고 해체함으로써 그녀를 상류사회 위선의 표상으로 만든다.

공간을 이동하면서 사랑의 층위에서 이루어진 주안의 모험은 '육체의 자매들' 장에서 경험의 절정에 이른다. 18세기 말과 19세기 초의 영국 사회는 여성성을 이중의 잣대로 가늠하고 있었다. 동시대 사회적 규범은 성적 태도를 내면화하는데 여기서 마돈나와 창녀가 여성에 대한 도덕적 분기점이 된다. 마돈나는 성상聖像일 수도 있으나 그러한 이분법은 엄청난 영향을 끼쳐 그와 같은 유사 모델을 생산해 낸다. 여성에 대한 두 가지 유형은 하나는 음란한 성에 하나는 정숙한 성에 적용한다. 남성 중심적 사회에서 이 같은 이분법의 사회적 유용성은 남녀 사이의 벽을 더욱 견고하게 할 뿐이다. 이보다 더 문제가 되는 것은 여성 자신들 사이에서도 그 이분법을 더욱 강화하여 여성이 여성을 다시 성녀 대 창녀로 나누는 것이다.

『돈 주안』에서 바이런은 전통적으로 고정화된 여성상을 구체화하지 않는다. 때로는 정신적 순결과 육체적 욕망 사이에서 갈등하는 여성 인물을 그려내고, 때로는 순수함과 요염함을 함께 갖고 있는 여성 인물을 그려냄으로써 여성 인물들을 피와 살을 가진 인간으로 창조하였다. 시인이 따뜻한 살과 피를 가진 '육체의 자매들'에서 요구하는 도덕적·윤리적 요청이란 바로 남녀 간의 사랑에도 관능이나 정열이 필요하다는 것이다. 비록 그것이 다소 불길하고 정신적으로 불모상태인 정서와는 조화할 수 없지만, 신성한 정신적 차원을 갖추었을 때 바람직한 여성성이 될 수 있다는 것을 의미한다. 그래서 시인은 육체와 정신, 몸과 마음의 조화를 추구하지 않을 수 없었다. 사실 영혼이 없다면 인간은 존재하지 못할 것이다. 인간이란 육체에 영혼을 담아 창조되기 때문이다. 그래서 바이런에게 있어 육체와 인간의 성을 비난한다는 것은 우주적 차원의 에너지를 부정하는 것이라 하겠다. 그런 점에서 시인은 주교 버클리Bishop George Berkeley, 1685~1753의 순수 이상주의(XI, 1-2)를 조롱한다. 이상주의란 이상일 뿐이지 결코 실현되지 않는 것이다. 그것은 순진한 발상일 뿐이다.

바이런에게 있어 우주적 에너지로서의 성에 대한 인식은 창조적 에너지의 장으로서 육체에 대한 인식과 같은 맥락에 놓여 있다. 따라서 에로스는 사랑의 신으로 성스러운 에너지와 같은 것이다. 인간의 육체는 생명을 비축할 뿐 아니라 에너지를 사고로 바꾸고 다시 에너지로 바꾼다. 그러므로 하이디에서 입증된 육체는 그것을 과도한 성적 에너지로 사용하게 되면 결국 파멸로 이르게 되는 것을 암시한다. 그렇다고 해서 바이런에게 있어 정신이 결여된 육체적 쾌락이 무가치하거나 죄스러운 것이라는 생각은 있을 수 없다. 반대로 그것은 인생의 주요 목적 가운데 하나다. 이런 점을 이해하면 '육체의 자매들'의 한계는 인간의 삶에서 남녀 간의 정열 이전에 좀 더 깊이 뿌리를 박고 있어야 할 어떤 정신적인 차원, 인간의 자의식, 도덕의식보다 한결 깊은 곳에 있는 어떤 신성한 종교적이라고도 할 차원의 결핍이다.

시인은 오로라 래비를 등장시킴으로써 몸과 마음의 조화를 시도하였다. 그녀는 성스러운 그 어떤 것과 결합된 신비로운 인물이다. 시인은 그동안 육체와 정신 사이에서 갈등은 있었지만 오로라를 통해 가장 중요한 주제는 사랑으로 귀착되며 의심의 여지 없이 사랑의 승리를 보여준다. 그녀의 사랑은 인류구원의 사랑으로 볼 수 있다. 하지만 주안은 만나는 여성들과 한 번도 육체와 정신이 조화로운 완전한 사랑을 이루지 못했다. 주안이 오로라와 정신적 사랑이 결합한 보다 이상적 사랑을 하지 못한 채 피츠 펄크 공작부인과 육체적 사랑에 빠질 가능성을 보여주는 데서 영국 편은 끝난다. 그 이유는 그의 이동성과 몰개성적이며 반-영웅적 성격 탓으로 볼 수 있지만, 오히려 여성들의 지나친 여성성일 수 있다.

『돈 주안』의 여성 인물들은 옴프 파탈의 전도된 인물 '돈 주안'의 크로노토프 세계, 즉 시간과 공간을 가로지르는 사랑의 층위에서 자신의 육체성을 마음껏 발산함으로써 정신성의 해방을 부르짖은 게 아니었을까? 육체성을 통해 정신성이 해방된다는 이러한 역설은 육체성에 관한 기존의 관념에 균열을 내고 있다. '육체의 자매들'은 마음껏 육체적 욕망을 발산하면서 웃고 성내고 슬퍼하고 기뻐하며 이 땅에서 숨 쉬는 당당한 인간으로 존재하였다. 이 여성들은 육체와 정신을 가진 불가분의 단일한 존재로서 사랑을 하였고 그것으로만 생명을 의식한 뜨거운 인간이었다.

# 미주

## 글을 시작하며

1. 바이런 가문은 노르만 정복(Norman Conquest, 1066)까지 거슬러가며 뉴스테드 애비(Newstead Abbey)는 이때 얻었다. 바이런의 양친은 모두 귀족 가문이었으며 격정적인 성격의 소유자들이었다. 5대 남작 큰할아버지는 '사악한 경'(Wicked Lord)으로, 할아버지는 '나쁜 날씨 잭'(Foul-weather Jack)으로, 시인의 아버지는 '미친 잭'(Mad Jack)으로 불렸다. 어머니 캐서린의 고든(Catherine Gordon of Gight) 가는 스코틀랜드의 제임스 1세James I의 후손이다. Norman Page, *A Byron Chronology* (London: The Macmillan P, 1988) 참조.
2. Chris Hart, ed, *Lives of the Great Romantics by Their Contemporaries: Byron* (London: William Pickering, 1996)과 Edna O'Brien, *Byron in Love: A Short Daring Life* (New York: W. W. Norton & Company Co., 2009)에는 바이런의 작품에 영향을 끼쳤음 직한 주요 여성들의 사랑과 삶이 기술되어 있는데, 그 여성들로는 캐롤라인 램 부인(Lady Caroline Lamb), 찰스 램 부인(Lady Charles Lamb), 테레사 귀치올리 백작부인(Countess Teresa Guiccioli), 이복누이 오거스타 리(Augusta Leigh), 클레어 클레몬트(Claire Clairmont), 마가리타 코그니(Margarita Cogni), 블레싱튼 백작부인(Countess of Blessington), 로즈베리 부인(Lady Rosebery), 저지 부인(Lady Jersey), 옥스퍼드 부인(Lady Oxford), 프란시스 웹스터 부인(Lady Frances Webster), 홀란드 부인(Lady Holland), 멜버른 부인(Lady Melbourne), 그리고 마담 스탈(Madam de Staël) 등이 있다.
3. William St. Clair, "The Impact of Byron's Writing: An Evaluative Approach." *Byron: Augustan and Romantic*. Ed. Andrew Rutherford (London: The Macmillan P, 1990) 21.
4. Peter Quennell, *Byron: A Self-Portrait* (Oxford: Oxford UP, rpnt. 1990) vii.
5. Elizabeth French Boyd, *Byron's Don Juan: A Critical Study* (New Brunswick: Rutgers UP, rpnt. 1957) 3.
6. F. W. Moorman, "Byron." *The Cambridge History of English Literature*. Vol. XII. Eds. A. W. Ward and A. R. Waller (Cambridge: Cambridge UP, 1953) 55.
7. M. K. Joseph, *Byron the Poet* (London: Victor Gollancz, 1964) 34.
8. Northrop Frye, "Lord Byron." *George Gordon, Lord Byron*. Ed. Harold Bloom (New York: Chelsea House, 1986) 63.
9. 송희영, 『옴므 파탈, 돈 주앙과 카사노바: 치명적 유혹과 남성성』 (서울: 한국문화사, 2016) 17.
10. Peter Quennell, *Byron: The Years of Fame* (London: Faber and Faber, 1935) 115.
11. Caroline Franklin, *Byron's Heroins* (Oxford: Clarendon, 1992) 116.
12. Truman Guy Steffan, "*Don Juan*: A Thousand Colours." *Byron: A Collection of Critical Essays*. Ed. Paul West (Englewood Cliffs: Prentice-Hall, 1963) 97.
13. M. M. Bakhtin, *The Dialogic Imagination: Four Essays*. Trans. Caryl Emerson and Michael Holoquist (Austin: U of Texas P, 1981) 250.
14. Franklin (1992) 2; Joseph, 260.

15. Franklin (1992) 99.

16. *Lord Byron: Don Juan.* Eds T. G. Steffan and E. Steffan and W. W. Pratt. (London: Penguin Books, 2013) 48. 그리고 『돈 주안』의 집주본인 *Byron's Don Juan: A Variorum Edition.* 4. Vols. Ed. Truman Guy Steffan and Willis W Pratt. (Austin: U of Texas P, 1957) II, 27 참조.

Could never make a memory so ***fine as***
That which ador'd the brain of Donna **Ines**. (I, 11)

돋움체에서 보듯이 'Donna Inez'는 '도나 아이네즈'로 발음해야 함을 알 수 있다.

17. Nancy Loring Goldman, ed. "Introduction." *Female Soldiers - Combatants or Noncombatants? Historical and Contemporary Perspectives* (Westport: Greenwood P, 1982) 17.
18. 게리 솔 모슨 외, 『바흐친의 산문학』. 오문석 외 옮김 (서울: 책세상, 2006) 689.
19. Mary Poovey, *The Proper Lady and Women Writer* (Chicago: Chicago UP, 1984) x, 19.
20. Bernard Blackstone, *Byron: A Survey* (London: Longman, 1975) 294.
21. 모슨 외, 635.

# 1. 스페인 편

### 첫사랑

1. Nigel Wood, "Introduction." *Don Juan*. Ed. Nigel Wood (Buckingham: Open UP, 1993) 9.
2. 미하일 바흐친, 『말의 미학』. 김희숙·박종소 옮김 (서울: 길, 2006) 523.
3. 송희영은 저서 『옴므 파탈, 돈 주앙과 카사노바: 치명적 유혹과 남성성』 (서울: 한국문화사, 2016)에서 카사노바와 더불어 돈 주앙을 치명적 유혹의 남성성으로 상정하여 그 계보를 연구하는 동시에 '돈 주안' 유형의 현대 인물을 추가함으로써 그 지속성을 뒷받침하고 있다.
4. *Byron's Don Juan: A Variorum Edition*. 4 vols. Eds. Truman Guy Steffan and Willis W Pratt (Austin: U of Texas P, 1957) Ⅱ, 9; *Lord Byron: Don Juan. Eds.* Truman Guy Steffan and E. Steffan and W. W. Pratt (London: Penguin Books, 2013) 41. 『돈 주안』의 작품과 주해 인용은 이 두 판본에서 한다. 작품의 인용은 *Lord Byron: Don Juan*(2013)에서 주로 하되 인용 뒤에는 괄호 안에 칸토와 스탠자 번호만 밝힌다. 그리고 이 판에서 주해가 필요할 경우 DJ로 칭하고 쪽수만 밝힌다. 주해의 인용은 주로 *A Variorum Edition*(1957)을 참고하되 주해 인용 뒤에 AV로 칭하고 권수와 쪽수만 적는다.
5. AV IV, 12.
6. M. H. Abrams, *Natural Supernaturalism* (London: Oxford UP, 1971) 13.
7. Jerome J. McGann, *Don Juan in Context* (London: John Murray, 1976) 73.
8. 칸토I, 스탠자 I의 원문은 아래와 같다.

I WANT a hero, an uncommon **want**,
When every year and month sends forth a **new one**,
Till after cloying the gazettes with **cant**,
The age discovers he is not the **true one**.
Of such as these I should not care to **vaunt**;
I'll therefore take our ancient friend Don **Juan**.
We all have seen him in the **pantomime**
Sent to the devil somewhat ere his **time**.

9. AV II, 21
10. Susan J. Wolfson and Peter J. Manning, "Introduction." *Lord Byron: Don Juan*. Eds. Truman Guy Steffan et al.(London: Penguin Books, 2013) xv.
11. Claude M. Fuess, *Lord Byron as A Satirist in Verse* (New York: Russell & Russell, 1964)

114; John Nichol, *Byron* (London: Macmillan, 1880) 173-74; Peter Vassallo, *Byron: The Italian Literary Influence* (London: Macmillan, 1984) 140-46.

12. Hermione de Almeida, *Byron and Joyce through Homer* (New York: Columbia UP, 1981) 34-6.
13. M. M. Bakhtin, *The Dialogic Imagination: Four Essays.* Trans. Caryl Emerson and Michael Holoquist (Austin: U of Texas P, 1981) 11-2.
14. 윤효녕, 『바이런의 유물론적 시학』. (서울: 단국대학교 출판부, 1999) 160.
15. Andrew Rutherford, *Byron: A Critical Study* (Stanford: Stanford UP, rpnt. 1967) 171.
16. Deryn Chatwin, *Notes on Byron's Poetry* (London: Methuen Paperbacks Ltd, 1978) 2; G. Wilson Knight, *Lord Byron's Marriage* (New York: Macmillan, 1957) 81.
17. H. G. Aldis, "The Bluestockings." *The Cambridge History of English Literature.* Vol. XI. Eds. Sir A. W. Ward and A. R. Waller (Cambridge: Cambridge UP, 1953) 344-45.
18. *Byron's Letters and Journals.* 12 vols. Ed. Leslie A. Marchand (London: John Murray, 1973-82) 3, 160. 이하 바이런의 편지와 저널의 인용은 이 판에서 하되 LJ로 약하고 권수와 쪽수만 밝힌다.
19. Stephen Cheeke, *Byron and Place: History, Translation, Nostalgia* (London: Palgrave Macmillan, 2003) 127.
20. LJ 6, 70.
21. LJ 3, 179.
22. Malcolm Kelsall, "Byron and the Romantic Heroine." *Byron: Augustan and Romantic.* Ed. Andrew Rutherford (London: Macmillan, 1990) 55.
23. W. W. Robson, "Byron as Improviser." *Byron: A Collection of Critical Essays.* Ed. Paul West (Englewood Cliffs: Prentice-Hall, 1963) 89-90.
24. *Byron: The Completed Poetical Works.* Ed. Jerome J. McGann (Oxford: The Clarendon P, 1981) Ⅲ, 39 이하.
25. Knight (1957) 81.
26. *Byron: The Complete Poetical Works.* Eds. Jerome J. McGann and Barry Weller (Oxford: Clarendon P, 1991) VI, 519.
27. Charles E. Robinson, "The Devil as Dopplegänger in *Deformed Transformed:* The Sources and Meaning of Byron's Unfinished Drama. *The Plays of Lord Byron: Critical Essays.* Eds. Robert Gleckner and Bernard Beatty (Liverpool: Liverpool UP, 1997) 323 재인용.
28. Edna O'Brien, *Byron in Love: A Short Daring Life* (New York: W.W. Norton & Co., 2009) 1.
29. Bernard Blackstone, *Byron* Ⅲ*: Social Satire, Drama and Epic* (Harlow: Longman, 1971b) 32; G. Wilson Knight, *Lord Byron: Christian Virtues* (London: Routledge & Kegan Paul, 1952) 271; Peter Manning, *Byron and His Fiction* (Detroit: Wayne State UP, 1978)

170-74; Samuel C. Chew, *The Dramas of Lord Byron* (New York: Russell & Russell, 1964) 147.

30. LJ 1, 53-8, 68, 81-2.

31. Caroline Franklin, *Byron's Heroins* (Oxford: Clarendon, 1992) 124

32. Manning (1978) 47.

33. Frederick W. Shilstone, *Byron and the Myth of Tradition* (Lincoln: U of Nebraska P, 1988) 177.

34. Herbert Read, *Byron* (London: Longmans, 1961) 18.

35. Franklin (1992) 126.

36. Nathaniel Brown, *Sexuality and Feminism in Shelley* (Cambridge: Harvard UP, 1979) 73.

37. McGann (1976) 84.

38. Leslie Brisman, *Romantic Origins* (London: Cornell UP, 1978) 113.

### 침실 소극

1. Judith M. Bardwick, *Psychology of Woman: A Study of Bio-Cultural Conflicts* (New York: Harper & Row, 1971) 56.
2. Ernest J. Lovell Jr., "Irony and Image in *Don Juan.*" *Don Juan.* Ed. Edward E. Bostetter (Englewood Cliffes: Prentice-Hall, 1966a) 25.
3. H. J. 슈퇴릭히, 『세계철학사 上』. 임석진 역 (서울: 분도출판사, 1978) 233.
4. 슈퇴릭히, 210.
5. 실비아 월비, 『가부장제 이론』. 유희정 옮김 (서울: 이화여자대학교출판부, 1990) 41.
6. Jerome J. McGann, *Fiery Dust: Byron's Poetic Development* (Chicago: U of Chicago, 1968) 298.
7. McGann (1968) 294.
8. M. K. Joseph, *Byron the Poet* (London: Victor Gollancz, 1964) 154.
9. Duke Pesta, "Darkness Visible: Anti-Hero." *Lord Byron.* Ed. Harold Bloom (Philadelphia: Chelsea House, 2004) 80.
10. Robert Stam, *Subversive Pleasure* (Baltimore: John Hopkins UP, 1992) 173.
11. M. M. Bakhtin, *Problems of Dostoevsky's Poetic.* Trans. Caryl Emerson (Minneapolis: U of Minnesota P, 1984a) 7-8.
12. David V. Erdman, "Byron's Stage Fright: The History of His Ambition and Fear of Writing for the Stage." *The Plays of Lord Byron.* Eds. Robert Gleckner and Bernard Beatty (Liverpool: Liverpool UP, 1997) 10-2.
13. Bernard Beatty, "Cain's legacy and Cain's Tradition." *The Wordsworth Circle.* Vol. XXVII, No. 1. (Winter 1996): 5.
14. Philip W. Martin, "Reading *Don Juan* with Bakhtin." *Byron: Don Juan* (Cambridge: Cambridge UP, 1992) 93.

15. 윤효녕, 『바이론의 유물론적 시학』 (서울: 단국대학교 출판부, 1999) 175 재인용.

16. Elizabeth French Boyd, *Byron's Don Juan: A Critical Study* (New Brunswick: Rutgers UP, rpnt. 1957) 64.

17. Bernard Beatty, *Don Juan and Other Poems* (Middlesex: Penguin Books, 1987) 122.

18. Philip W. Martin, *Byron: A Poet before His Public* (Cambridge: Cambridge UP, 1982) 173.

19. Jerome J. McGann, *Don Juan in Context* (London: John Murray, 1976) xiii; Donald H. Reiman, "*Don Juan* in Epic Context." *Studies in Romanticism.* 16. 3 (Fall 1977): 587.

20. Francis M. Doherty, "Byron and the Sense of the Dramatic." *Byron and the Limits of Fiction.* Eds. Bernard Beatty and Vincent Newey (Liverpool: Liverpool UP, 1988) 227-28.

21. Doherty, 237.

22. Malcolm Kelsall, "Byron and the Romantic Heroine." *Byron: Augustan and Romantic.* Ed. Andrew Rutherford (London: Macmillan, 1990) 54.

23. Doherty, 229.

24. McGann (1976) 159.

25. McGann (1976) 158.

26. Beatty (1987) 5.

27. Joseph, 277.

## 2. 그리스 편

### 난파선

1. William A. Borst, *Lord Byron's First Pilgrimage* (New Haven: Yale UP, 2nd prnt. 1949) 40.
2. 게리 솔 모슨 외, 『바흐친의 산문학』. 오문석 외 옮김 (서울: 책세상, 2006) 642.
3. Bernard Blackstone, *Byron I: Lyric and Romance* (Harlow: Longman, 1970) 21.
4. G. Wilson Knight, *Lord Byron's Marriage* (London: Macmillan, 1957) 74-6.
5. Robert F. Gleckner, *Byron and the Ruins of Paradise* (Baltimore: The Johns Hopkins P, 1967) 225.
6. William St. Clair, "The Impact of Byron's Writing: An Evaluative Approach." *Byron: Augustan and Romantic*. Ed. Andrew Rutherford (London: The Macmillan P, 1990) 19.
7. Gleckner, 329.
8. Lesile A. Marchand, *Byron's Poetry: A Critical Introduction* (London: John Murray, 1965) 2.
9. W. W. Robson, "Byron as Improviser." *Byron: A Collection of Critical Essays*. Ed. Paul West (Englewood Cliffs: Prentice-Hall, 1963) 89.
10. *Byron: The Complete Poetical Works*. Ed. Jerome J. McGann (Oxford: The Clarendon P, 1993) VII, 27.
11. M. M. Bakhtin, *Rabelais and His World*. Trans. Hèlén Iswolsky (Bloomington: Indiana UP, 1984b) 360.
12. Jerome J. McGann, *"Don Juan:* Form." *Lord Byron*. Ed. Harold Bloom (Philadelphia: Chelsea House, 2004) 29.
13. Andrew Rutherford, *Byron: The Critical Heritage* (London: Routledge & Kegan Paul, 1970) 172.
14. C. M. Bowra, *The Romantic Imagination* (New York: Oxford UP, 1961) 163.
15. G. Wilson Knight, *The Burning Oracle* (London: Oxford UP, 1939) 283.
16. John D. Jump, *Byron: Child's Pilgrimage and Don Juan* (London: Macmillan, 1973) 233.
17. Bakhtin (1984b) 307.
18. Blackstone (1970) 15.
19. Blackstone (1970) 11.
20. Rutherford (1970) 203.
21. Bernard Beatty, *Don Juan and Other Poems* (Middlesex: Penguin Books, 1987) 84.
22. Andrew Rutherford, *Byron: A Critical Study* (Stanford: Stanford UP, 1967) 115.
23. 김현생, 「바흐친으로 바이런 읽기: 『돈 주안』에 나타난 카니발적 언술」. 『영미어문학』 제117호 (2015. 6): 34.
24. Frederick Garber. *Self, Text, and Romantic Irony: The Example of Byron* (Princeton:

Princeton UP, 1988) 156 - 67.

25. 모슨 외, 672.

### 낙원의 섬

1. G. Wilson Knight, *The Burning Oracle* (London: Oxford UP, 1939) 281.
2. Eric Strand, "Byron's *Don Juan* as a Global Allegory." *Studies in Romanticism*. Vol. 43. No. 4. (Winter 2004): 510.
3. 마르코 페로 책임 편집, 『식민주의 흑서』. 고선일 옮김 (서울: 소나무, 2008) 35-9, 306-12.
4. Malcolm Kelsall, "Byron and the Romantic Heroine." *Byron: Augustan and Romantic*. Ed. Andrew Rutherford (London: Macmillan, 1990) 56.
5. Caroline Franklin, *Byron's Heroins* (Oxford: Clarendon P, 1992) 138.
6. Louise Crompton, *Byron and Greek Love* (L. A.: U of California P, 1985) 268.
7. Ernest J. Lovell Jr., "Irony and Image in *Don Juan*." *Don Juan*. Ed. Edward E. Bostetter (Englewood Cliffes: Prentice - Hall, 1966a) 23.
8. Anne Barton, *Byron and the Mythology of Fact* (Nottingham: U of Nottingham, 1968) 19.
9. Truman Guy Steffan, "*Don Juan*: A Thousand Colours." *Byron: A Collection of Critical Essays*. Ed. Paul West (Englewood Cliffs: Prentice - Hall, 1963) 97쪽 각주 2번 참조.
10. Harold Bloom, *The Visionary Company* (Ithaca & London: Cornell UP, 1971) 256.
11. Peter Quennell, *Byron: A Self - Portrait* (Oxford: Oxford UP, rpnt. 1990) viii.
12. Jean H. Hagstrum, *The Romantic Body: Love and Sexuality in Keats, Wordsworth, and Blake* (Knoxville: U of Tennessee P, 1985) 15.
13. Jerome J. McGann, *Fiery Dust: Byron's Poetic Development* (Chicago: U Chicago P, 1968) 162.
14. Hagstrum, 35.
15. Bernard Blackstone, *The Lost Travelers* (London: Longmans, 1962) 86.
16. Ernest J. Lovell Jr., *Byron: The Record of a Quest* (Hamden: Archon Books, 1966b) 206.
17. Knight (1939) 265.
18. Strand, 511.
19. Gerard Cohen - Vrignaud, "Becoming Corsair: Byron, British Property Rights and Orientalist Economics." *Studies in Romanticism*. Vol. 50. No. 4 (Winter 2011): 685.
20. *Byron: Don Juan*. Eds T. G. Steffan and E. Steffan and W. W. Pratt (London: Penguin Books, 2013) 178 - 79.
21. DJ 180.
22. 엄익란, 『이슬람의 결혼문화와 젠더』 (파주: 한울, 2007) 174.
23. Aida S. Kanafani, *Aesthetics and Ritual in the United Arab Emirates: The Anthropology of*

*Food and Personal Adornment among Arabian Women* (Beirut: American U of Beirut, 1983) 53-7.

24. Elizabeth French Boyd, *Byron's Don Juan: A Critical Study* (New Brunswick: Rutgers UP, rpnt. 1957) 66.
25. Franklin (1992) 142.
26. Kelsall (1990) 56.
27. John Donne, *The Complete English Poems*. Ed. A. J. Smith (London: Penguin Books, 1974) 56.
28. Stephen Cheeke, *Byron and Place: History, Translation, Nostalgia* (New York: Palgrave Macmillan, 2003) 124.
29. Franklin (1992) 134.
30. McGann (1968) 297.
31. M. G. Cooke, *The Blind Man Traces the Circle* (New Jersey: Princeton UP, 1969) 119.
32. David Seed, "'The Platitude of Prose': Byron's Vampire Fragment in the Context of His Verse Narratives." *Byron and the Limits of Fiction*. Eds. Bernard Beatty and Vincent Newey (Liverpool: Liverpool UP, 1988) 134.
33. Kelsall (1990) 57.
34. 게리 솔 모슨 외, 『바흐친의 산문학』. 오문석 외 옮김 (서울: 책세상, 2006) 635.
35. Strand, 505.
36. McGann (1968) 152, 295.
37. Bernard Beatty, *Don Juan and Other Poems* (Middlesex: Penguin Books, 1987) 94.

## 3. 터키 편

### 노예시장

1. 게리 솔 모슨 외, 『바흐친의 산문학』. 오문석 외 옮김 (서울: 책세상, 2006) 644.
2. 모슨 외, 623.
3. Truman Guy Steffan, "*Don Juan*: A Thousand Colours." *Byron: A Collection of Critical Essays*. Ed. Paul West (Englewood Cliffs: Prentice-Hall, 1963) 103.
4. Laura Claridge, "Love and Self-knowledge, Identity in the Cracks: a Lacanian Reading of *Don Juan*." *Don Juan*. Ed. Nigel Wood. (Buckingham: Open UP, 1993) 46.
5. Susan J. Wolfson and Peter J. Manning, "Introduction." *Lord Byron: Don Juan*. Eds. T. G. Steffan *et al* (London: Penguin Books, 2013) xiii.
6. Bernard Beatty, *Don Juan and Other Poems* (Middlesex: Penguin Books, 1987) 97.
7. Caroline Franklin, "Juan's Sea Changes: Class, Race and Gender in Byron's *Don Juan*." *Don Juan*. Ed. Nigel Wood (Buckingham: Open UP, 1993) 78.
8. Caroline Franklin, *Byron's Heroins* (Oxford: Clarendon, 1992) 151.
9. Franklin (1992) 149.
10. Robert Brown, *Analysing Love* (Cambridge: Cambridge UP, 1987) 54.
11. Claridge, 37.
12. Ji Hee Kim, "Wealth had done wonder—taste not much: fascination and Denigration of the East in *Don Juan* (Canto V)." 『영어권문화연구』. 7권 1호 (2014): 38.
13. M. K. Joseph, *Byron the Poet* (London: Victor Gollancz, 1964) 263.
14. Beatty (1987) 102.
15. Steffan, 98.
16. Beatty (1987) 94.
17. Peter Manning, "The Byronic Hero as Little Boy." *Don Juan*. Ed. Harold Bloom (New York: Chelsea House, 1987) 57.
18. A. Kenny, *Will, Freedom and Power* (Oxford: Blackwell, 1975) 10.
19. Michel Foucault, *Discipline and Punish: The Birth of the Prison*. Trans. A. Sheridan (New York: Random House, 1977) 136-38.
20. Franklin (1992) 148.

### 하렘 궁전

1. G. Wilson Knight, *The Burning Oracle* (London: Oxford UP, 1939) 268.
2. Allan Massie, *Byron's Travels* (London: Sidgwick & Jackson, 1988) 51.
3. William A. Borst, *Lord Byron's First Pilgrimage* (New Haven: Yale UP, 2nd prnt, 1949) 104.

4. John Clubbe, "George Gordon, Lord Byron." *The English Romantic Poets*. Ed. Frank Jordan (New York: MLAA, 1989) 507.
5. Jerome J. McGann, *Fiery Dust: Byron's Poetic Development* (Chicago: U of Chicago P, 1968) 26.
6. Elizabeth French Boyd, *Byron's Don Juan: A Critical Study* (New Brunswick: Rutgers UP, rpnt. 1957) v; William Ellery Leonard, *Byron and Byronism in America* (New York: Gordian P, 1965) 33.
7. T. S. Eliot, "Byron." *English Romantic Poets*. Ed. M. H. Abrams (Oxford: Oxford UP, 1975) 262.
8. Mary Roberts, *Intimate Outsider: The Harem in Ottoman and Orientalist Art and Travel Literature* (Duke: Duke UP, 2007) 147.
9. F. de Saussure, *Course in General Linguistics*. Trans. Roy Harris. (London: Duck Worth, 1983) 99-100.
10. Malcolm Kelsall, "Byron and the Romantic Heroine." *Byron: Augustan and Romantic*. Ed. Andrew Rutherford (London: Macmillan, 1990) 57.
11. 지그문트 프로이트, 『꿈의 해석』. 김인순 옮김 (서울: 열린책들, 2019) 106, 415 이하.
12. Elisabeth Young-Bruehl, ed. *Freud on Women: A Reader* (London: The Hogarth P, 1990) 274-82.
13. Caroline Franklin, *Byron's Heroins* (Oxford: Clarendon P, 1992) 151.
14. 프로이트, 445.
15. Truman Guy Steffan, "*Don Juan*: A Thousand Colours." *Byron: A Collection of Critical Essays*. Ed. Paul West (Englewood Cliffs: Prentice-Hall, 1963) 98.
16. Bernard Beatty, *Don Juan and Other Poems* (Middlesex: Penguin Books, 1987) 101.
17. Andrew Rutherford, *Byron: The Critical Heritage* (London: Routledge & Kegan Paul, 1970) 253-57.
18. Franklin (1992) 149.

# 4. 러시아 편

## 전쟁터

1. Elizabeth French Boyd, *Byron's Don Juan: A Critical Study* (New Brunswick: Rutgers UP, rpnt. 1957) 27.
2. T. S. Eliot, "Byron." *English Romantic Poets*. Ed. M. H. Abrams (Oxford: Oxford UP, 1975) 270.
3. Eliot, 264.
4. LJ 1, 9; I2. 8; I3, 110; 4, 113; 6, 57 등 많은 예가 있다. 여담에서 바이런은 본담의 주제에서 벗어난 다양한 여담만의 주제를 다루고 있다.
5. Elizabeth French Boyd, *Byron's Don Juan: A Critical Study* (New Brunswick: Rutgers UP, rpnt. 1957) 27.
6. M. M. Bakhtin, *The Dialogic Imagination: Four Essays*. Trans. Caryl Emerson and Michael Holoquist (Austin: U of Texas P, 1981) 33.
7. Harold Bloom, ed. *George Gordon, Lord Byron* (New York: Chelsea House, 1986) 19.
8. Jerome J. McGann, *Don Juan in Context* (London: John Murray, 1976) ix.
9. Bernard Beatty, *Don Juan and Other Poems* (Middlesex: Penguin Books, 1987) 23.
10. Claude M. Fuess, *Lord Byron as A Satirist in Verse* (New York: Russell & Russell, 1964) 113.
11. Michael Foot, *The Politics of Paradise: A Vindication of Byron* (London: Collins, 1988) 326.
12. 게리 솔 모슨 외, 『바흐친의 산문학』. 오문석 외 옮김 (서울: 책세상, 2006) 642.
13. 타밈 안사리, 『이슬람의 눈으로 본 세계사』. 류한원 옮김 (서울: 뿌리와 이파리, 2013) 471-94.
14. 테레스 비타르, 『슐레이만—오스만의 화려한 황제』. 시공디스커버리총서 60. 옮긴이 변지현 (서울: 시공사 1998) 69.
15. Malcom Kelsall, *Byron's Politics* (New Jersey: Barnes & Noble Books, 1987) 159.
16. W. W. Robson, "Byron as Poet." *Proceedings British Academy*. XLIII (1957): 30.
17. Samuel C. Chew, *The Dramas of Lord Byron* (New York: Russell & Russell, 1964) 107.
18. John Clubbe, "Geroge Gordon, Lord Byron." *The English Romantic Poets*. Ed. Frank Jordan (New York: MLAA, 1989) 507.
19. *Byron : The Completed Poetical Works*. Ed. Jerome J. McGann (Oxford: The Clarendon P, 1991) VI, 140.
20. '칸토 VI과 VIII의 서문'(Preface to Cantos VI-VIII)에서 바이런은 이즈마일 포위(the Siege of Ismail)에 관한 역사의 차용과 카슬레이에 대해서 서술하고 있다. 이즈마일 전투는 프랑스 룰이에르 (Claud-Carloman de Rulhière, 1734~91)의 『신 러

시아 역사』(*Histoire de la Nouvelle Russie,* 1762)에서 차용하였다. 칸토 VII-VIII의 전쟁 칸토에서 돈 주안이 레일라를 구하는 장면은 리셸류 공작(Armand-Emmanuel du Plessis, duc de Richelieu, 1766~1822)의 이즈마일 전투에서의 공적을 차용한 것이다. DJ, 261-63.

21. 맬러프로피즘(malapropism)은 리처드 셰리던(Richard Brinsley Sheridan, 1751~1816)의 『경쟁자』(*The Rivals*, 1775)에 나오는 여성인물 맬러프롭 부인(Mrs. Malaprop)에서 따왔다. 셰리던은 이 작품에서 잘못된 어휘만 골라서 구사하는 맬러프롭 부인을 창조해냈다. 작품에서 그녀는 말의 우스꽝스런 오용을 자주 사용하는데, 이것을 그녀의 이름을 따 맬러프로피즘이라 하였다. 예를 들면 아래와 같은 것들이 있다.

| | |
|---|---|
| affluence-influence | enveloped-developed |
| delusions-allusions | intuition-tuition |
| geometry-geography | March-Mars |
| job-Jove | pineapple-pinnacle |

George Henry Nettle, ed. *The Major Dramas of Richard Sheridan* (Boston: Ginn, 1966) 322-23.

22. Andrew M. Stauffer, *Anger, Revolution, and Romanticism* (Cambridge: Cambridge UP, 2005) 133.
23. Truman Guy Steffan, "*Don Juan:* A Thousand Colours." *Byron: A Collection of Critical Essays*. Ed. Paul West (Englewood Cliffs: Prentice-Hall, 1963) 100.
24. G. Wilson Knight, *The Burning Oracle* (London: Oxford UP, 1939) 272.
25. 윤효녕 외, 『19세기 자연과학과 자연관』. (서울: 서울대학교출판부, 1997) 115.
26. Thomas Medwin, *Medwin's Conversation of Lord Byron*. Ed. Ernest J. Lovell Jr. (Princeton: Princeton UP, 1966) 101.
27. LJ 6, 69.

### 남자 후궁

1. Jerome J. McGann, *Don Juan in Context* (London: John Murray, 1976) 133.
2. John T. Alexander, *Catherine the Great: Life and Legend* (Oxford: Oxford UP, 1989) 210 이하.
3. Jerome J. McGann, *Fiery Dust: Byron's Poetic Development* (Chicago: U of Chicago P, 1968) 296.
4. M. K. Joseph, *Byron the Poet* (London: Victor Gollancz, 1964) 248.
5. Truman Guy Steffan, "*Don Juan*: A Thousand Colours." *Byron: A Collection of Critical Essays.* Ed. Paul West (Englewood Cliffs: Prentice-Hall, 1963) 103.

6. Caroline Franklin, *Byron's Heroins* (Oxford: Clarendon, 1992) 148.

7. Andrew Rutherford, *Byron: A Critical Study* (Stanford: Stanford UP, 1967) 167-69.

8. Bernard Beatty, *Don Juan and Other Poems* (Middlesex: Penguin Books, 1987) 98-9.

9. Malcolm Kelsall, "Byron and Romantic Heroins." *Byron: Augustan and Romantic*. Ed. Andrew Rutherford (London: Macmillan, 1990) 57-8.

10. McGann (1968) 197.

11. Beatty (1987) 109.

12. Malcom Kelsall, *Byron's Politics* (New Jersey: Barnes & Noble Books, 1987) 57.

13. Steffan, 98.

14. McGann (1968) 297.

15. Steffan, 107.

16. Kelsall (1990) 61.

17. Kate Millet, *Sexual Politics* (New York: Avon, 1969) 45.

18. Jeff Hearn and Wendy Parkin, *'Sex' at 'Work': The Power of Paradox of Organization Sexuality* (Brighton: Wheatsheaf Books, 1987) 58.

19. Beatty (1987) 100.

20. Allan Massie, *Byron's Travels* (London: Sidgwick & Jackson, 1988) 69.

21. Robert F. Gleckner, *Byron and the Ruins of Paradise* (Baltimore: The Johns Hopkins P, 1967) 333.

22. Bernard Blackstone, *Byron: A Survey* (London: Longman, 1975) 326.

23. Franklin (1992) 149.

24. George M. Ridenour, *"Don Juan:* Carelessly I Sing." *Don Juan*. Ed. Paul West (Englewood: Prentice-Hall, 1968) 135.

25. Steffan, 105.

26. J. W. Smeed, *Don Juan: Variations on a Theme* (London: Routledge, 1990) 39.

27. Andrew Rutherford, *Byron: The Critical Heritage* (London: Routledge & Kegan Paul, 1970) 166, 174.

## 5. 영국 편

### 상류사회

1. M. G. Cooke, "Byron's *Don Juan*: The Obsession and Self-Discipline of Spontaneity." *Don Juan*. Ed. Harold Bloom (New York: Chelsea House, 1987) 76.
2. *Byron: The Complete Poetical Works*. Ed. Jerome J. McGann (Oxford: The Clarendon P, 1983) IV, 149.
3. Roy Willis, ed. *World Mythology* (Oxford: Oxford UP, 2006) 32, 146, 158. 지하 하데스에는 다섯 개의 강이 있다. '재앙의 강' 아케론(Acheron), '증오의 강' 스틱스, '망각의 강' 레테(Lethe), '한탄의 강' 코사이터스(Cocytus), 그리고 '불의 강' 플레게톤(Phlegethon 혹은 Puriphlegethon) 등이 그것이다.
4. Tae Jun Cha, "The Correlation between English Ennui and Global Capitalism: Lord Byron's *Don Juan*." 『화랑집』. 제11집, 제1권 (육군사관학교, 2018): 45-68. 저자는 이 논문에서 바이런의 『돈 주안』의 영국 편을 자본주의와 권태와 관련해서 해석하고 있다. 영국은 해양력을 바탕으로 전 세계를 제패하면서 제국주의 선봉에 선 역사는 주지의 사실이다. 논문에서 저자의 이 같은 읽기는 영국 제국주의와 관련한 『돈 주안』 읽기의 가능성을 제시하고 있다는 점에서 주목될 뿐 아니라 많은 후속연구를 기대 할 수 있다고 본다.
5. Truman Guy Steffan, "*Don Juan*: A Thousand Colours." *Byron: A Collection of Critical Essays*. Ed. Paul West (Englewood Cliffs: Prentice-Hall, 1963) 109.
6. A. B. England, *Byron's Don Juan and Eighteenth-Century Literature* (London: Associated UP, 1975) 173.
7. Ernest J. Lovell Jr., "Irony and Image in *Don Juan*." *Don Juan*. Ed. Edward E. Bostetter (Englewood Cliffes: Prentice-Hall, 1966a) 27.
8. George M. Ridenour, "*Don Juan*: Carelessly I Sing." *Don Juan*. Ed. Paul West (Englewood Cliffes: Prentice-Hall, 1968) 122.
9. AV IV, 253.
10. DJ 721-22.
11. Jerome J. McGann, *Don Juan in Context* (London: John Murray, 1976) 114.
12. Roden Noel, *Life of Lord Byron* (London: Walter Scott, 1890) 131-33.
13. Elizabeth French Boyd, *Byron's Don Juan: A Critical Study* (New Brunswick: Rutgers UP, rpnt. 1957) v.
14. M. K. Joseph, *Byron the Poet* (London: Victor Gollancz, 1964) 262.

## 육체의 자매들

1. Anne Barton, *Byron and the Mythology of Fact* (Nottingham: U of Nottingham P, 1968) 21; G. Wilson Knight, *Lord Byron: Christian Virtues* (London: Routledge & Kegan Paul, 1952) 13; Oliver Elton, *The Present Value of Byron* (London: Sidgwick & Jackson, 1925) 9; Sir Walter Scott, "'Character of Lord Byron'." *Lives of the Great Romantics by Their Contemporaries: Byron*. Vol. 2. Ed. Chris Hart (London: William Pickering, 1996) 7.
2. Jerome J. McGann, *Fiery Dust: Byron's Poetic Development* (Chicago: U of Chicago P, 1968) 188.
3. M. K. Joseph, *Byron the Poet* (London: Victor Gollancz, 1964) 217.
4. Bernard Beatty, *Don Juan and Other Poems* (Middlesex: Penguin Books, 1987) 101.
5. 윤효녕, 『바이런의 유물론적 시학』 (서울: 단국대학교출판부, 1999) 178, 180.
6. M. G. Cooke, "Byron's *Don Juan*: The Obsession and Self-Discipline of Spontaneity." *Don Juan*. Ed. Harold Bloom (New York: Chelsea House, 1987) 170.
7. McGann (1968) 199.
8. Truman Guy Steffan, "*Don Juan*: A Thousand Colours." *Byron: A Collection of Critical Essays*. Ed. Paul West (Englewood Cliffs: Prentice-Hall, 1963) 97.
9. John D. Jump, *Byron* (London & Boston: Routledge & Kegan Paul, 1972) 117.
10. Bernard Beatty, *Byron's Don Juan* (London: Croom Helm, 1985) 187.
11. MaGann (1968) 297.
12. Beatty (1987) 132.
13. T. S. Eliot, "Byron." *English Romantic Poets*. Ed. M. H. Abrams (Oxford: Oxford UP, 1975) 272.
14. Beatty (1987) 128-30.
15. Joseph, 268.
16. Bernard Blackstone, *Byron* II*: Literary Satire, Humour and Reflection* (Harlowe: Longman, 1971b) 56.
17. Paul West, *Byron and the Spoiler's Art* (London: Chatto & Windus 1960) 63.
18. Robert F. Gleckner, *Byron and the Ruins of Paradise* (Baltimore: The Johns Hopkins P, 1967) 333.
19. G. Wilson Knight, *The Burning Oracle* (London: Oxford UP, 1939) 278.
20. 송희영, 『옴므 파탈, 돈 주앙과 카사노바: 치명적 유혹과 남성성』 (서울: 한국문화사, 2016) 55.
21. J. W. Smeed, *Don Juan: Variations on a Theme* (London: Routledge, 1990) 37.
22. Bernard Blackstone, *Byron: A Survey* (London: Longman, 1975) 319.
23. Richard Lansdown, *Byron's Historical Drama* (Oxford: Clarendon P, 1992) 141; John Clubbe, "George Gordon, Lord Byron." *The English Romantic Poets*. Ed. Frank Jordon (New York: MLAA, 1989) 506.

24. *Byron: Don Juan*. Eds T. G. Steffan and E. Steffan and W. W. Pratt. (London: Penguin Books, 2013) 532-33.
25. Beatty (1985) 151.
26. Malcolm Kelsall, "Byron and the Romantic Heroine." *Byron: Augustan and Romantic*. Ed. Andrew Rutherford (London: Macmillan, 1990) 60.
27. Caroline Franklin, *Byron's Heroins* (Oxford: Clarendon P, 1992) 117.
28. McGann (1968) 199.
29. Bernard Beatty "Fiction's Limit and Eden's Door." *Byron and the Limits of Fiction*. Eds. Bernard Beatty and Vincent Newey. (Liverpool: Liverpool UP, 1988) 29-33.
30. Susan Sontag, *A Susan Sontag Reader* (Toronto: McGraw-Hill Ryerson Ltd. rpnt. 1982) 185.
31. McGann (1968) 189.
32. Beatty (1987) 101.
33. LJ 9, 45.
34. Gilbert Ryle, *The Concept of Mind* (London: Hutchinson's P, 1955) 13.
35. G. Wilson Knight, *The Burning Oracle* (London: Oxford, 1939) 275.
36. E. D. Hirsch, "Byron and the Terrestrial Paradise." *From Sensibility to Romanticism*. Eds. F. W. Hilles and Harold Bloom (New York: Oxford UP, 1965) 477.
37. LJ 5, 189-90.
38. McGann (1968) 186.
39. Joseph, 267.
40. Knight (1939) 263.
41. West, 123.
42. *Tracasseire*는 '이간질'(mischief-making)이고 *agacerie*는 '희롱'(flirtatiousness)이다. AV IV, 263; DJ 730.
43. Beatty (1987) 133.
44. Franklin (1992) 126
45. G. Wilson Knight, *Byron and Shakespeare* (London: Routledge & Kegan Paul, 1966) 257.
46. Beatty (1987) 31.
47. Knight (1939) 275.
48. Knight (1939) 279.
49. Vincent Newey, "Authoring the Self: *Childe Harold* III and IV." *Byron and the Limits of Fiction*. Eds. Bernard Beatty and Vincent Newey. (Liverpool: Liverpool UP, 1988) 155.
50. Bernard Beatty, "Determining Unknown Modes of Being: A Map of Byron's Ghosts and Spirits." *Byron's ghosts: the Spectral, the Spiritual and the Supernatural*. Ed. Gavin Hopps

(Liverpool: Liverpool UP, 2013) 31.

51. Gleckner, 332.

52. Jerome J. McGann, "'My Brain is Feminine': Byron and the Poetry of Deception." *Augustan and Romantic*. Ed. Andrew Rutherford (London: The Macmillan P, 1990) 32.

53. McGann (1990) 33.

54. Beatty (1985) 180-82.

55. Allan Massie, *Byron's Travels* (London: Sidgwick & Jackson, 1988) 212 이하. 바이런의 장례식은 미솔롱기에서 이루어졌다. 그의 유해 일부는 뉴스테드 애비의 가족묘지에 묻혔고 일부는 그리스의 산 스피리디오네(San Spiridione) 교회에 보관되어 있다. 그리스는 미솔롱기 '영웅의 정원'에 바이런의 전신상을 세워 그리스 독립을 도운 그를 기념하고 있다. 바이런은 죽어서 그 자신이 진정한 영웅이 된 셈이다.

56. 아르놀트 하우저, 『문학과 예술의 사회사』. 염무웅·반성완 옮김 (파주: 창비, 2017 개정 2판) 3권, 337.

57. Gleckner, 301; McGann (1976) 58.

58. AV I, 3-4.

59. McGann (1968) 188.

60. Hermione de Almeida, *Byron and Joyce through Homer* (New York: Columbia UP, 1981) 170.

61. Barton, 21

# 참고문헌

## 텍스트

*Byron's Don Juan: A Variorum Edition.* 4 vols. Eds. Truman Guy Steffan and Willis W. Pratt. Austin: U of Texas P, 1957.

*Byron's Letters and Journals.* 12 vols. Ed. Leslie A. Marchand. London: John Murray, 1973-82.

*Byron: The Completed Poetical Works.* 7 vols. Ed. Jerome J. McGann. Oxford: The Clarendon P, 1981-93.

*Lord Byron: Don Juan.* Eds. T. G. Steffan and E. Steffan and W. W. Pratt. London: Penguin Books, 2013.

## 1차 자료

### 단행본

윤효녕. 『바이런의 유물론적 시학』. 서울: 단국대학교 출판부, 1999.

Barton, Anne. *Byron and the Mythology of Fact.* Nottingham: U of Nottingham, 1968.

Beatty, Bernard. *Byron's Don Juan.* London: Croom Helm, 1985.

_______. *Don Juan and Other Poems.* Middlesex: Penguin Books, 1987.

_______. "Fiction's Limit and Eden's Door." *Byron and the Limits of Fiction.* Eds. Bernard Beatty and Vincent Newey. Liverpool: Liverpool UP, 1988. 1-38.

_______. "Determining Unknown Modes of Being: A Map of Byron's Ghosts and Spirits." *Byron's ghosts: the Spectral, the Spiritual and the Supernatural.* Ed. Gavin Hopps. Liverpool: Liverpool UP, 2013. 30-47.

Blackstone, Bernard. *The Lost Travellers.* London: Longmans, 1962.

_______. *Byron I: Lyric and Romance.* Harlow: Longman, 1970.

_______. *Byron II: Literary Satire, Humour and Reflection.* Harlow: Longman, 1971a.

_______. *Byron III: Social Satire, Drama and Epic.* Harlow: Longman, 1971b.

_______. *Byron: A Survey.* London: Longman, 1975.

Bloom, Harold, ed. *George Gordon, Lord Byron,* New York: Chelsea House, 1986.

______. *Don Juan.* New York: Chelsea House, 1987.

______. *Lord Byron.* Philadelphia: Chelsea House, 2004.

Borst, William A. *Lord Byron's First Pilgrimage.* New Haven: Yale UP, 2nd prnt. 1949.

Bostetter, Edward E., ed. *Don Juan.* Englewood Cliffes: Prentice-Hall, 1966.

Boyd, Elizabeth French. *Byron's Don Juan: A Critical Study.* New Brunswick: Rutgers UP, rpnt. 1957.

Chatwin, Deryn. *Notes on Byron's Poetry*. London: Methuen Paperbacks Ltd., 1978.

Cheeke, Stephen. *Byron and Place: History, Translation, Nostalgia.* New York: Palgrave Macmillan, 2003.

Chew, Samuel C. *The Dramas of Lord Byron.* New York: Russell & Russell, 1964.

Clair, William St. "The Impact of Byron's Writing: An Evaluative Approach." *Byron: Augustan and Romantic.* Ed. Andrew Rutherford. London: The Macmillan P, 1990. 1-25.

Claridge, Laura. "Love and Self-knowledge, Identity in the Cracks: a Lacanian Reading of *Don Juan.*" *Don Juan.* Ed. Nigel Wood. Buckingham: Open UP, 1993.

Clubbe, John. "George Gordon, Lord Byron." *The English Romantic Poets.* Ed. Frank Jordan. New York: MLAA, 1989. 465-592.

Cooke, M. G. *The Blind Man Traces the Circle. New Jersey*: Princeton UP, 1969.

_______. "Byron's *Don Juan*: The Obsession and Self-Discipline of Spontaneity." *Don Juan.* Ed. Harold Bloom. New York: Chelsea House, 1987. 67-86.

Crompton, Louis. *Byron and Greek Love.* L. A.: U of California P, 1985.

de Almeida, Hermione. *Byron and Joyce through Homer.* New York: Columbia UP, 1981.

Doherty, Francis M. "Byron and the Sense of the Dramatic." *Byron and the Limits of Fiction.* Eds. Bernard Beatty and Vincent Newey. Liverpool: Liverpool UP, 1988. 226-41.

Eliot, T. S. "Byron." *English Romantic Poets.* Ed. M. H. Abrams. Oxford: Oxford UP, 1975. 261-74.

Elton, Oliver. *The Present Value of Byron.* London: Sidgwick & Jackson, 1925.

England, A. B. *Byron's Don Juan and Eighteenth-Century Literature.* London: Associated UP, 1975.

Erdman, David V. "Byron's Stage Fright: The History of His Ambition and Fear of Writing for the Stage." *The Plays of Lord Byron.* Eds. Robert Gleckner and Bernard Beatty. Liverpool: Liverpool UP, 1997. 5-31.

Foot, Michael. *The Politics of Paradise: A Vindication of Byron.* London: Collins, 1988.

Franklin, Caroline. *Byron's Heroines.* Oxford: Clarendon P, 1992.

_______. "Juan's Sea Changes: Class, Race and Gender in Byron's *Don Juan.*" *Don Juan.* Ed. Nigel Wood. Buckingham: Open UP, 1993. 56-89.

Frye, Northrop. "Lord Byron." *George Gordon, Lord Byron.* Ed. Harold Bloom. New York: Chelsea House, 1986. 53-64.

Fuess, Claude M. *Lord Byron as A Satirist in Verse.* New York: Russell & Russell, 1964.

Garber, Frederick. *Self, Text, and Romantic Irony: The Example of Byron.* Princeton: Princeton

UP, 1988.

Gleckner, Robert F. *Byron and the Ruins of Paradise.* Baltimore: The Johns Hopkins P, 1967.

Hagstrum, Jean H. *The Romantic Body: Love and Sexuality in Keats, Wordsworth, and Blake.* Knoxville: U of Tennessee P, 1985.

Hart, Chris, ed. *Lives of the Great Romantics by Their Contemporaries: Byron.* Vol. 2. London: William Pickering, 1996.

Hirsch, E. D. "Byron and the Terrestrial Paradise." *From Sensibility to Romanticism.* Eds. F. W. Hilles and Harold Bloom. New York: Oxford UP, 1965.

Joseph, M. K. *Byron the Poet.* London: Victor Gollancz, 1964.

Jump, John D. *Byron.* London & Boston: Routledge & Kegan Paul, 1972.

_______. *Byron: Childe's Pilgrimage and Don Juan.* London: Macmillan, 1973. 226-44.

Kelsall, Malcolm. *Byron's Politics.* New Jersey: Barnes & Noble Books, 1987.

_______. "Byron and the Romantic Heroine." *Byron: Augustan and Romantic.* Ed. Andrew Rutherford. London: Macmillan, 1990. 52-62.

Knight, G. Wilson. *The Burning Oracle.* London: Oxford UP, 1939.

_______. *Lord Byron: Christian Virtues.* London: Routledge & Kegan Paul, 1952.

_______. *Lord Byron's Marriage.* New York: Macmillan, 1957.

_______. *Byron and Shakespeare.* London: Routledge & Kegan Paul, 1966.

Lansdown, Richard. *Byron's Historical Dramas.* Oxford: Clarendon P, 1992.

Leonard, William Ellery. *Byron and Byronism in America.* New York: Gordian P, 1965.

Lovell, Ernest J. Jr. "Irony and Image in *Don Juan.*" *Don Juan.* Ed. Edward E. Bostetter. Englewood Cliffes: Prentice-Hall, 1966a. 21-8.

_______. *Byron: The Record of a Quest.* Hamden: Archon Books, 1966b.

Manning, Peter. *Byron and His Fiction.* Detroit: Wayne State UP, 1978.

_______. "The Byronic Hero as Little Boy." *Don Juan.* Ed. Harold Bloom. New York: Chelsea House, 1987. 43-66.

Marchand, Lesile A. *Byron's Poetry: A Critical Introduction.* London: John Murray, 1965.

Martin, Philip W. *Byron: A Poet before His Public.* Cambridge: Cambridge UP, 1982.

_______. "Reading *Don Juan* with Bakhtin." *Don Juan.* Ed. Nigel Wood Buckingham: Open UP, 1993. 90-121.

Massie, Allan. *Byron's Travels.* London: Sidgwick & Jackson, 1988.

McGann, Jerome J. *Fiery Dust: Byron's Poetic Development.* Chicago: U of Chicago P, 1968.

_______. *Don Juan in Context.* London: John Murray, 1976.

_______. "'My Brain is Feminine': Byron and the Poetry of Deception." *Byron: Augustan and Romantic.* Ed. Andrew Rutherford. London: The Macmillan P, 1990. 26-51.

_______. "*Don Juan:* Form." *Lord Byron.* Ed. Harold Bloom. Philadelphia: Chelsea House, 2004. 27-42.

Medwin, Thomas. *Medwin's Conversation of Lord Byron.* Ed. Ernest J. Lovell Jr. Princeton: Princeton UP, 1966.

Moorman, F. W. "Byron." *The Cambridge History of English Literature.* Vol. XII. Eds. A. W. Ward and A. R. Waller. Cambridge: Cambridge UP, 1953. 31-56.

Newey, Vincent. "Authoring the Self: *Childe Harold* III and IV." *Byron and the Limits of Fiction.* Eds. Bernard Beatty and Vincent Newey. Liverpool: Liverpool UP, 1988. 148-90.

Nichol, John. *Byron.* London: Macmillan, 1880.

Noel, Roden. *Life of Lord Byron.* London: Walter Scott, 1890.

O'Brien, Edna. *Byron in Love: A Short Daring Life.* New York: W.W. Norton & Co., 2009.

Page, Norman. *A Byron Chronology.* London: The Macmillan P, 1988

Pesta, Duke. "Darkness Visible: Anti-Hero." *Lord Byron.* Ed. Harold Bloom. Philadelphia: Chelsea House, 2004. 59-84.

Quennell, Peter. *Byron: The Years of Fame.* London: Faber and Faber, 1935.

_______. *Byron: A Self-Portrait.* Oxford: Oxford UP, rpnt. 1990.

Read, Herbert. *Byron.* London: Longmans, 1961.

Ridenour, George M. "*Don Juan*: Carelessly I Sing." *Don Juan.* Ed. Paul West. Englewood: Prentice-Hall, 1968. 122-37.

Robinson, Charles E. "The Devil as Dopplegänger in *Deformed Transformed*: The Sources and Meaning of Byron's Unfinished Drama. *The Plays of Lord Byron: Critical Essays.* Eds. Robert Gleckner and Bernard Beatty. Liverpool: Liverpool UP, 1997. 321-46.

Robson, W. W. "Byron as Improviser." *Byron: A Collection of Critical Essays.* Ed. Paul West. Englewood Cliffs: Prentice-Hall, 1963. 88-95.

Rutherford, Andrew. *Byron: A Critical Study.* Stanford: Stanford UP, rpnt. 1967.

_______. *Byron: The Critical Heritage.* London: Routledge & Kegan Paul, 1970.

Scott, Sir Walter. "'Character of Lord Byron'." *Lives of the Great Romantics by Their Contemporaries: Byron.* Vol. 2. Ed. Chris Hart. London: William Pickering, 1996. 1-10.

Seed, David. "'The Platitude of Prose': Byron's Vampire Fragment in the Context of His Verse Narratives." *Byron and the Limits of Fiction.* Eds. Bernard Beatty and Vincent Newey. Liverpool: Liverpool UP, 1988. 126-47.

Shilstone, Frederick W. *Byron and the Myth of Tradition.* Lincoln: U of Nebraska P, 1988.

Smeed, J. W. *Don Juan: Variations on a Theme.* London: Routledge, 1990.

Stauffer, Andrew M. *Anger, Revolution, and Romanticism.* Cambridge: Cambridge UP, 2005.
Steffan, Truman Guy. "*Don Juan*: A Thousand Colours." *Byron: A Collection of Critical Essays.* Ed. Paul West. Englewood Cliffs: Prentice-Hall, 1963. 96-112.
Vassallo, Peter. *Byron: The Italian Literary Influence.* London: Macmillan, 1984.
West, Paul. *Byron and the Spoiler's Art.* London: Chatto & Windus, 1960.
_______, ed. *Byron: A Collection of Critical Essays.* Englewood Cliffs: Prentice-Hall, 1963.
Wolfson, Susan J. "Introduction." *Lord Byron: Don Juan.* Eds. T. G. Steffan *et al.* London: Penguin Books, 2013. vii-xxviii.
Wood, Nigel, ed. *Don Juan.* Buckingham: Open UP, 1993.

### 논문

김현생, 「바흐친으로 바이런 읽기: 『돈 주안』에 나타난 카니발적 언술」. 『영미어문학』. 제 117호 (2015. 6): 21-40
Beatty, Bernard. "Cain's legacy and *Cain's* Tradition," *The Wordsworth Circle.* Vol. XXVII. No. 1. (Winter 1996): 4-9.
Cha, Tae Jun. "The Correlation between English ennui and Global Capitalism: Lord Byron's *Don Juan.*" 『화랑집』. 제11집 제1권. 육군사관학교 (2018): 45-68.
Cohen-Vrignaud, Gerard. "Becoming Corsair: Byron, British Property Rights and Orientalist Economics." *Studies in Romanticism.* Vol. 50. No. 4. (Winter 2011): 685-714.
Kim, Ji Hee. "Wealth had done wonder—taste not much: fascination and Denigration of the East in *Don Juan* (Canto V)." 『영어권문화연구』. 7권 1호 (2014): 29-48.
Reiman, Donald H. "*Don Juan* in Epic Context." *Studies in Romanticism.* 16. 3 (Fall 1977): 587-94.
Robson, W. W. "Byron as Poet." *Proceedings British Academy.* XLIII (1957): 25-62.
Strand, Eric. "Byron's *Don Juan* as a Global Allegory." *Studies in Romanticism.* Vol. 43. No. 4. (Winter 2004): 503-36.

## 2차 자료

### 단행본

모슨, 게리 솔 외. 『바흐친의 산문학』. 오문석 외 옮김. 서울: 책세상, 2006.
바흐친, 미하일. 『말의 미학』. 김희숙·박종소 옮김. 서울: 길, 2006.
비타르, 테레스. 『술레이만 —오스만의 화려한 황제—』. 시공디스커버리 총서 69. 옮긴이 변지현. 서울: 시공사, 1998.

송희영. 『옴므 파탈, 돈 주앙과 카사노바: 치명적 유혹과 남성성』. 서울: 한국문화사, 2016.

슈퇴릭히, H. J. 『세계 철학사 上』. 임석진 역. 서울: 분도출판사, 1978.

안사리, 타밈. 『이슬람의 눈으로 본 세계사』. 류한원 옮김. 서울: 뿌리와 이파리, 2013.

엄익란. 『이슬람의 결혼문화와 젠더』. 파주: 한울아카데미, 2007.

윤효녕 외. 『19세기 자연과학과 자연관』. 서울: 서울대학교 출판부, 1997.

월비, 실비아. 『가부장제 이론』. 유희정 옮김. 서울: 이화여자대학교출판부, 1990.

페로, 마르크 책임편집. 『식민주의 흑서』. 고선일 옮김. 서울: 소나무, 2008.

프로이트, 지그문트. 『꿈의 해석』. 김인순 옮김. 서울: 열린책들, 2019.

하우저, 아르놀트. 『문학과 예술의 사회사』. 3권. 염무웅·반성완 옮김. 파주: 창비, 2017 개정 2판.

Abrams, M. H. *Natural Supernaturalism.* London: Oxford UP, 1971.

Aldis, H. G. "The Bluestockings." *The Cambridge History of English Literature.* Vol. XI. Eds. Sir A. W. Ward and A. R. Waller. Cambridge: Cambridge UP, 1953. 343-65.

Alexander, John T. *Catherine the Great: Life and Legend.* Oxford: Oxford UP, 1989.

Bakhtin, M. M. The *Dialogic Imagination: Four Essays.* Trans. Caryl Emerson and Michael Holoquist. Austin: U of Texas P, 1981.

________. *Problems of Dostoevsky's Poetics.* Trans. Carly Emerson. Minneapolis: U of Minnesota P, 1984a.

________. *Rabelais and His World.* Trans. Hèlén Iswolsky. Bloomington: Indiana UP, 1984b.

Bardwick, Judith M. *Psychology of Woman: A Study of Bio-Cultural Conflicts.* New York: Harper & Row, 1971.

Bloom, Harold. *The Visionary Company.* Ithaca & London : Cornell UP, 1971.

Bowra, C. M. *The Romantic Imagination.* New York: Oxford UP, 1961.

Brisman, Leslie. *Romantic Origins.* London: Cornell UP, 1978.

Brown, Nathaniel. *Sexuality and Feminism in Shelley.* Cambridge: Harvard UP, 1979.

Brown, Robert. *Analyzing Love.* Cambridge: Cambridge UP, 1987.

Donne, John. *The Complete English Poems.* Ed. A. J. Smith. London: Penguin Books Ltd, 1974.

Foucault, Michel. *Discipline and Punish: The Birth of the Prison.* Trans. A. Sheridan. New York: Random House, 1977.

Frederick, Garber. *Self, Text, and Romantic Irony: The Example of Byron.* Princeton: Princeton UP, 1988.

Goldman, Nancy Loring, ed. "Introduction." *Female Soldiers-Combatants* or *Noncombatants? Historical and Contemporary Perspectives.* Westport: Greenwood P, 1982.

Hearn, Jeff and Wendy Parkin. *'Sex' at 'Work': The Power and Paradox of Organization Sexuality*. Brighton: Wheatsheaf Books, 1987.

Kanafani, Aida S. *Aesthetics and Ritual in the United Arab Emirates: The Anthropology of Food and Personal Adornment among Arabian Women*. Beirut: American U of Beirut, 1983.

Kenny, A. *Will, Freedom and Power*. Oxford: Blackwell, 1975.

Millet, Kate. *Sexual Politics*. New York: Avon, 1969.

Nettle, George Henry, ed. *The Major Dramas of Richard Sheridan*. Boston: Ginn, 1966.

Poovey, Mary. *The Proper Lady and Women Writer*. Chicago: Chicago UP, 1984.

Roberts, Mary. *Intimate Outsider: The Harem in Ottoman and Orientalist Art and Travel Literature*. Duke: Duke UP, 2007.

Ryle, Gilbert. *The Concept of Mind*. London: Hutchinson's P, 1955.

Saussure, F. de. *Course in General Linguistics*. Trans. Roy Harris. London: Duck Worth, 1983.

Sontag, Susan. *A Susan Sontag Reader*. Toronto: McGraw-Hill Ryerson Ltd. rpnt. 1982.

Stam, Robert. *Subversive Pleasure*. Baltimore: The John Hopkins UP, 1992.

Willis, Roy, ed. *World Mythology*. Oxford: Oxford UP, 2006.

Young-Bruehl, Elisabeth, ed. *Freud on Women: A Reader*. London: The Hogarth P, 1990.

# <찾아보기>

ㄹ



ㅁ

ㅂ

### ㅊ

ㅎ